Jenny Colgan

Jenny Colgan est une romancière britannique auteure de nombreuses comédies romantiques et d'autant de délicieuses recettes de cuisine. Après *La Petite Boulangerie du bout du monde* (2015), Jenny Colgan a publié *Une saison à la petite boulangerie* (2016), puis *Noël à la petite boulangerie* (2017) ; le dyptique composé de *Rendez-vous au Cupcake Café* (2017) et *Le Cupcake Café sous la neige* (2018) ; puis la trilogie formée par *Une saison au bord de l'eau* (2018), *Une rencontre au bord l'eau* (2019) et *Noël au bord de l'eau* (2020). *La Charmante Librairie des jours heureux* a paru en 2020, suivie de *La Charmante Librairie des flots tranquilles* (2021). Tous ses ouvrages sont publiés aux éditions Prisma et repris chez Pocket.

Retrouvez toute l'actualité de l'auteure sur :
www.jennycolgan.com

NOËL AU BORD DE L'EAU

ÉGALEMENT CHEZ POCKET

LA PETITE BOULANGERIE DU BOUT DU MONDE
UNE SAISON À LA PETITE BOULANGERIE
NOËL À LA PETITE BOULANGERIE

—

RENDEZ-VOUS AU CUPCAKE CAFÉ
LE CUPCAKE CAFÉ SOUS LA NEIGE

—

UNE SAISON AU BORD DE L'EAU
UNE RENCONTRE AU BORD DE L'EAU
NOËL AU BORD DE L'EAU

—

LA CHARMANTE LIBRAIRIE DES JOURS HEUREUX

JENNY COLGAN

NOËL AU BORD DE L'EAU

Traduit de l'anglais
par Laure Motet

EDITIONS PRISMA

Titre original :
AN ISLAND CHRISTMAS

MIXTE
Papier issu de sources responsables
FSC® C003309
www.fsc.org

L'éditeur de cet ouvrage s'engage dans une démarche de certification FSC® qui contribue à la préservation des forêts pour les générations futures.

Pour en savoir plus :
www.editis.com/engagement-rse/

ISBN : 978-2-266-29716-5
Dépôt légal : octobre 2021

Dédié à la mémoire de Kate Breame (1979-2018),
avec tout notre amour.

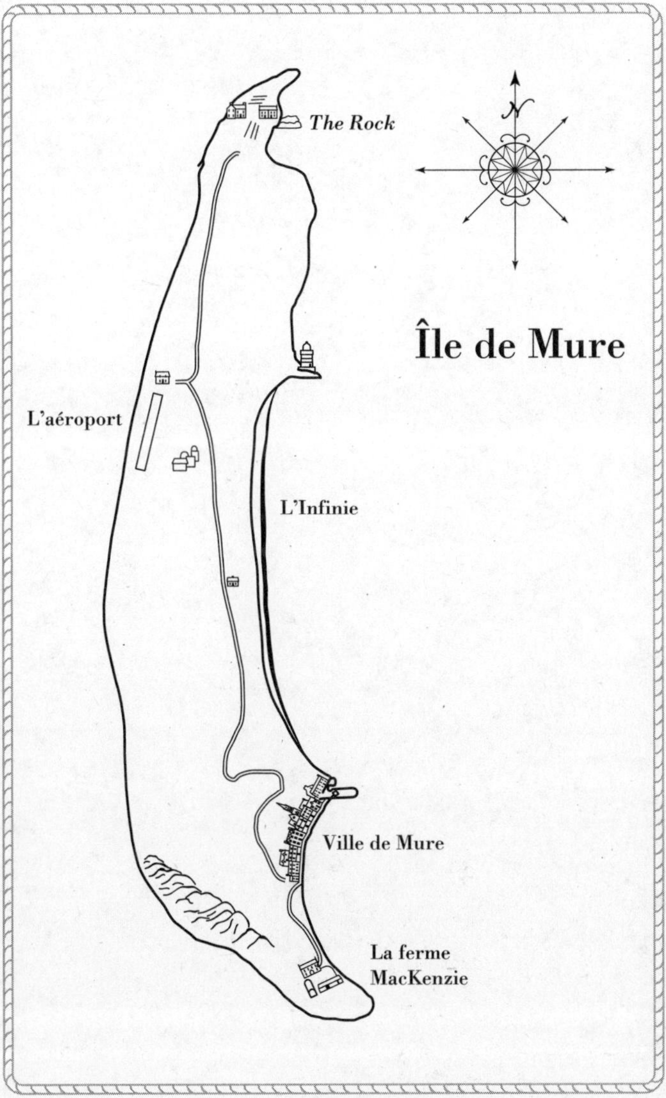

The Rock
N
Île de Mure
L'aéroport
L'Infinie
Ville de Mure
La ferme
MacKenzie

Prenez garde au ballet des flocons. Ils sont beaux, pâles et, oh ! comme ils dansent. Ils arrivent au son des cloches, puis tourbillonnent, encore et encore. Persuadé qu'ils vous accueilleront en leur sein, vous sortirez en courant pour valser avec eux. Ils vous encercleront, vous appâteront : « Viens avec nous, mon enfant, et tu pourras danser pour l'éternité. »

Nombre de chérubins s'égarent en les prenant en chasse, car les flocons virevoltent en riant avant de passer leur chemin, les laissant transis de froid sur le rivage, se languissant à jamais de leur tintement lointain, comme on leur raconte des histoires de montagne de glace et de prince reclus.

Mais, parfois, un enfant se laisse entraîner par cet étrange ballet ; les flocons l'emmènent et, perdu, il ne reparaît plus. Peut-être est-il heureux, en train de danser avec le prince reclus dans sa tour de glace. Mais peut-être pas. Alors autant ne pas prendre ce risque-là !

Chapitre un

En hiver, le jour se lève très tard sur Mure, la minuscule île au large de l'Écosse, tout au nord, à mi-chemin de l'Islande (ou plutôt du pôle Nord, dirait-on, quand elle est balayée par les vents d'ouest).

Les matinées y sont belles ; feutrées, rigoureuses et étonnamment claires quand les nuages se dissipent – mais les nuits durent longtemps.

Bien sûr, les chiens ne se soucient pas vraiment de savoir s'il fait jour ou non. Ils déterminent à vue de nez quand il est l'heure de se lever pour entamer leur routine quotidienne bien chargée, qui consiste à renifler un peu partout, surtout les mauvaises odeurs (« Mmm, ça sent bien mauvais ! »), et à quémander de petits bouts de nourriture.

Je ne dirais pas qu'il est obligatoire d'avoir un chien quand on vit sur Mure, mais presque. Je ne vois pas pourquoi on s'en priverait, et ce ne sont pas les insulaires qui vous diront le contraire. L'île est sûre, les voitures y sont rares, et celles qui circulent ne roulent pas bien vite sur les chemins agricoles criblés d'ornières.

Elle regorge de lieux attrayants – comme des landes pour courir et des criques ou des plages pour nager. On y trouve des tas de bâtons ; les toutous peuvent aboyer sur les phoques, se rouler dans les crottes de moutons, jouer avec une ribambelle de leurs congénères et s'affaler devant un bon feu après avoir passé la journée à batifoler. Personne, ou presque, ne les tient en laisse, et ils sont admis dans le pub. Mure est le paradis des chiens.

La plupart des résidents de l'île partagent cette analyse.

Les chiens de berger dorment dans la grange, au chaud, couchés sur le foin, le souffle tiède des vaches sur leurs flancs. À la ferme MacKenzie – juchée sur une petite colline à la pointe sud de l'île, dans le prolongement de la grand-rue, avec ses devantures aux couleurs vives (rose, jaune, rouge) pour contrebalancer les ciels bas et lourds de l'hiver et égayer les mois les plus sombres –, c'est là qu'ils dorment, satisfaits, leurs pattes remuant, lancés à la poursuite des moutons qui peuplent leurs rêves.

Tous, sauf Bramble, le plus vieux et le plus aimé de tous les chiens de ferme. Il ne travaille plus depuis des années, mais personne n'ose lui chiper sa place : dans la cuisine de la vieille maison, aussi près du poêle à bois qu'il est techniquement possible de l'être sans prendre feu. Il renifle, ronfle beaucoup et a tendance à se lever très tôt, ce que Flora, qui vit là, trouve parfaitement ridicule : c'est un vieux chien, il dort vingt heures par jour, alors il pourrait sans doute se reposer un peu entre cinq et sept heures du matin, non ?

À la décharge de Bramble, Flora se lève tôt elle aussi pour aller ouvrir la *Seaside Kitchen*, dans le village. On ne peut pas faire plus court comme trajet.

Le long de la grand-rue, les deux boutiques de souvenirs sont peintes en jaune et en menthe, la pharmacie dans un bleu délavé, le salon de coiffure dans un fuchsia flambant neuf qui ne plaît à personne, et le poissonnier en orange pâle. Viennent ensuite les murs noir et blanc, écaillés, du *Harbour's Rest*, l'hôtel et pub du village qui accueille les différents rites de passage : noces, funérailles, fêtes d'anniversaire, célébrations en tout genre. Il est tenu avec une certaine négligence par Inge-Britt, une Islandaise qui n'a pas de chien, parce qu'elle aime faire la grasse matinée, alors même que les pintes de bière traînent encore, toutes collantes, sur ses tables non nettoyées.

Deux portes plus loin, en rose pâle, se niche la *Seaside Kitchen*. Flora est revenue sur Mure il y a un an, pour le travail. Elle devait y régler un problème juridique. Originaire de l'île, elle l'avait quittée des années plus tôt, attirée par les lumières de la grande ville, et pensait ne jamais y remettre les pieds. Elle appréhendait son retour.

Mais la vie, comme souvent, lui réservait des surprises : les choses ne se sont pas passées comme prévu sur le plan professionnel, et elle est retombée amoureuse de la terre de ses ancêtres, ainsi que de l'avocat qui l'avait envoyée sur l'île, Joel Binder.

Joel. Eh bien, disons qu'il n'est pas facile. Flora ne l'en aime pas moins pour autant (et peut-être même qu'elle l'aime un peu pour cela). Flora est du genre à aimer les défis.

Ce matin-là, comme tous les autres, elle se força à sortir du lit : elle savait qu'il fallait qu'elle se lève, sinon son père serait debout avant elle, et elle ne supportait pas d'imaginer ses vieux pieds arthritiques sur le dallage glacé de la cuisine avant qu'elle n'ait pu alimenter le feu et mettre l'eau à chauffer. Quand la bouilloire sifflait, il pouvait se lever, mais pas avant.

Elle se dégagea le visage, écartant ses cheveux emmêlés. Elle a un physique inhabituel, Flora. Enfin, pas dans les îles : fruit des brassages entre Celtes et Vikings sur des générations, elle a la peau la plus pâle qui soit, aussi blanche que l'écume des vagues ; des cheveux ni blonds ni châtains, presque ternes ; des yeux clairs dont la couleur varie du bleu au vert, en passant par le gris, en fonction du temps.

À Londres, on ne la remarquait même pas. Ici, elle se fond dans les flots agités et moutonneux ; les falaises calcaires ; les oiseaux de mer blancs et les phoques. Elle fait comme partie du paysage.

Bramble, ce vieux pépère, était toujours tout feu tout flamme à cette heure de la journée. Il balayait de son énorme queue tout ce qui se trouvait sur son passage tandis que Flora étreignait son gros ventre velu, commençait à préparer le petit déjeuner, puis se traînait jusqu'à la douche. Joel n'était pas là en ce moment : il était à New York et serait de retour pour Noël, ce qui, en un sens, n'était pas pour déplaire à Flora en ce petit matin muet et ténébreux.

Flora et Bramble descendirent tous les deux la rue d'un pas allègre, la jeune femme réfléchissant aux tâches qu'elle allait confier à Isla et à Iona, les deux jolies filles de l'île qui travaillaient au café avec elle :

préparer des gâteaux, des tourtes et des viennoiseries – sans oublier d'écouler autant de parts de Christmas pudding que possible. Flora s'était mise à confectionner ces cakes aux fruits dès le début du mois de novembre, car ils avaient besoin d'une période de maturation pour être bons. Elle les vendait à la tranche et prenait le risque d'en faire un par jour, pas certaine de rentabiliser son investissement (les ingrédients coûtaient cher et étaient difficiles à se procurer sur Mure). Sans compter qu'elle se retrouverait peut-être avec des dizaines d'invendus en janvier.

En tout cas, depuis début décembre (soit la semaine précédente), ils se vendaient comme des petits pains. Certains clients en achetaient chaque jour, et Flora, soucieuse de la santé de leurs artères, envisageait de mettre en place un système de quotas. Malgré le prix des ingrédients (qui étaient tous de première qualité) et la célèbre carte de fidélité de la *Seaside Kitchen* (que Flora avait dû créer afin d'augmenter les prix pour les touristes et les visiteurs estivaux – la seule solution pour leur permettre de tenir tout l'hiver sans pénaliser les résidents de l'île aux salaires bien moins élevés), ils rapportaient une somme rondelette. Elle continuerait donc à en confectionner un par jour : cela leur laisserait quand même trois semaines de maturation.

Bramble l'accompagna jusqu'à la *Seaside Kitchen*, mais n'en franchit pas le seuil, même s'il fit tout pour. Il connaissait la chanson. Flora était très à cheval sur l'hygiène. Inge-Britt, elle, l'aurait laissé entrer dans le *Harbour's Rest* pour qu'il fasse le tour des tables, à la recherche de vieilles cacahuètes, mais elle n'était pas encore levée à cette heure.

Alors Bramble partit sagement faire sa ronde, au petit trot.

Mme MacPherson remontait la grand-rue avec Brandy, son terrier blanc des Highlands, comme elle le faisait quotidiennement, au saut du lit. Elle avait expliqué à Flora qu'on ne dormait plus, passé soixante-dix ans. La jeune femme s'était efforcée de lui adresser un sourire compatissant, tout en se demandant combien d'heures la vieille dame dormirait si elle en avait l'occasion. Le lundi, jour de fermeture de la *Seaside Kitchen*, Flora ne se levait pas avant midi. Quand Joel était là, elle essayait de le convaincre de prendre sa journée lui aussi et, enfin, cela tendait à déboucher sur autre chose… mais elle ne voulait pas y penser maintenant.

Bramble dit bonjour à Brandy en lui reniflant poliment le derrière, puis poursuivit sa route jusqu'à la *Maison de la presse*, où Iain, qui la tenait, lui donna le journal de la veille. Ceux du jour n'arrivaient qu'avec le premier ferry de la journée, à huit heures du matin, mais cela ne dérangeait pas le moins du monde le père de Flora. Il achetait le journal quotidiennement, mais soutenait que ce n'étaient que des torchons : peu lui importait donc quand ils arrivaient.

Rickson, le chien d'Iain, était allongé dans le fond du magasin. Il poussa un grognement paresseux. Pendant des années, il avait accompagné son maître sur sa tournée, se faisant aboyer dessus par les autres cabots, et il l'avait protégé des gamins qui essayaient de chaparder des bonbons, alors, à la longue, il était devenu un peu acariâtre. Tout comme Iain, pour être honnête. Ils étaient bien assortis.

Bramble, comme à son habitude, prit soin d'éviter Rickson. Iain lui caressa la tête, avant de lui tendre le *Highland Times*. Puis le chien se remit en route avec assurance pour remonter la grand-rue en trottinant. Il passa devant Pickle, le jack russell pourri gâté de Mme McCrorie qui ne mangeait que du poulet rôti, comme sa maîtresse aimait à le claironner, au grand désespoir des autres habitants. Sur Mure, la plupart des chiens travaillaient ; ils faisaient partie intégrante des fermes et des propriétés. De nombreux îliens se souvenaient encore de l'époque où le poulet était un luxe rare : ils étaient alors beaucoup plus susceptibles de manger du phoque (ce que certains faisaient encore), et le poisson était l'ingrédient de base de leur alimentation.

Bramble ne s'arrêta pas devant le port, où Grey, un pauvre bougre d'origine indéterminée, venu du Nord – un chien errant énorme aux yeux clairs qui s'était retrouvé sur Mure en débarquant d'un bateau de pêche russe (la légende disait que c'était un loup aux poils rasés) et qui avait rôdé près de la jetée jusqu'à ce que les pêcheurs finissent par l'adopter, lui donnant les restes dont même les oiseaux ne voulaient pas –, leva la tête, détachant un instant ses yeux de l'horizon, avant de la baisser à nouveau avec un soupir en voyant qu'il ne s'agissait que de Bramble, ses griffes claquant sur les vieux pavés, la tête bien droite, le journal dans la gueule, fier de remplir ses obligations quotidiennes.

Il ne se dirigea pas non plus vers l'Infinie, la plage qui commençait à l'extrémité nord de la grand-rue, juste devant l'ancien presbytère aujourd'hui habité par Saif Hassan, l'un des deux médecins de l'île (l'autre étant plus ou moins inutile). Réfugié syrien, Saif y vivait avec ses deux petits garçons, Ash et Ibrahim.

Saif savait que Noël approchait – il était difficile d'y échapper, entre les publicités à la télé et le flot incessant de courriers incompréhensibles que l'école lui envoyait au sujet de torchons, de calendriers et d'un truc mystérieux appelé « pantomime » qui, malgré de multiples recherches sur Google, restait toujours aussi énigmatique à ses yeux.

Mais ses fils débordaient d'enthousiasme à ce sujet et, après une séparation de deux ans, il voulait leur offrir un Noël merveilleux, dès qu'il aurait compris ce qu'il était censé faire.

Plus loin sur la plage, si Bramble n'avait pas été aussi fainéant, il aurait peut-être rencontré Milou et sa maîtresse, Lorna MacLeod, sortie prendre l'air avant d'aller faire la classe, même s'il n'y avait encore qu'un soupçon de rose au-dessus de la mer à cette époque de l'année. Lorna se gardait bien d'approcher du presbytère. Elle était éprise de Saif depuis un an, en vain, car il aimait toujours sa femme, même s'il n'avait aucune idée de l'endroit où elle se trouvait – prisonnière des vents de la guerre qui soufflaient sur leur pays, morte, ou pire. Personne n'en savait rien.

Lorna repensa à l'année écoulée avec nostalgie. Avant l'arrivée des garçons, Saif venait à sa rencontre sur la plage, où on le trouvait en général avant sa journée de travail : il y attendait l'arrivée du ferry, dans l'espoir d'avoir des nouvelles de sa famille.

Lorna, elle, promenait Milou, et ils avaient pris l'habitude de discuter. Ils étaient devenus amis – bons amis. Chacun d'eux attendait avec impatience ces petits matins, tantôt venteux, d'un froid mordant, tantôt si beaux qu'on voyait à des kilomètres à la ronde la voûte céleste s'étendant à l'infini au-dessus de leur tête ; ces jours-là, le ciel était si limpide, le temps si éclatant qu'il était impossible de croire, en entendant le clapotis de la marée et le rire des mouettes, que le mal existait dans le monde, par-delà le vaste horizon de l'île.

Bref. Avant, quand ils étaient amis, elle avait commis l'erreur fatale de lui faire part de ses sentiments... et cela ne s'était pas bien passé. Pas bien du tout.

Elle gardait donc ses distances à présent. De toute façon, Saif était occupé à élever ses deux garçons, qui fréquentaient son école et qui commençaient lentement, peu à peu, à s'intégrer à leurs petits camarades, se débarrassant de leur accent hésitant et de leur nervosité naturelle – Ash, du moins.

Les petits à moitié affamés qui étaient arrivés dans la fraîcheur du printemps, tétanisés, sans parler un mot d'anglais, étaient aujourd'hui métamorphosés. La bonne nourriture, digne de ce nom, qu'on trouvait sur Mure (produite pour la plupart à la ferme MacKenzie) les avait remplumés ; Ib avait grandi de cinq bons centimètres et, jour après jour, ressemblait de plus en plus à son père. Donc c'était sans doute aussi bien comme cela. Il fallait qu'elle voie la situation sous cet angle. Tout ce qui arrivait était positif. Sauf pour moi, songeait-elle d'un air sombre.

Ce matin, l'eau était trop froide, même pour Milou, ce qui était rare. Lorna remonta la capuche de sa parka pour se rediriger vers le port. La période des fêtes était la plus chargée à l'école. Côté organisation, elle avait du pain sur la planche.

*

Bramble traversa lentement la route qui menait au *Rock*, l'ambitieux projet de Colton Rogers qui, en ce moment, était quelque peu laissé à l'abandon (et le fait que Bramble lève la patte pour faire un gros pipi sur le muret de la propriété n'arrangea rien).

Colton, un Américain culotté, avait débarqué sur l'île dans l'intention de la recouvrir de parcs éoliens pour la transformer en entreprise lucrative, mais il avait fini par succomber à son charme authentique et s'y installer pour de bon.

Ses chiens étaient grotesques : des huskys pure race, plus faits pour épater la galerie que pour traverser des plaines enneigées. Obtenus par croisements consanguins, ils avaient les yeux bleus et étaient d'une stupidité alarmante, non pas que cela ait vraiment de l'importance, puisqu'on ne leur demandait rien de plus que de trôner au bout de l'allée en gravier, telles d'imposantes statues de marbre, et de ne pas trop s'éloigner, au cas où Colton ressentirait le besoin de révéler à quelqu'un la somme exorbitante qu'ils lui avaient coûtée.

Mais cela, c'était avant que Colton ne tombe malade : il avait un cancer très agressif. Fintan, son mari (et frère de Flora), veillait sur lui.

C'était le personnel de la maison qui s'occupait des chiens, car Fintan avait d'autres chats à fouetter. Jusque-là, la prescription officieuse de soins palliatifs de Colton s'était résumée à toute la morphine qu'il pouvait se procurer (soit un sacré paquet, puisqu'il était millionnaire) et à autant de bon whisky qu'il pouvait en ingurgiter (là encore, un sacré paquet). Il somnolait donc une grande partie de la journée. Fintan avait plus ou moins cessé de travailler pour veiller sur lui, mais, en réalité, il n'avait pas grand-chose à faire ; des infirmières se chargeaient des tâches les plus délicates, aussi n'avait-il qu'à être là quand Colton s'éveillait, pas trop loin, à portée de main.

Il traversait la plus grande épreuve de sa vie.

Bramble reprit son chemin d'un pas décidé, assuré. Il remonta la colline en direction de la ferme, ignorant royalement Bran et Lowith, deux des plus jeunes chiens qui avaient le droit de gambader à flanc de colline toute la journée, mais ne jouissaient pas du privilège de dormir devant le poêle à bois. Ça non. Quand Agot, la nièce de Flora, était toute petite, on n'avait jamais eu à lui dire de s'éloigner du feu : Bramble se contentait de la pousser du nez, sans préambule. Résultat, la minuscule Agot avait pris l'habitude de se pelotonner sous la fourrure chaude du chien – comme sous une énorme couverture à l'odeur un peu forte. Aujourd'hui âgée de quatre ans, la fillette le faisait toujours, mais cela n'avait jamais dérangé ce bon vieux toutou.

D'un bond, Bramble franchit le chemin boueux, le givre hivernal craquelant sur les champs, l'eau gelant dans les flaques, l'air si pur qu'il coupait le souffle. Il ouvrit la porte d'une poussée avant d'avancer à pas feutrés sur les vieilles dalles, le journal toujours dans la gueule. Eck, le père de Flora, qui était en train de faire bouillir de l'eau, se retourna lentement. Ces temps-ci, quand il faisait froid le matin, il avait la sensation d'être un vieux moteur : il lui fallait un temps fou pour démarrer. Bramble leva la tête avec obligeance pour qu'Eck puisse attraper le journal. Pile à ce moment-là, le délicieux pain de Mme Laird qui grillait dans le toasteur fut prêt, juste à temps pour y étaler le beurre succulent que Fintan fabriquait à la ferme (une tranche pour Eck ; une tranche pour Bramble, qui l'avala d'un trait, avant d'aller se reposer un peu devant la cheminée avec une bonne tasse de thé, assis paisiblement côte à côte, tous deux plongés en pleine réflexion matinale).

Un nouveau jour se levait sur Mure.

Chapitre deux

À cette heure, seuls les lève-tôt franchissaient la porte de la *Seaside Kitchen*, à la recherche d'un bon café et d'une part de Christmas pudding, mais Flora était déjà épuisée. Depuis quelque temps, elle ressentait une grande fatigue. Comme elle n'en avait jamais connu. Elle s'endormait en quelques secondes, le soir.

Mon Dieu. Comment allait-elle l'annoncer à Joel ?

Non pas qu'elle pensât qu'il ne l'aimait pas. Même s'il avait du mal à le dire, elle savait qu'il l'aimait. Et que, quand il travaillait à l'étranger pour Colton, il n'avait qu'une envie : revenir à la maison, auprès d'elle.

Mais l'année qui venait de s'écouler avait été délicate. Flora avait fini par découvrir que Joel avait eu une enfance très difficile, ballotté de famille d'accueil en famille d'accueil, et comprenait mieux pourquoi il fallait le prendre avec des pincettes. Victime de violences familiales, il n'avait jamais connu la douceur d'un foyer : il avait été placé jusqu'à l'âge de douze ans, quand il avait décroché une bourse pour intégrer un pensionnat.

Beau, intelligent, impitoyable, il avait fait carrière en droit des affaires, s'accommodant à merveille de tous les avantages de la profession – les filles, les montres, les hôtels. Il n'aurait jamais imaginé s'installer sur une petite île avec une Écossaise au teint pâle. Flora elle-même n'en revenait toujours pas. Elle avait grandi sur Mure et ne comprenait pas ce que Joel y trouvait. Mais plus il passait de temps sur l'île, plus il s'y plaisait. Il en était venu à percevoir la valeur de ce monde qui suivait le rythme des saisons, pas celui des cours boursiers ; qui se pliait au calendrier agricole, au lieu de boire les paroles de CNN. Auprès de Flora, il y avait trouvé ce qu'il n'avait jamais connu de sa vie : la tranquillité d'esprit. La vie de famille (et, de ce côté-là, il était servi avec Flora, son armada de frères allant et venant à toute heure dans la vieille cuisine, son père somnolant au coin du feu, des chiens partout) avait commencé à lui plaire, même s'il logeait toujours dans son petit cottage, au *Rock*.

Il trouvait cela fascinant : Flora ne réalisait pas une seconde la chance qu'elle avait d'avoir un foyer aimant – ce qu'il n'avait jamais eu. Au début, cela lui avait fichu une peur bleue. Il avait passé sa vie à fuir, à essayer de laisser son enfance derrière lui, se disant qu'il serait en sécurité à bord d'un jet privé ou sous un beau costume.

Mais l'île lui apportait cette sécurité ; tout comme Flora. Il avait fallu qu'il fasse une dépression nerveuse en plein Manhattan, où il essayait de mettre en ordre les affaires de Colton, pour s'en rendre compte. Mais il redoutait d'en parler avec elle.

Flora faisait donc preuve de patience. De beaucoup de patience. C'était plus fort qu'elle : elle était folle de lui depuis le jour où il l'avait embauchée à Londres, six ans plus tôt.

Sauf qu'un imprévu venait de survenir. Imprévu que, tout bien considéré, elle aurait dû prévoir. Un contraceptif acheté en ligne (quand on grandit sur une île comptant environ mille âmes, faire du shopping en douce sur Internet est à peu près aussi vital que l'électricité) et une vie sexuelle plus qu'épanouie – imaginez un peu, ces longues nuits passées au chaud devant un bon feu, au *Rock*, avec une personne qu'elle adorait depuis des années et qui avait subitement envie de lui faire l'amour à longueur de temps…

Vous voyez le tableau. Mais, bon sang, le moment, Flora le savait, ne pouvait être plus mal choisi. Cela contrecarrerait tous leurs projets.

Bien sûr, elle avait rêvé d'avoir un bébé avec lui… un jour ! Et, par « un jour », elle entendait dans une éternité ! Pas avant des années et des années.

Quand ils auraient acheté une maison, qu'ils l'auraient décorée ensemble… Certes, elle ne pouvait imaginer Joel en train de choisir du papier peint, alors autant oublier cela. Bon. Eh bien, peut-être achèteraient-ils seulement une jolie maison tous les deux – même s'il n'y en avait pas beaucoup à vendre. Il n'y avait pas beaucoup de maisons tout court sur Mure. Mais ils en trouveraient une charmante malgré tout ; elle rêvait des magnifiques maisons contemporaines qu'elle voyait dans l'émission *Grand Designs*, écologiques, en bois, avec de grandes baies vitrées, bien que, si elle était honnête envers elle-même, elle soit plus du genre à accumuler les coussins élimés, les vieilles couvertures défraîchies, les livres et les tasses à thé qu'à être une adepte du minimalisme.

Bref. Voilà les rêves qu'elle nourrissait. Cela n'allait pas plus loin. Des coussins et des baies vitrées orientées sud. Et si elle en était là, Joel en était encore sans doute à mille lieues. Mille. Elle poussa un soupir. Il s'était à peine remis de l'été dernier. C'était terrible de lui faire cela, de lui faire porter une telle responsabilité ; elle ne l'avait jamais voulu, jamais. Mais c'était sa faute à lui aussi, après tout, à force de se jeter sur elle dès qu'il passait la porte…

Au moins, la *Seaside Kitchen* l'occupait, et l'absence de Joel lui donnait un moment de répit, le temps qu'elle détermine comment lui annoncer la nouvelle.

Cela faisait une éternité qu'il n'était pas parti en voyage d'affaires (il vendait des entreprises pour Colton, qui souhaitait désinvestir ses actifs pour les donner à des associations caritatives sans alerter qui que ce soit), et elle se faisait beaucoup de souci pour lui.

Heureusement, au lieu de descendre à l'hôtel, il séjournait chez son thérapeute, Mark, qui l'avait connu enfant, quand il était son pédopsychiatre. Ils étaient devenus très amis, même si Mark continuait à lui donner de nombreux conseils. Mark avait avoué à Flora que le plus grand regret de sa vie était de ne pas avoir accueilli chez lui ce garçonnet intelligent et terrifié, de ne pas l'avoir adopté quand il était petit. Depuis, il cherchait à se faire pardonner. Sa femme, Marsha, et lui étaient les personnes les plus gentilles que Flora ait jamais rencontrées et, si quelqu'un pouvait veiller sur son homme en son absence, c'étaient bien eux.

Une idée lui traversa alors l'esprit : elle pourrait leur parler avant d'annoncer la nouvelle à Joel. Ils pourraient l'aider, c'était certain.

D'un autre côté, elle avait des scrupules à leur demander des conseils d'ordre professionnel, d'autant que Mark ne pouvait pas trop en dire. Et elle avait d'énormes scrupules à parler de sa grossesse à d'autres personnes avant de l'avoir annoncée au père du bébé.

Un bébé ! Elle avait beau passer ses journées à s'inquiéter à ce sujet, elle avait toujours du mal à y croire. Enfin, le moment était vraiment inopportun. Et elle avait peur de le dire à Joel. Elle ne pouvait pas se le permettre ; elle n'avait pas le temps ; la ferme ne pouvait pas accueillir un bébé, qui escaladerait Bramble pour atterrir directement dans le feu…

Elle se caressa le ventre d'un air songeur. N'empêche. Un bébé !

Chapitre trois

Il faisait un froid de canard dehors. Flora souriait en voyant arriver ses clients, l'air stupéfait, la porte s'ouvrant d'un coup, des bourrasques de vent glacial pénétrant à l'intérieur.

— Le vent transporte des flocons, l'avertirent de vieilles dames.

Ces dernières mettaient toujours en garde contre la neige, alors qu'elle tenait rarement sur Mure. Il s'en formait parfois dans l'atmosphère, mais il y avait trop de vent pour qu'elle se dépose. La neige était une créature vivante, dansante : elle traversait l'île en tourbillonnant avant de poursuivre sa route vers les sommets et les vallons des Highlands, recouverts d'un épais manteau.

Quand elle était toute petite, se souvint Flora, sa mère l'avait trouvée en train de danser dehors en pleine nuit. Elle lui avait alors raconté l'histoire des esprits de la neige qui volaient les enfants. Elle lui avait fait remarquer qu'elle s'était déjà à moitié transformée en enfant des neiges (elle était un peu bleue), avant de la mettre en garde : les enfants des mers ne devaient pas se mêler aux enfants des neiges. Elle l'avait donc fait rentrer et l'avait réchauffée avec un chocolat chaud bien crémeux. Cela avait réveillé Fintan, qui en avait réclamé un lui aussi, puis ils étaient tous deux retournés au lit, chacun avec une bouillotte, un bisou sonore et un gros câlin de leur mère, qui sentait le chocolat, la farine et la sécurité.

Flora savait bien que ce n'était pas l'arrivée de la neige qui la faisait penser à sa mère pendant qu'elle mélangeait de ses bras pâles et forts la mixture épaisse du Christmas pudding, Isla et Iona préparant à la chaîne, avec soin, des scones et des sandwiches pour la foule du petit matin. Elle balaya la salle du regard. Mme Johanssen était là, en route pour le cabinet de Saif, manifestement. Elle aimait le consulter (pour ne pas dire l'enquiquiner) une fois par semaine, surtout pour parler d'elle et de ses petits pépins de santé, qui, pour une femme de soixante-dix-huit ans, étaient vraiment minimes. Elle était même un miracle médical, forte comme un bœuf, n'ayant jamais rechigné à travailler dur tout en s'alimentant de poissons et de navets depuis soixante-dix-sept ans.

En dépit de son emploi du temps chargé, Saif la traitait avec autant de sérieux que les autres : c'était tout à son honneur. À la *Seaside Kitchen*, Mme Johanssen demandait toujours un scone nature, avant de s'assurer à quatre reprises qu'il ne contenait pas de raisins secs, car ils perturbaient sa digestion.

Le groupe de tricoteuses était également là. Elles ne consommaient pas beaucoup. Elles étaient surtout là pour profiter du chauffage gratuitement, mais Flora ne leur en gardait pas rancune : elles aidaient les tricoteuses de l'île de Fair Isle, un peu plus au sud, quand celles-ci étaient débordées, de façon que les vêtements aux beaux motifs tarabiscotés puissent toujours être qualifiés de produits locaux, artisanaux. Elles partageaient une théière en dégustant quelques scones, assises près du radiateur pour réchauffer leurs vieilles mains arthritiques, qui évoquaient des brindilles noueuses, tordues, après des années passées à leurs ouvrages. Le cliquetis de leurs aiguilles, mêlé au ronronnement de la BBC Radio nan Gàidheal, qui restait toujours allumée, berçait agréablement l'oreille pendant la journée de travail.

Dehors, quelques flocons tombaient en virevoltant, mais Geoffrey, qui, en plus d'être un client régulier, fabriquait les magnifiques tasses et assiettes en céramique pour le café, s'attardait devant la porte, l'air peiné. Il leva la tête.

— Non, asséna Flora.

— Je dis juste…

— J'ai lu ta pétition. Si j'autorise les chiens dans le café, ce sera quoi la prochaine étape ? Les lions ? Les bisons ?

— Il n'y a pas tant de bisons que ça sur Mure.

— Et *quid* des personnes allergiques aux chiens ? Si des poils se retrouvaient dans mes scones ?

— Je dis juste… Tu es de mauvaise humeur ce matin, commenta Geoffrey, les yeux plissés.

— Non. J'en ai juste assez de devoir expliquer cent cinquante fois par jour pourquoi les chiens sont interdits à l'intérieur.

— Tout ça parce que tu n'aimes pas les chiens.

— Geoffrey ! Il faudrait être fou pour ne pas aimer les chiens. Et j'ai un chien, je te rappelle. Mais je n'aime pas les traces de pattes dans la farine, c'est tout !

Dehors, Ruffalo, un énorme beagle croisé fox-terrier qui n'avait pas du tout conscience de sa taille, poussa un hurlement sourd.

— Si tu ne le gâtais pas autant, il ne ferait pas la tête pour un peu de neige fondue.

— Je ne supporte pas de voir un petit toutou qui fait la tête, répondit-il d'un air songeur.

— Il pèse plus lourd qu'une petite voiture ! Je ne te force pas à entrer.

— Quand tu fais tes scones au fromage, si, rétorqua-t-il, ce à quoi Flora répondit en opinant du chef avec suffisance.

La porte s'ouvrit à nouveau, et un gros courant d'air s'engouffra à l'intérieur. Flora sourit : c'étaient Charlie et Jan, qui dirigeaient le programme « Aventures en plein air » sur l'île, tantôt pour des entreprises, afin de gagner de l'argent, tantôt pour des enfants défavorisés (Joel leur donnait parfois un coup de main avec ces derniers).

— Teàrlach ! s'exclama-t-elle (la plupart des gens appelaient Charlie par son prénom en gaélique). Vous ne sortez pas vos bouts de chou par un temps pareil, j'espère ?

Elle servit son thé à Charlie, comme il l'aimait. Il tapota ses pieds pour faire tomber la neige, puis souffla sur ses doigts en les remuant, se délectant de la chaleur qui régnait à l'intérieur. Jan, elle, ne le fit pas : comme à son habitude, elle parcourut la salle du regard, d'un air de dire que le chauffage était un luxe injustifié et que Flora menait une vie de pacha.

— Oh, non, répondit Charlie en acceptant sa tasse de thé avec gratitude.

Jan les observait d'un œil attentif. Elle ne faisait pas confiance à Flora, qui avait échangé un baiser d'environ dix secondes avec Charlie l'année précédente, alors que Jan et Charlie avaient rompu. Depuis, ils s'étaient remis ensemble, et s'étaient même mariés, mais cela n'avait pas atténué les tensions, contrairement à ce qu'avait espéré Flora.

— Euh, est-ce que tu veux une tasse de thé, Jan ? proposa-t-elle docilement.

— Je travaille, rétorqua Jan, comme si Flora venait de lui proposer une double vodka soda.

Charlie tendit sa monnaie et, là encore, Jan le regarda faire, l'air scandalisé que Flora accepte de l'argent au simple motif qu'elle tenait un café.

Charlie, ignorant volontiers les tensions sous-jacentes, comme toujours (c'était un homme merveilleusement facile à vivre), reprit la conversation.

— C'est une entreprise cette semaine. Des comptables de Swindon.

Flora jeta un œil dehors. Il avait beau être dix heures du matin, il faisait toujours sombre. Elle aperçut un groupe d'hommes et de femmes à l'air mécontent, vêtus d'immenses imperméables peu flatteurs, bousculés par le vent, et ne put s'empêcher de sourire. Ils s'en sortaient moins bien que Ruffalo.

— Dis-moi qu'ils paient des milliers de livres pour avoir ce privilège.

— Bien sûr, répondit solennellement Charlie. Et ils doivent traverser le loch Errin en kayak avant le déjeuner.

Flora jubila.

— Oh là là, ils vont détester ça ! Est-ce qu'ils ont déjà fait du kayak, au moins ?

— Nan.

— Le vent doit au moins être de force quatre. Veux-tu leur apporter du thé ?

— Nan.

— Oh, Teàrlach, ça ne te ressemble pas d'être cruel.

— Je ne suis pas cruel. Regarde-les.

Blottis les uns contre les autres, les comptables de Swindon étaient en plein débat animé.

— Tu vois ? Ils se demandent s'ils vont se mutiner ou se contenter de partir, tout en disant combien ils nous détestent. Ils nous détestent vraiment.

Flora hocha la tête.

— Ça ne me surprend pas.

— Eh bien, c'est comme ça que ça marche, le *team building*, intervint Jan. C'est la haine qu'ils nous vouent qui les rapproche.

— Je n'avais aucune idée de la façon dont cela fonctionnait avant, dit Flora, étonnée. Je comprends mieux maintenant que tu le dis. Mais les garçons ont droit à des friands à la saucisse, eux !

Charlie haussa les épaules.

— Les garçons ont droit à tout ce qu'on peut leur offrir… Mais oui, prépare-moi quinze sandwiches tout simples pour plus tard. Sers-toi du pain d'hier, si tu veux.

— Hors de question ! répliqua Flora, outrée.

— … et facture-les au prix fort, s'il te plaît.

— Enfin, ça, ce n'est pas franchement nécessaire, rectifia Jan.

— Non, fais-le, *yarta*, s'obstina Charlie.

Ce « *yarta* » (petit mot affectueux signifiant « ma belle » en langue scots) sortit tout seul, sans qu'il puisse l'empêcher. Jan le fusilla aussitôt du regard, et Flora, ne sachant plus où se mettre, reprit sa tasse (il en avait une attitrée, suspendue à une crédence dans l'arrière-cuisine) avant de leur faire au revoir de la main.

*

À midi, le temps n'était toujours pas plus clément et la journée s'annonçait tranquille à la *Seaside Kitchen*, du moins jusqu'à quinze heures, moment précis auquel tous les commerçants de la grand-rue de Mure décrétaient avoir besoin d'une bonne part de Christmas pudding. Flora redoutait des crises de manque au mois de janvier. En plus, les pêcheurs rentraient au port à seize heures : il fallait leur servir du thé et des toasts en abondance et les installer au fin fond de la salle afin que leur odeur n'incommode pas les autres clients.

Flora décida de s'éclipser pour apporter son déjeuner à Fintan, de garde chez Colton. Pendant l'été, ils avaient passé beaucoup de temps ensemble sur la plage. Ils avaient constamment de la visite.

Mais Colton était plus faible à présent, il se repliait sur lui-même, et de moins en moins de monde passait les voir à l'improviste. Ils restaient en famille. Tous les deux.

Elle empaqueta un roulé de porc au bacon et à la gelée de canneberge qui était une nouvelle recette, puis se dirigea vers la vieille Land Rover toute boueuse de son père.

Au moment où elle ouvrit la porte, elle comprit pourquoi tous ses clients de la journée avaient l'air sonnés en entrant : le temps s'était gâté dans la matinée. Le vent glacial la saisit à la gorge à la seconde où elle mit le pied dehors. Il s'infiltrait partout, et elle frissonna dans sa doudoune, indispensable pour survivre sur Mure. Elle remonta son écharpe pour couvrir son nez et sa bouche, mais de petits flocons de neige fondue lui fouettaient le visage sur le côté, alors elle enfonça bien son bonnet, orné d'un pompon. Le temps d'arriver à la voiture, garée dix mètres plus loin, les places de parking ne manquant pas à cette époque de l'année, elle avait les mains gelées.

Quand le vieux chauffage tout encrassé finit enfin par fonctionner (ce qui ne changeait pourtant pas grand-chose, puisque le vent s'engouffrait en sifflant sous la bâche de protection à l'arrière de la Land Rover), Flora se mit en route.

Chapitre quatre

La demeure de Colton valait le détour. Cet ancien presbytère avait été rénové et agrandi pour le transformer en… *eh bien, en maison digne d'un milliardaire*, songea Flora en remontant l'allée de gravier impeccable, passant devant les paons renfrognés (qui devaient être frigorifiés, cela ne faisait pas l'ombre d'un doute), le portail sécurisé s'étant ouvert devant elle quand elle avait donné son nom à une voix invisible.

Ici, le ciel était plus lourd de neige, la maison étant située en altitude. Perchée au bord d'une falaise, elle surplombait la mer – qui semblait s'étendre à l'infini, jusqu'au pôle Nord, et n'était rompue que par un champ d'éoliennes, qui tournaient comme des folles, à toute vitesse, tels des moulins à vent futuristes. L'eau était couverte de crêtes blanches. La journée de travail serait longue et pénible pour les pêcheurs, même pour les enfants du pays.

Quand on lui ouvrit la porte (à l'arrière ; personne n'utilisait l'entrée principale sur Mure, et peu de gens fermaient à clé), la chaleur à l'intérieur fut aussi saisissante que le froid dehors.

Colton aimait qu'il règne une température tropicale chez lui – cela avait toujours été le cas, même avant qu'il ne tombe malade – pour pouvoir se promener pieds nus sur le dallage en pierre importé d'Italie, posé sur un plancher chauffant, si l'envie lui en prenait.

Fintan arriva avant qu'elle n'ait eu le temps de retirer ses quatre couches de vêtements. Il semblait avoir pris un coup de vieux : lui qui était d'ordinaire si facétieux paraissait désormais plus circonspect.

— C'est magnifique, commenta Flora en regardant autour d'elle.

Et, en effet, cela l'était. Toute la maison avait déjà été décorée pour Noël, alors que le mois de décembre venait à peine de commencer. Dans l'entrée, d'immenses lianes de lierre étaient enroulées autour de la vieille rampe d'escalier, du houx recouvrait chaque cheminée, et des feux crépitaient dans la bibliothèque et le salon, bien que ces deux pièces soient vides.

Cette vue fendit le cœur de Flora. C'était une si belle demeure, restaurée avec tant de soin et de goût, tout comme le *Rock*, l'hôtel que Colton avait acheté, un peu plus à l'est, qui était censé apporter tout le confort possible à ses invités et aux touristes. Sauf que les choses ne s'étaient pas passées comme prévu, à cause de sa maladie. Elle jeta un œil dans la cuisine : toutes les épices et herbes aromatiques possibles et imaginables étaient présentées dans des flacons aux lignes épurées posés sur des étagères immaculées. Cet endroit aurait dû bourdonner de vie et de joie, accueillir des fêtes, des enfants et des familles, car une chose extraordinaire s'était produite : Colton et Fintan avaient trouvé le grand amour et venaient de se marier.

Au lieu de cela, on se serait crus dans un mausolée, et Flora vit que son frère avait lu dans ses pensées.

— C'est pas mal, répondit-il du tac au tac en haussant les épaules. Un peu exagéré.

— J'ai apporté le déjeuner.

Elle préféra ne pas le prendre dans ses bras, car, bizarrement, cela lui aurait semblé condescendant. Et puis, jusqu'au décès de leur mère, ils n'avaient pas été du genre démonstratif dans la famille. À la place, elle brandit donc le Tupperware.

— Oh, il y a déjà un chef ici en fait, lui expliqua Fintan d'un air distrait. Alors…

— Ce n'est pas grave, je vais le manger. Je meurs de faim…

Elle s'interrompit. Elle mourait toujours de faim en ce moment.

— Bref. Est-ce qu'il est réveillé ? demanda-t-elle pour changer de sujet.

— Il ne va pas trop mal, aujourd'hui, répondit Fintan en opinant du chef. Tu veux aller lui dire bonjour ?

Ils montèrent l'escalier dans une ambiance sinistre ; Flora savait qu'il y avait d'autres personnes dans la maison, mais n'entendait pas le moindre bruit. L'épaisse moquette, bien moelleuse, étouffait tous les pas. Des effluves de bougies hors de prix, parfumées à la figue, à l'écorce d'orange ou au vin chaud, flottaient dans l'air, sans pour autant réussir à masquer une odeur très légère, mais caractéristique, de désinfectant.

Flora avait beau voir Colton aussi souvent que possible, cela lui faisait toujours un choc. Elle se rappelait le grand Américain, fort, au physique maigre et nerveux, qu'elle avait rencontré deux ans plus tôt dans une salle de réunion du centre de Londres : brillant, lunatique, plein d'assurance. D'une assurance horripilante. Elle eut un sourire triste en y repensant, mais Fintan ouvrit la lourde porte de bois qui menait à la suite parentale, et elle le suivit à l'intérieur.

Les rideaux épais qui habillaient l'immense bow-window avaient été ouverts pour laisser voir la tempête qui faisait rage dehors. Cette vue était toujours époustouflante, ensorcelante même, mais les flots agités et le paysage enneigé la rendaient encore plus spectaculaire. Flora se prépara mentalement avant de se tourner vers la silhouette amaigrie, allongée dans le gigantesque lit à baldaquin sculpté à la main.

Sauf que le lit à baldaquin avait disparu – évidemment qu'il avait disparu. Il avait été remplacé par un lit médicalisé ; c'était inévitable, bien sûr. Colton devait être protégé désormais. Et Flora savait depuis la mort de sa mère, des années auparavant, que, lorsqu'on ramenait ce genre de lit à la maison… Elle ne voulait pas y penser. Elle afficha plutôt un grand sourire.

— Salut, toi !

Le voir dans cet état la peinait tant. Colton avait toujours été mince, mais fringant ; comme tout bon milliardaire de la Silicon Valley, il avait un corps sain.

Maintenant, il était cadavérique. Il faisait bien plus que ses quarante-sept ans : il avait les joues caves, ses lèvres commençaient à se rétracter, ses yeux voilés regardaient dans le vague. Il avait toujours été si dynamique, plein d'allant, jamais à court d'idées – certaines bonnes, d'autres franchement grotesques. C'était un homme si vigoureux. Mais, à présent, ce sale truc l'envoyait au tapis, coup après coup, jour après jour.

Flora s'assit sur le lit, puis l'étreignit le plus délicatement possible. Il lui sourit du bout des lèvres, et elle constata avec soulagement qu'il la reconnaissait. Ce n'était pas toujours le cas. Il avait des jours avec et des jours sans, mais elle ne le voyait pas souvent les jours sans. Elle se contentait alors de cuisiner pour un Fintan traumatisé quand il passait en coup de vent à la ferme, cinq minutes, et qu'il n'avait qu'une envie : s'asseoir avec une bonne tasse de thé et déguster un hachis parmentier (qui n'avait pas été cuisiné par un chef vegan spécialisé dans l'alimentation anticancer, arrivé tout exprès en avion), câliner Bramble, cacher ses larmes dans l'épaisse fourrure du chien et, quand Agot, la fille d'Innes, était là, la laisser le seriner avec les derniers rebondissements de *La Pat' Patrouille* et un personnage nommé Shellington, une loutre de mer médecin à laquelle elle était à l'évidence très attachée, puis chanter pendant des heures la « chanson du badge Bâton » dans *Hé, Oua-Oua*.

Flora sentait que Colton n'était pas encore prêt à parler de sa maladie, mais, de toute façon, qu'y avait-il à dire ? Il avait été clair : ses volontés devraient être respectées. Il avait donc demandé à Joel de rédiger un document juridiquement contraignant pendant l'été, après le diagnostic de son cancer.

Pas de remèdes expérimentaux. Pas de chimiothérapie pour prolonger sa vie – et ses souffrances. Colton avait tout prévu, il avait fait ses adieux et, désormais, il se laissait porter par la marée : les vagues venaient de moins en moins lécher le rivage ; la mer se retirait de plus en plus, disparaissant peu à peu à la vue.

Fintan, bien sûr, désapprouvait. Il n'avait parlé de son homosexualité à sa famille que lors de sa rencontre avec Colton, quand il était tombé éperdument amoureux pour la première fois de sa vie. Et maintenant, on lui arrachait son bonheur : il n'arrivait tout bonnement pas à le supporter. Flora brûlait d'envie de lui dire qu'il rencontrerait quelqu'un d'autre, qu'il retomberait amoureux. Mais elle les avait vus ensemble, elle avait vu qu'ils étaient fous l'un de l'autre. Et elle n'était pas sûre de dire la vérité. Elle savait qu'elle n'aimerait jamais quelqu'un comme elle aimait Joel, ce pour quoi elle était terrifiée à l'heure actuelle.

Alors. Ils se contentaient tous d'être présents : pour Colton, ici, et pour Fintan, dans la cuisine familière de la ferme, où la vieille horloge égrenait les minutes sur le manteau de la cheminée, au-dessus du feu ronflant, à côté de la vieille coupe en étain, un cadeau de mariage qui avait appartenu à la mère d'Eck et qui contenait désormais des clés et tout un bric-à-brac, même si la maison n'était jamais fermée à clé. Où le tas de courriers s'amoncelait sur le buffet, jusqu'à ce qu'Innes se mette à faire les comptes avec un soupir. Où trônaient la bouilloire, qui devait avoir servi un bon milliard de fois, et la vieille cuisinière Aga, à bout de souffle. Entouré de tous ces objets familiers, il n'avait pas à faire semblant de ne pas être triste ; il n'avait pas à faire semblant que tout irait bien, que la journée serait belle. Il pouvait rentrer chez lui et être aussi grincheux et mutique qu'il le voulait ; Eck n'était pas vraiment du genre causant, de toute façon.

— Est-ce que tu peux passer en vitesse à la maison pour voir papa ? l'interrogea Flora, sachant qu'il avait parfois besoin d'une excuse pour s'échapper de cette immense demeure.

Il hocha la tête avec enthousiasme.

— Je reviens vite, dit-il à Colton en déposant un petit baiser sur sa joue avant de s'éclipser, l'air coupable.

Flora caressa l'épaule de son beau-frère.

— Comment ça va, aujourd'hui ? Ta super morphine fait-elle des merveilles ?

— Ça va, répondit-il d'une voix rauque. Et je vais demander au médecin de rallonger l'ordonnance de whisky.

— Excellente idée ! s'écria Flora d'une voix faussement enjouée, qu'elle ne reconnut pas. Quand est-ce que le médecin passe, d'ailleurs ?

Colton regarda dans le vide, l'air absent.

— Je ne… je ne sais pas vraiment l'heure qu'il est, murmura-t-il.

— Est-ce que tu veux de l'eau ?

Il acquiesça, et elle lui releva la tête pour l'aider à boire quelques gorgées. Cela représentait un effort considérable pour lui. Sous son pyjama en flanelle hors de prix, sa peau semblait fine comme du papier. Il n'était plus que l'ombre de lui-même.

— C'est pareil pour tout le monde en hiver, reprit-elle. Quatre heures de demi-clarté par jour, et on est complètement déboussolé.

Colton cligna des yeux.

— Est-ce que Fintan t'a lu les bulletins boursiers ?

Le *Financial Times* était posé, intact, à côté du lit, tout comme *The Economist* et *Time Magazine*.

— Je ne…, commença Colton d'une voix tremblante. Il les lit, mais je ne… je ne comprends pas vraiment. Je n'arrive plus à suivre…

Il agita une main translucide, et Flora fronça les sourcils.

— J'ai un magazine dans mon sac, proposa-t-elle en sortant un hebdomadaire.

Elle l'avait chipé à Jeannie, la secrétaire médicale, qui les achetait tous pour la salle d'attente, mais les lisait plus tard à la *Seaside Kitchen*, les laissant sur place – après quoi les filles attendaient que personne ne les regarde pour se jeter sur eux.

— Je pourrais te lire ma rubrique préférée, poursuivit-elle. Elle s'appelle : « Fausses paparazzades sur la plage. »

Étonnamment, Colton haussa les sourcils et fixa son regard sur elle.

— Super ! s'exclama-t-elle en s'installant confortablement. Alors, là, c'est Gina. Elle était dans la jungle et elle a vomi des tonnes d'asticots sur tout le monde. Maintenant, elle est connue pour…

Saif les trouva dans cette position, lovés l'un contre l'autre, une demi-heure plus tard, alors qu'il tentait de s'adapter à l'énorme écart de température entre l'intérieur et l'extérieur en retirant autant d'épaisseurs de vêtements que possible.

C'était le deuxième hiver que le médecin passait sur l'île, mais il avait en quelque sorte réussi à oublier le premier. Il valait peut-être mieux oublier, s'était-il dit le matin même en grattant les vitres givrées de sa voiture, sinon on n'aurait jamais le courage d'en affronter un deuxième. Comme l'accouchement.

— Bonjour, dit-il.

Flora sourit en voyant son beau visage, sa mine sérieuse – il avait des cheveux bruns un peu trop longs, une petite barbe et de grands yeux noirs avec une expression affolée, commune à la plupart des parents actifs.

— Je croyais que c'était la place de Fintan, enchaîna-t-il.

— Ça l'est, en général, répondit-elle en jetant un coup d'œil à Colton, qui semblait sur le point de s'endormir. Il a juste besoin… de s'échapper un peu.

— Je comprends, répondit Saif en hochant la tête.

— Comment… ?

Le médecin la considéra d'un air grave.

— Pardon, je ne peux parler qu'à…

— Oh oui, bien sûr, je sais. Je suis désolée.

Elle se leva, et Saif s'adoucit.

— Je dirais… comme prévu.

On avait beau leur répéter la terrible nouvelle, encore et encore, rien n'y faisait, songea Flora. Elle ne pouvait se faire à l'idée qu'un jour Colton ne serait plus là. Elle préférait donc ne pas y croire, mais était sans cesse rappelée à la réalité.

Saif s'approcha du lit. Une infirmière se matérialisa aussitôt à ses côtés pour l'aider (sortie de nulle part, elle faisait partie du bataillon qui veillait sur Colton en permanence, toutes très discrètes et silencieuses). Il réveilla Colton le temps d'évaluer ses fonctions vitales, puis fit un signe de tête. Flora savait qu'il lui signifiait de quitter la pièce, mais elle ne le pouvait pas, pas encore.

— Bon, tout se passe comme prévu, hein ? demanda-t-il en regardant sa montre pour prendre le faible pouls de Colton. Stable. Les médicaments sont efficaces, hein ? La douleur, ça va ?

Colton poussa un grognement.

— Plus de whisky.

— Je n'ai rien entendu, répondit le médecin tout en donnant son approbation à l'infirmière sans que Colton le remarque.

Puis il rangea ses affaires.

— À demain.

*

Flora le rattrapa dans le couloir.

— Euh… Est-ce que je peux te parler une seconde ?

Saif parut affligé. C'était le gros problème quand on travaillait dans une si petite communauté : tous ceux qu'il croisait avaient en général une question à lui poser, mais, s'il répondait favorablement à l'un, il faudrait qu'il dise oui à tous les autres, et cela n'en finirait plus.

— Flora ! Prends rendez-vous avec Jeannie, s'il te plaît !

— Jeannie va hurler, mal se comporter, et je pourrai dire adieu à la confidentialité. Et même si j'allais dans ton stupide cabinet, il y aurait quatre-vingt-quinze personnes que je connais dans la salle d'attente et, après, elles débouleraient toutes dans le café, tu sais qu'elles le font toujours, pour me demander si je suis contagieuse et si on peut consommer ma nourriture sans risque. Elles se passeraient le mot, et je fermerais boutique. C'est ce que tu veux, Saif ? C'est ça ?

Le médecin savait bien qu'il se faisait avoir, mais c'était un homme profondément gentil.

— Je ne t'examine pas, asséna-t-il en croisant les bras.

— Pas la peine.

La gorge de Flora se serra. À présent, il fallait qu'elle le dise à voix haute, ce qu'elle n'avait encore jamais fait. Elle réalisa qu'elle était nerveuse, morte de peur. C'était plutôt comique, un tantinet ridicule : une phrase toute bête, mais elle n'était pas certaine de réussir à la prononcer. Elle prit une profonde inspiration. Les larmes lui montaient aux yeux pour un oui ou pour un non ces derniers temps, de toute façon.

— Je suis enceinte.

Chapitre cinq

Le premier réflexe de Saif fut de sourire et de la féliciter, mais il se souvint que ce n'était pas forcément une heureuse nouvelle, alors il ravala ses félicitations et redevint stoïque. D'un autre côté, il ne pouvait que présumer qu'elle ne l'aurait sans doute pas coincé dans une cage d'escalier, si elle ne voulait pas garder cet enfant.

— Alors, est-ce… une bonne nouvelle ?

Les yeux de Flora s'écarquillèrent.

— Je ne sais pas. Enfin, oui, non ? Je crois. Enfin, c'est trop tôt. Je veux dire, on est ensemble depuis cinq minutes. Est-ce que c'est suffisant pour avoir un enfant ? Je ne sais pas. Et Joel est toujours plus ou moins en convalescence, et…

Saif l'arrêta d'un geste.

— Désolé… Ma question, c'est : est-ce que tu veux garder le bébé ?

— Oh ! oui. Je… Oui. Oui, bien sûr ! En fait, dans l'idéal, j'aimerais le garder… à l'intérieur… pendant environ deux ans, pour qu'on ait au moins une chance, tu sais, d'emménager ensemble. Bref. Pardon.

Ce n'est pas ton problème. Je voulais juste te demander : pourrais-tu le noter dans mon dossier médical ? Et m'envoyer tous les papiers ? Sans que j'aie à venir immédiatement au cabinet ?

Saif plissa les yeux.

— Est-ce que tu en as parlé à Joel ?

— C'est en bonne voie ; j'envisage sérieusement de, enfin, je réfléchis activement à la bonne manière de le lui annoncer.

Saif cligna des yeux. Il était redevable à Flora, cela ne faisait aucun doute : elle lui rendait souvent service, surtout quand on l'appelait en urgence le jour de congé de Mme Laird (qui s'occupait des garçons et de la maison) et qu'il déposait Ib et Ash au café avec deux jus d'orange et un scone, comptant sur elle pour garder un œil sur eux jusqu'à son retour.

— Bien. À combien de semaines en es-tu ? Tu le sais ?

— Plus de trois, d'après le test. C'est fiable, ces trucs-là ?

— Aussi fiables que ceux effectués en laboratoire. Est-ce que tu l'as acheté en ville ?

— Ah ! ah ! ah ! Je ne suis même pas sûre qu'on trouve de vrais tests en rayon. Tu imagines ? Depuis qu'ils existent, personne ici n'en a jamais acheté. Non, je me le suis fait envoyer de l'île principale, bien empaqueté.

— Tu ferais une bonne espionne, fit-il remarquer en commençant à descendre l'escalier.

— J'ai fait beaucoup de choses dans ma vie, mais je préfère de loin tenir un café.

— Eh bien, j'espère que tu aimeras autant le travail qui t'attend, lança Saif, se permettant enfin de sourire au moment où il quittait l'immense demeure.

Flora le regarda s'éloigner. Elle n'aimait pas penser à l'avenir, à la tournure compliquée qu'allaient prendre les choses, mais elle était soulagée. Elle avait franchi la première étape. Ouf ! Elle en tremblait encore, mais elle l'avait dit à voix haute, au lieu de se contenter d'aller et venir dans un état second, comme elle l'avait fait ces derniers jours, dans l'incapacité totale d'y croire, même si, statistiquement, elle comprenait plus ou moins ce qui s'était passé. Il était plutôt du genre irrésistible, Joel Binder.

Elle poussa un soupir.

Mon Dieu. Non, elle refusait d'y penser maintenant. Elle ressentait le besoin de faire quelque chose. De se confier à quelqu'un que cette nouvelle ravirait. Au même moment, elle entendit la Land Rover dans l'allée : c'était sans doute Fintan qui revenait.

Elle retourna dans la chambre, puis s'allongea à côté de Colton, qui avait de nouveau les yeux mi-clos.

— Je vais te confier un secret, chuchota-t-elle. Mais n'en parle à personne, pas même à Fintan.

— J'oublie… ce qu'on me dit.

— Tu vas être tonton à nouveau, lui murmura-t-elle à l'oreille en prenant sa main et en la serrant fort.

Cela prit un temps fou, mais elle finit par sentir une légère pression en retour. Elle le regarda. Une larme lui roulait sur la joue, mais il n'arrivait pas à lever la main pour l'essuyer. Alors, elle la sécha pour lui, avec douceur.

— Ça ne va pas plaire à Agot, commenta-t-il d'une voix éraillée. Pas du tout.

— Je sais. Je sais.

Chapitre six

Lorna perdait ses moyens, c'était indéniable. La période de Noël était frénétique dans tous les établissements scolaires, et l'école primaire de Mure ne faisait pas exception, bien qu'elle ne comptât que trente-huit élèves en tout. Elle était divisée en deux groupes : les petits, dont s'occupait Lorna en plus de son rôle de directrice, et les grands, dont se chargeait Mme Cook, une vraie sainte, qui s'efforçait aussi de donner un coup de main pour la paperasse. Lorna avait autant de tâches administratives à remplir que de grands établissements comptant six classes par niveau et un bureau plein de secrétaires et de personnel (sinon plus, d'ailleurs, puisque les écoles des îles devaient constamment prouver qu'elles se débrouillaient avec des classes multiniveaux) : cela lui paraissait profondément injuste, mais elle s'en accommodait.

Car, cela mis à part, elle aimait cette école. Perchée au sommet d'une colline (que les élèves dévalaient en luge l'hiver, quand la neige tenait), elle surplombait le village et affichait une architecture dans la pure tradition écossaise : un bâtiment de grès rouge, muni d'entrées différentes pour les filles et pour les garçons, avec les inscriptions toujours taillées dans la pierre au-dessus des portes (même si elles n'étaient plus d'actualité, bien sûr), et une cour de récréation plane avec des marelles peintes au sol. À l'intérieur, de vieux radiateurs au mazout, énormes, les tenaient au chaud quand la météo se déchaînait, même si les fenêtres bringuebalaient. Quand l'école avait ouvert, cent quarante ans plus tôt, les insulaires s'étaient montrés sceptiques : ils la voyaient comme une ingérence dans leur mode de vie. Les radiateurs les avaient fait changer d'avis. Les petits îliens endurcis, habitués aux pièces froides, aux cottages pleins de courants d'air et aux sanitaires extérieurs, affluèrent vers le cadre douillet de la salle de classe, où ils réchauffaient leurs engelures près des radiateurs, peu disposés à retourner aux champs. La vieille garde craignait que cela ne les rende trop délicats. Et ce fut peut-être le cas, car les générations suivantes avaient petit à petit déserté l'île. Mais les gens commençaient à y revenir à présent, attirés par sa promesse de paix, de beauté et de sérénité, et un bon réseau Wi-Fi, plus ou moins, en fonction du vent.

Malgré tout, Lorna n'était pas rassurée. L'école de l'île de Canna, près de l'île d'Eigg, avait fermé l'année précédente quand ses quatre derniers élèves avaient déménagé. Il ne fallait jamais se montrer trop confiant à ce sujet.

Et maintenant, il fallait préparer la crèche vivante. La distribution était toujours un cauchemar. Sans compter la plupart des enfants d'agriculteurs trouvaient totalement insensé que leur vache préférée n'ait pas de rôle dans la représentation : tous les ans, Lorna devait donc leur faire accepter cette idée, et ce n'était pas une sinécure.

Les yeux rivés sur la liste des élèves, elle fronçait les sourcils. Il lui paraissait logique de demander à Ibrahim, le fils de Saif, de jouer Joseph. Après tout, avec son frère Ash, ils étaient les seuls élèves originaires du Moyen-Orient. Pour autant, serait-il maladroit de lui demander d'interpréter l'un des personnages de l'histoire chrétienne, alors qu'il n'était pas chrétien ? Mais pourquoi cela devrait-il avoir de l'importance ? On penserait peut-être qu'elle avait attribué le rôle principal au seul enfant non blanc seulement pour la forme. D'un autre côté, si elle ne lui donnait pas le rôle, passerait-elle pour une raciste, puisqu'il était là ? Sans compter que cela ne plairait peut-être pas à Saif. Avec n'importe quel autre parent, elle se contenterait de passer un coup de fil. Mais il y avait cette histoire entre eux.

Bien sûr, elle n'avait aucune chance – même s'il avait été convenable pour une institutrice de sortir avec un parent d'élève, ce qui n'était pas le cas. Et il lui adressait à peine la parole, donnée dont il fallait tenir compte dans tout ce bazar. Pour faire avancer les choses, elle s'efforça donc d'oublier toutes ces considérations.

Elle inscrivit sur sa fiche : « Joseph : Ibrahim Hassan. » Puis elle barra son nom. Elle se rappela avec nostalgie sa formation d'enseignante à Glasgow, où des enfants en provenance d'horizons très différents se mêlaient, de manière salutaire, et où ce genre de choses n'avait aucune importance. Ici, les gens le remarqueraient. Elle inscrivit à nouveau son nom : cela ferait du bien à Ib, un garçon très réservé, un peu renfrogné (ce que personne ne lui reprochait, compte tenu du fait qu'à onze ans il avait traversé des épreuves que la plupart des gens ne pouvaient imaginer), de monter sur scène, d'être applaudi, acclamé, de se sentir important.

D'un autre côté, l'accuserait-on de traiter le petit réfugié avec condescendance ou de le favoriser, en lui donnant le premier rôle, alors que son anglais pouvait encore être un peu hésitant ? Or, quoi de mieux pour améliorer son anglais que de devoir parler d'une voix forte et claire ?

Lorna referma brusquement son cahier. Cela pouvait attendre un jour de plus. Elle demanderait conseil à Mme Cook ; avoir son avis lui serait utile. Elle jeta un œil à son téléphone. Un message de Flora disait simplement : « *Harbour's Rest ?* » C'était un code pour : « Je suis en pleine crise ! » Il était dix-sept heures trente passées. Bon. Joel refaisait sans doute des siennes, mais penser à autre chose pendant cinq secondes, faire taire son cerveau et savourer un gin tonic (le vin servi au *Harbour's Rest* était tout bonnement atroce) pourrait être sympa, et peut-être même que Flora trouverait une solution. Elle fila à sa voiture, puis descendit lentement la colline, ses essuie-glaces balayant furieusement le pare-brise.

Chapitre sept

Le *Harbour's Rest* avait ses habitués : de bons gars qui, après une dure journée de labeur dans les champs ou en mer, venaient boire un whisky au pub pour bavarder, avoir la chance de rester assis en silence près du feu, à lire le journal ou à caresser leur chien, ou simplement trouver un peu de réconfort et de gaieté, à l'abri de la tempête.

Lorna s'était installée à leur place habituelle, au comptoir, pour qu'Inge-Britt puisse participer à leur conversation si elle avait des suggestions intéressantes à leur faire, mais Flora lui désigna la table du coin, plus loin dans la salle, alors qu'elle était située juste à côté de la porte et que, chaque fois que quelqu'un entrait, le vent s'engouffrait à l'intérieur et s'infiltrait dans le cou. Cela n'augurait rien de bon. Puis Flora se rendit au comptoir pour revenir avec un gin tonic pour Lorna et un Coca Light pour elle.

C'était très bizarre. En général, Lorna se considérait comme une personne plutôt équilibrée. Elle avait connu des hauts et des bas dans la vie : ses deux parents étaient morts, et son frère travaillait sur les plateformes pétrolières. Elle se sentait donc souvent seule sans famille autour d'elle, même si leur communauté était très soudée. Et elle avait été (d'accord, elle était) profondément éprise d'un homme qui ne pouvait l'aimer en retour.

Mais elle aimait son travail ; elle aimait son petit appartement douillet sur la grand-rue, où on était proche de toutes les commodités et pouvait voir les allées et venues ; elle aimait Milou ; elle connaissait tout le monde sur l'île et pouvait dire en toute bonne foi qu'elle n'avait aucun ennemi sur terre. Elle avait un peu d'argent de côté, était en bonne santé, entourée d'amis. De nature plutôt enjouée, elle n'avait pas tendance à se lamenter sur son sort.

Aussi fut-elle surprise de sa réaction. Elle eut vraiment du mal à l'encaisser. Elle ressentit aussitôt une jalousie maladive. De l'envie, de l'envie pure. D'un coup, comme un coup de poing. Elle était estomaquée.

— Tu n'es pas…, commença-t-elle, atterrée.

— Sérieusement, répondit Flora, l'air furieux. Tu me prends vraiment pour une pochtronne…

Mais elle ne put tenir plus longtemps.

— Oh, et puis mince ! Oui. Je le suis.

Il y eut un silence insoutenable, jusqu'à ce que Lorna se rappelle ce qu'elle était censée faire à ce stade : sauter de joie et prendre son amie dans ses bras, ravie pour elle.

Et elle l'était, se dit-elle avec force. Elle était ravie. Elle l'était.

— Oh là là, est-ce que tu pleures ? lui demanda Flora. Ne te mets pas à pleurer. Sérieusement. Sinon, je vais pleurer, moi aussi.

— Ne pleure pas.

— Pourquoi est-ce que vous pleurez ? les interrogea Inge-Britt en passant devant elles sur le chemin des toilettes, qu'elle comptait tenter mollement de nettoyer. L'une de vous est-elle en cloque ?

— Bon, lança Lorna. Est-ce qu'on peut retourner au comptoir, maintenant ? Je gèle, ici.

Pendant qu'elles déplaçaient leurs affaires, elle regarda son amie. Flora était pâle, mais elle l'était toujours : elle avait la peau si blanche qu'elle en était presque translucide. Sa mère était comme elle, c'est pourquoi elles avaient la réputation d'être des *selkies*, des esprits de phoque qui prenaient forme humaine pour vivre sur terre. Flora ne le prenait pas au sérieux, mais Lorna s'était toujours dit qu'il y avait peut-être du vrai là-dedans. Agot, la nièce de Flora, avait la peau encore plus claire et des cheveux presque blancs. Elle ressemblait à une minuscule sorcière – et en était une, en l'occurrence.

Mais oui, Flora était sans doute un peu plus blême que d'habitude, avec de petits cernes bleu pâle sous les yeux. Et…

— Nom d'un chien ! Est-ce que tu as des seins ? Tu en as, oui ! Tu n'as jamais eu de seins. Joel va être ravi. Encore plus ravi, je veux dire.

Flora fit la grimace.

— Ah. Ah, eh bien…

S'ensuivit un long silence, tendu.

Lorna regarda son amie. Entre deux vieilles copines comme elles, cela se passait de mot : Flora n'eut pas besoin de finir sa phrase pour que Lorna comprenne.

Elle but une autre gorgée, se reprochant sa jalousie. Flora n'avait pas la vie facile, elle non plus. Lorna aimait bien Joel – ou, du moins, le croyait-elle ; il ne se laissait pas approcher facilement. Et il ne ménageait pas Flora. Lorna savait qu'il avait été éprouvé par la vie, qu'il avait eu une enfance difficile, mais n'empêche : cela n'excusait pas toujours le fait qu'il faisait rarement passer son amie en premier.

Elle chercha une manière de formuler sa question (« Tu ne lui as pas encore dit ? ») pour qu'elle ne paraisse ni sarcastique, ni étrangement triomphante, ni compatissante, ni emplie de tout autre sentiment qu'elle ne voulait pas exprimer, mais finit par renoncer, préférant revenir à la vieille langue qu'elles entendaient enfants, sur les genoux de leurs grands-parents.

— *Doch dhu naw telt ?* l'interrogea-t-elle avec le plus de ménagement possible.

Flora poussa un soupir, elle parut subitement sur le point d'éclater en sanglots.

— Ne t'en fais pas pour moi, dit-elle. Je fais ça tout le temps en ce moment.

— Quoi ?

— Pleurer. Comme une Madeleine. À longueur de temps. L'autre jour, j'ai pleuré en regardant Bramble.

— Qu'est-ce qu'il faisait ?

— Il mangeait la facture de gaz. Rien, quoi !

Lorna hocha la tête, puis posa la main sur le bras de son amie.

— Oh, ma puce. Mais ça va aller ! Il va être fou de joie ! C'est sûr ! Je veux dire, vous êtes en couple et tout…

— On est en couple depuis cinq minutes ! s'exclama-t-elle en séchant les larmes qui lui montaient aux yeux. Je le connais à peine ! Je sais juste que, pour lui, la famille, c'est plus ou moins un gros mot.

— Eh bien, peut-être qu'il se cherche une famille depuis tout ce temps, répondit Lorna, la tête penchée. Et c'est toi, sa famille.

— Oui, une autre personne et moi ? Lorna, où est-ce qu'on va vivre ?

Lorna leva subitement la tête, comme si elle avait eu une illumination.

— Quoi ?

— Eh bien, je me disais… enfin. Depuis l'année dernière, je me demande quoi faire de la ferme. Elle manque d'entretien, elle est de plus en plus délabrée, et je n'ai pas neuf cents frères pour l'entretenir, moi. Il faut que je la vende, Flora.

— Si j'avais besoin d'une ferme en train de tomber en ruine, je pourrais tout simplement rester chez moi, merci.

Lorna secoua la tête.

— Non, non, tu m'as mal comprise. Je veux dire, si vous me payiez un loyer, vous pourriez emménager dans l'appartement. Comme ça, j'aurais assez d'argent pour rénover la ferme et la vendre.

Flora en resta coite. L'appartement de Lorna était son refuge. Quand elles voulaient faire la fête, cela se passait en général chez Flora, à la ferme, puisque tout le monde connaissait le chemin. Sinon, elles se retrouvaient au pub ou à la *Seaside Kitchen*. Lorna n'avait pas eu de petit ami depuis trois ans, depuis Gregor, un gentil pêcheur aux yeux pétillants, originaire de l'île d'Eigg, qui, avec sa mine sympathique, ses horaires de travail et sa nature bon enfant, avait dupé son monde : personne n'avait remarqué qu'il avait une autre petite amie sur l'île de Rùm. Et probablement une sur celle d'Eigg, aussi.

Mais elle s'égarait : l'appartement était vraiment adorable. Juste à côté du front de mer, il bénéficiait d'une belle vue, tout en étant en grande partie protégé des conditions météo les plus extrêmes, car il donnait sur les rues pavées qui partaient du port. Il passait inaperçu, à moins de le chercher expressément, niché dans un bâtiment en grès dont la façade courbe était ornée de petites sculptures. Le rez-de-chaussée de l'immeuble accueillait le minuscule musée de Mure, qui abritait des objets anciens, de magnifiques bijoux celtes aux motifs géométriques et des objets rejetés par la mer, témoins du transport maritime depuis des siècles dans la région, ainsi que la petite bibliothèque du village, qui faisait usage de son chauffage avec tant de ferveur que Lorna avait à peine besoin d'allumer le sien.

L'appartement comptait deux pièces de vie aux plafonds hauts. Dans la première, un salon tamisé, trônaient une grande cheminée, devant laquelle Milou s'allongeait sur un vieux tapis persan, et un canapé gigantesque, qui occupait tout le mur du fond. Lorna l'avait peinte dans des tons profonds de vert et de rouge, qui donnaient l'impression d'être dans une jolie boîte à bijoux.

À l'arrière se trouvait une magnifique cuisine flambant neuve, dont les éléments avaient été expédiés de l'île principale en échange d'une petite fortune. Exposée plein sud, elle était inondée de soleil – quand il y en avait, bien sûr. Une porte vitrée menait au palier de l'escalier de secours, que Lorna avait rempli de plantes luxuriantes et où, par beau temps, elle dispersait de gros coussins imperméables : il ressemblait donc plus à une petite oasis. Avec Flora, elles y avaient passé de nombreuses soirées agréables, à refaire le monde en partageant une bouteille de vin, l'enchevêtrement des toits sous les yeux.

Il comprenait aussi deux chambres, dont l'une immense, et deux salles de bains. Ce petit appartement cachait bien son jeu. Flora parut étonnée.

— Est-ce que tu es sérieuse ?

— Il faut monter deux étages, répondit Lorna avec un haussement d'épaules.

— Oui, mais personne d'autre n'habite l'immeuble. Je pourrais laisser la poussette dans la cage d'escalier. Oh là là. Je vais devoir acheter une poussette. Oh là là. Oh là là.

— Arrête de paniquer. Ou, du moins, panique pour une chose à la fois.

Flora opina du chef.

— Oh là là. Je vais devoir aller à Aberdeen.

— Euh… ?

— Les poussettes. Ils ont des poussettes à Aberdeen. Ils ont un magasin John Lewis. J'ai lu sur Internet qu'on ne pouvait pas avoir de bébé sans un John Lewis à proximité.

— Sérieusement, Flora, on ne parle pas de John Lewis, là, la reprit Lorna, presque fâchée contre elle, avant d'y réfléchir. D'un autre côté, il y a une chose positive dans tout ça.

— Quoi ?

— Tu peux être sûre que Joel ne surveille pas ton historique internet.

Flora lui adressa un regard sévère.

Lorna fit semblant de ne rien voir, but une bonne gorgée de gin tonic, puis prit la main de son amie.

— Est-ce que tu veux ce bébé ? lui demanda-t-elle à voix basse.

— Oui ! répondit Flora avec ferveur, avant de lever les yeux. Mais je veux que Joel en ait envie, lui aussi. Et je ne suis pas sûre qu'il en soit capable.

Chapitre huit

Le lendemain, curieusement, Flora était en train de fixer son téléphone, essayant de se forcer à le décrocher, quand il sonna. Elle cligna des yeux, mais ce n'était pas Joel.

Un numéro international s'afficha, et elle supposa que c'était le coup de fil habituel : des touristes américains qui venaient en vacances et qui désiraient savoir si la *Seaside Kitchen* proposait de la nourriture sans gluten. Elle leur expliquerait gentiment, patiemment, que non, ce n'était pas le cas, mais que tous les ingrédients étaient produits localement, ce qui, pour un nombre étonnant de personnes qui venaient malgré tout, revenait à peu près au même.

— La *Seaside Kitchen*, bonjour ! dit-elle avec entrain.

Il y eut de la friture sur la ligne, comme si la personne à l'autre bout du fil avait fait tomber le téléphone.

— Allô ? fit une voix, avant qu'une autre n'intervienne derrière elle.

— Ne sois pas bête, tu n'as pas besoin de hurler comme ça. Elle est en Écosse, elle n'est pas sourde.

Flora se détendit en reconnaissant le ton de la voix.

— Mark ? Marsha ? C'est vous ?

— Tu vois ? lança Marsha. Elle t'entend très bien.

Les entendre lui rappela l'été, quand Mark avait joué un rôle clé pour empêcher Joel de sombrer dans la dépression nerveuse. Il l'avait aidé à reprendre pied au grand air des îles et, en marchant, en aidant les autres, en prenant soin de lui, Joel avait eu le temps de guérir et avait pu revenir à Flora, trouver la force de persévérer. Elle devait une fière chandelle à Mark.

— Allô ? Allô ? Flora, est-ce que tu es là ?

Elle sortit de sa rêverie.

— Je suis sur Mure, Mark, pas sur la Lune.

— D'accord, c'est vrai. D'accord. Bon. Écoute, enfin, tu as le droit de dire non.

Flora dressa l'oreille. En général, quand les gens disaient cela, ils voulaient dire : « Si tu dis non, cela signe la fin de notre amitié. »

— Mmh mmh ?

— Eh bien, je me disais… J'ai trouvé Mure si belle quand je suis venu et, enfin, Marsha aimerait beaucoup la découvrir, elle aussi, et on se disait qu'on pourrait peut-être venir pour Noël ?

Flora sourcilla.

— Mark, il faut que je te prévienne. Tu es venu au mois de juillet, quand il y avait du soleil, qu'il faisait chaud et jour tout le temps.

— Oui, oui.

Flora jeta un œil dehors : des bourrasques de neige fondaient sur le réverbère du port. Il était près de neuf heures du matin, mais il faisait encore nuit noire.

— Eh bien, ça ne ressemble pas vraiment à ça en ce moment…

— À quoi cela ressemble-t-il ?

— Euh, c'est le noir complet toute la journée. Et il y a du vent. Beaucoup, beaucoup de vent.

Un ange passa.

— Enfin, évidemment, on serait ravis que vous veniez.

— Je me suis dit qu'on allait te demander, parce qu'on ne voit Joel qu'en coup de vent depuis qu'il est là, expliqua Marsha. Il nous a dit de t'appeler…

— Je ne sais pas où vous pourrez séjourner…

— Colton nous a invités au *Rock*, répondit Mark. Bien sûr, c'était il y a un bout de temps. L'été dernier. Mais il a dit qu'il serait toujours à notre disposition…

— Oh oui, le *Rock* sera parfait ! s'enthousiasma Flora.

L'hôtel était magnifique. Si Colton avait pris des dispositions pour qu'il reste ouvert, ce serait parfait.

— Et vous pourriez passer le jour de Noël avec nous, reprit-elle.

— Cela ne vous poserait pas problème ?

Flora y réfléchit. Elle n'avait rencontré Marsha qu'une fois, mais elle l'avait trouvée sage, directe, bienveillante. Et discrète. Sans oublier qu'elle connaissait Joel mieux que personne. Elle ferait sans doute une bonne confidente. Marsha était la femme la plus franche et la moins moralisatrice que Flora ait jamais rencontrée.

— Cela me ferait très plaisir, répondit-elle avec une chaleur qui transparut à l'autre bout du fil. Cela me ferait vraiment très plaisir de vous voir, tous les deux.

Mais vous n'aurez pas le droit de vous plaindre du temps.

— On ne se plaindra de rien, dit Mark. C'est juste…

Marsha prit le relais. Ils devaient être sur haut-parleur.

— On est juste si heureux de vous voir tous les deux, dit-elle. On est comblés.

Ah, songea Flora. Mais elle ne développa pas.

Chapitre neuf

La grossesse présentait un avantage, songea Flora : elle ne passait plus beaucoup de nuits blanches. À la seconde où elle posait la tête sur l'oreiller, elle tombait comme une masse. Le fait de ne plus boire les gins tonics d'Inge-Britt dans des verres dégoûtants n'y était probablement pas pour rien non plus, présumait-elle.

Avec un soupir, elle se dirigea vers la cuisine à pas feutrés, ses chaussettes épaisses aux pieds. Elle pensa avec envie à l'appartement de Lorna : elle avait du chauffage au sol dans la cuisine et, chaque fois que Flora s'y rendait, la première chose qu'elle faisait était d'enlever ses chaussettes. C'était un tel luxe.

Elle servit le thé. Joel rentrait le lendemain. Ils pourraient en parler. Plus qu'un jour. Plus qu'un jour à tenir.

En arrivant à la *Seaside Kitchen*, elle trouva Isla et Iona en train de glousser. Quelque chose se tramait.

— Qu'est-ce qui vous arrive ? les interrogea-t-elle avec suspicion.

Ces deux-là étaient obsédées par les garçons, toujours prêtes à en faire de belles. Cela pouvait donc être n'importe quoi. Mais cela avait sans doute un rapport avec les garçons.

Iona vira au rouge.

— Rien. Rien du tout… Tout va bien. On a fait une belle recette hier.

Flora vérifia la caisse. C'était vrai ; et inhabituel à cette époque de l'année.

— Est-ce que les comptables de Charlie ont fait une grève-surprise en signe de protestation ? demanda-t-elle d'un air circonspect.

Il n'était pas rare qu'une âme en peine quitte le groupe pour faire cavalier seul, se frayant un chemin à l'intérieur les terres, sous l'orage, pour rejoindre la grand-rue et le bord de mer. Ces malheureux se tapissaient alors dans un coin de la *Seaside Kitchen* avec un bol de soupe et un croque-monsieur, jusqu'à ce que leurs mains cessent de trembler. Flora les prenait suffisamment en pitié pour les servir, mais pas au point de ne pas les dénoncer à Charlie quand il appelait pour savoir si elle les avait vus.

Isla secoua la tête.

— Non. Pas eux. C'était…

— Chut ! l'interrompit Iona.

— D'accord. Oui, chut. D'accord.

Flora, ne tenant pas compte de leurs manigances, consulta le calendrier.

— Oh non ! Il faut que je prépare la fête de Noël. Ça va vite arriver.

Sa mère avait instauré une tradition quand ses quatre enfants étaient élèves de l'école : tous les ans, après la crèche vivante, l'île entière venait faire la fête chez eux. C'était devenu une date incontournable du mois de décembre.

— Est-ce que tu vas danser ? l'interrogea Isla.

Flora fit non de la tête. Elle savait pertinemment que la danse, c'était fini pour elle.

— Certainement pas. Mais toi, tu peux.

— Je n'ai pas le choix, répondit tristement la jeune fille. Mme Kennedy m'a déjà mise dos au mur.

— Vraiment ?

Son intraitable professeure de danse ne le lui avait pas demandé cette année, songea Flora. Aurait-elle remarqué quelque chose ? Non, c'était impossible. Sûrement pas.

— Bref, ce n'est pas important. Ce qui est important pour nous, c'est qu'on a une commande de trois cents tartelettes de Noël fourrées aux fruits secs !

Les filles râlèrent.

— Tout le monde raffole de ces tartelettes maison !

— Oui, mais elles sont…

Flora savait ce qu'elles voulaient dire. Le confit de fruits secs était tout collant, visqueux, après l'avoir laissé mariner pendant plusieurs jours, comme il se devait ; les petits morceaux de suif avaient tendance à remonter sur les bords ; et faire en sorte que la pâte reste légère, friable, pour un si grand nombre de petites tartelettes n'était pas à proprement parler difficile, mais très, très répétitif.

— Allez, dit-elle pour essayer de les encourager, tandis qu'elle inspectait d'un air satisfait les gros cakes qui sortaient du four pour les clients affamés qui allaient arriver. On en fera cent chacune. Oh là là, non. Ça ne donne pas plus envie. Bon. On fait une chaîne de production.

Elle jeta un œil aux comptes de la veille.

— En fait, si vous restez un soir pour le faire, vous aurez une majoration de salaire.

À ces mots, les filles retrouvèrent le sourire, et Flora alla retourner l'écriteau sur la porte pour signaler l'ouverture de la boutique.

*

Aux environs de onze heures, les filles se remirent à glousser. Flora était de retour en cuisine. Bon sang, mais comment pouvait-elle être aussi fatiguée ? Elle avait dormi près de neuf heures la nuit précédente. Elle se servit un autre café. Elle ne buvait plus que du décaféiné, bien sûr, mais elle espérait duper son cerveau et que cela lui redonnerait la pêche.

Elle entendit alors des pas d'hommes, lourds, nombreux, entrer dans la boutique, et passa la tête à la porte.

Un groupe de jeunes hommes, un peu gauches, était là. Ils avaient tous le crâne rasé et portaient de longs manteaux épais. Tous blancs, la plupart d'entre eux étaient grands et beaux, avec des pommettes saillantes. Isla et Iona sourirent de toutes leurs dents devant les vitrines, et les tricoteuses elles-mêmes posèrent leur ouvrage pendant une seconde.

— Bonjour ! les salua gaiement Flora.

Le chef de groupe s'avança, l'air gêné. Il tenait sa casquette à la main.

— Nous voudrions… dix-sept…

Il désigna le Christmas pudding. Flora le dévisagea avec curiosité. Il avait un accent prononcé et, subitement, elle eut une petite idée d'où ils venaient.

— *Da*, bien sûr, répondit-elle avec un sourire.

Le jeune homme parut surpris.

— Vous êtes russes, non ?

Les jeunes hommes se rassemblèrent pour débattre entre eux, dans une langue qui était à l'évidence du russe.

— *Da*, finit-il par répondre à contrecœur.

Isla et Iona mirent leurs parts de pudding dans un grand sac en gloussant de plus belle. Il y aurait des déçus à l'heure du thé.

— Pêcheurs ? demanda Iona.

Ils n'étaient pas pêcheurs : c'était si flagrant que Flora faillit exploser de rire. Pour commencer, ils portaient tous des manteaux militaires.

— *Da*. *Da*. Pêcheurs, répondit l'homme en bafouillant, de plus en plus gêné, tout rouge, comme les filles continuaient de glousser.

Flora hocha la tête, un petit sourire en coin.

— Des pêcheurs, donc, dit-elle.

Elle savait que les garçons auraient de gros ennuis si quelqu'un cherchait à découvrir si, oui ou non, il y avait des sous-marins nucléaires dans la région. Mieux valait donc éviter de poser la question.

Le beau jeune homme les remercia, paya, puis se retourna pour partir quand Iona, rouge comme un homard, lui courut après afin de lui donner un prospectus pour la fête de Noël.

— Quoi ? lança-t-elle innocemment en revenant, sous le regard désapprobateur de Flora. Il est superbe. Ils sont tous superbes.

— Mais ils ne parlent pas un mot d'anglais !

— Elle ne prévoyait pas de leur parler, commenta Isla.

— Tais-toi, Isla !

— On se calme, tout le monde, dit Flora alors que le cliquetis des aiguilles à tricoter reprenait. Et, Iona, évite juste de provoquer un incident militaire international majeur, si tu peux…

Chapitre dix

Comme toujours, Saif n'était pas en avance et tentait de faire presser le pas à ses fils alors qu'ils montaient la colline. Il neigeait à gros flocons aujourd'hui, un manteau blanc de plus en plus épais tapissait le sol, et ils se frayaient donc un chemin dans le blizzard. Mme Laird avait tricoté des cagoules aux garçons, si bien qu'on distinguait à peine leur visage – excepté les longs cils d'Ib qui dépassaient, recouverts de petits cristaux. Cet enfant allait être d'une beauté renversante.

C'était en Ash, malgré tout, que Saif retrouvait le plus Amena, sa splendide épouse ; son fils avait le même visage en forme de cœur, les mêmes pommettes hautes, et ce sourire foudroyant, enchanteur.

Malgré la neige, réussir à les faire sortir le matin était toujours un cauchemar. La première phrase d'anglais qu'ils avaient apprise chez eux, et non à l'école, était littéralement un hurlement de leur père, leur enjoignant de mettre leurs chaussures.

Il était étrange, songea Saif, qu'ils parlent anglais à la maison à présent. Neda, l'assistance sociale et psychologue qui les appelait régulièrement pour prendre de leurs nouvelles, avait insisté pour qu'ils parlent arabe à la maison et anglais à l'école, de façon que les garçons n'oublient pas leurs racines.

Or Saif trouvait cela trop difficile. L'arabe était la langue qu'ils parlaient quand ils étaient une famille – au complet. Celle dans laquelle chantait Amena quand les garçons étaient bébés et qu'elle les berçait dans la cour, l'été, où des odeurs d'essence se mêlaient à celle du grenadier rabougri qu'ils tentaient de maintenir en vie dans un coin lorsqu'ils sortaient étendre les grenouillères pour les faire sécher.

C'était la langue des dessins animés que ses fils regardaient quand ils étaient petits ; Ash ne cessant de se tortiller, pendant qu'Ib restait assis bien droit, en pleine concentration. La langue de leurs cousins et cousines, de leurs tantes, de toutes ces personnes qu'ils ne voyaient plus, qu'ils ne reverraient peut-être jamais.

Non. Le seul moyen de composer avec cette nouvelle vie, c'était de la vivre pleinement. L'amour qu'Ash portait aux haricots à la sauce tomate ; le plaisir que prenait Ib, contre toute attente, à regarder *Le Prince de Bel-Air*, une série que Saif trouvait incompréhensible, d'autant qu'elle semblait dater d'une bonne trentaine d'années.

Cela tenait le passé à distance. C'était une perte, d'après Neda. Saif, lui, sentait avec amertume que c'était une perte nécessaire ; sinon, comment pourraient-ils tourner la page ? Comment pourraient-ils exister, si ce n'était dans les circonstances qui étaient les leurs à présent ? Comment pourrait-il refuser cela à ses fils ?

Malgré tout, la nuit, il s'agitait dans son sommeil : il rêvait qu'Amena les attendait à la porte de leur petite cour commune et que les garçons ne la reconnaissaient pas, ne lui parlaient pas dans la seule langue qu'elle connaissait. Il se réveillait alors en nage (avec Ash dans son lit, le plus souvent), entortillé dans ses draps, se demandant combien de temps cela allait durer. Combien ?

Puis il regardait la jolie forme à côté de lui ; il pensait à son autre garçon, enfin paisiblement endormi dans la grande chambre voisine, un brin lugubre, les étoiles brillant dans le ciel, la lune veillant sur eux de loin, les gardant en paix et en sécurité, et il se disait : *C'est pour eux que tu es ici. Tiens bon. Tiens bon.*

*

Ce matin-là, un petit attroupement s'était formé devant les grilles de l'école. Au départ, les autres parents s'étaient méfiés de Saif – non pas parce qu'ils avaient quelque chose contre lui, personnellement, mais parce qu'Ib, après avoir vécu des choses difficiles, s'était comporté comme un vrai petit monstre, pour appeler un chat un chat. Il mordait. Donnait des coups de pied. Criait dans une langue étrange. N'était jamais invité nulle part.

Toutefois, les choses commençaient à se tasser un peu : Ib était un excellent joueur de foot et il se débrouillait aussi très bien au *shinty*, remarquèrent-ils dès qu'ils lui mirent une crosse entre les mains. Comme ils manquaient toujours de participants pour constituer des équipes sur leur petite île, cela tombait bien.

Il était donc un peu mieux accepté, mais restait réservé, sur ses gardes. Ash, avec sa carrure chétive et ses manières attachantes (sans parler de ses grands et beaux yeux), était devenu le chouchou des filles : il était dorloté, choyé, partout où il allait. Saif n'était pas certain que ce soit une bonne chose – les garçons et les filles ne se mélangeaient pas trop dans ses précédentes écoles –, mais c'était différent ici, supposait-il. Au moins, il avait des petits camarades avec lesquels déjeuner à la cantine.

Les autres parents se turent à son approche, mais Saif ne remarquait pas vraiment ce genre de détails. Une liste était affichée, et il réalisa peu à peu qu'il s'agissait de la distribution d'un truc mystérieux appelé « crèche vivante ». À côté du prénom « Joseph » figurait celui d'Ibrahim, et à côté du mot « aubergiste » (que Saif devrait chercher sur Google), celui d'Ash.

Tout le monde avait les yeux rivés sur lui pour juger de sa réaction. Or il n'avait pas la moindre idée de la façon dont il était censé réagir. Il faudrait qu'il demande à Jeannie, la secrétaire médicale, même s'il savait que c'était une vraie commère et qu'elle racontait tous les potins qu'elle n'avait pas pour obligation de garder secrets, comme les dossiers médicaux par exemple. L'amitié de Lorna lui manquait tant.

Lorna lui manquait pour tout un tas de raisons ; il éprouvait de forts sentiments à son égard. Mais cela n'arriverait jamais, point final. C'était difficile. Il avait trente-quatre ans ; était en forme, jeune, en bonne santé. Quand les garçons allaient au lit le soir, il se sentait si seul et, parfois, en se rendant au travail le matin, il se surprenait à rêver de sa magnifique chevelure rousse, de ses adorables taches de rousseur, de son rire chaleureux.

Mais c'était impossible. Il était marié. Il avait prononcé ses vœux. Son attirance pour elle ne signifiait qu'une chose : il devait toujours garder ses distances. Pour le bien de tous. Il ne pouvait donner à Lorna ce qu'elle attendait de lui.

Il n'avait toujours pas de nouvelles de Syrie ; la famille d'Amena s'était dispersée, la plupart en Turquie, et il avait peu de contacts avec elle, la communication étant difficile. Tout ce qu'il avait pu reconstituer, c'était que son épouse était sortie un matin pour acheter à manger aux garçons et qu'elle n'était jamais revenue.

Saif était un homme de science. Son esprit avait été formé à la pensée rationnelle. Le principe du rasoir d'Occam – selon lequel l'explication la plus simple était presque toujours la bonne – s'appliquait ici.

Mais il restait une chance. Une petite chance qu'Amena soit toujours en vie. Une toute petite chance que ses garçons aient une maman ; que sa famille soit réunie. Il fallait qu'il y croie. Il le fallait.

Mais son amie lui manquait beaucoup.

Chapitre onze

À son arrivée au cabinet, l'habituelle rangée de petites mamies l'attendait, certaines accompagnées de leur mari réticent. Saif les observa : suivi du diabète, hypertension, stabilisateurs de l'humeur… et Mme Giffney. Un mois auparavant, il avait commis une erreur terrible : incapable de trouver un traitement à ses mystérieuses douleurs musculaires, qui ne correspondaient à aucune pathologie un tant soit peu dangereuse et avaient sans doute plus à voir avec le généreux rembourrage de ses chaises et l'habitude qu'elle avait de porter son chien sur une seule hanche quand il pleuvait (c'est-à-dire tout le temps), il lui avait conseillé des herbes traditionnelles à frictionner qu'ils utilisaient en Syrie plutôt que des gels chauffants hors de prix. Elles avaient apparemment fait des merveilles (même si elle les avait prises lors d'une période de temps exceptionnellement sec) et, depuis, Mme Giffney, convaincue que Saif était un genre de chaman, disait à tout le monde de lui demander des remèdes ancestraux, ce que faisait un nombre surprenant de patients.

D'après Saif, le temps et l'attention supplémentaires que les méthodes complémentaires pouvaient apporter étaient extrêmement bénéfiques ; les ingrédients en eux-mêmes, un peu moins, sans quoi il se les serait volontiers appropriés dans sa pratique médicale. Mais Mme Giffney ne voulait rien entendre, pas plus que ses copains, qui avaient pris l'habitude de lui demander s'il n'avait pas des herbes ou un cataplasme à leur suggérer à la place des statines. Finissant par déclarer forfait, il avait acheté de la coriandre séchée sur Internet : il leur conseillait d'en prendre une pincée avec le vrai médicament qu'il leur prescrivait, en insistant sur le fait que cela ne serait efficace que s'ils suivaient ses instructions à la lettre.

— Qu'est-ce que c'est une « crèche vivante » ? demanda-t-il le plus nonchalamment possible à Jeannie.

Il connaissait plus ou moins l'histoire, mais ne comprenait pas bien ce qui allait se passer à l'école.

Jeannie lui fit un grand sourire.

— Oh oui, ils ont décroché les rôles principaux, hein ! Apparemment, ils sont arrivés comme des fleurs et ils ont raflé tous les bons rôles, juste parce qu'ils viennent du Moyen-Orient. C'est bien ça ?

Jeannie était toujours au courant de tout.

— Est-ce une mauvaise chose ?

— Je vous taquine. C'est le moment fort de Noël. Les enfants font une crèche vivante à l'école et, ensuite, il y a une grande fête à la ferme MacKenzie.

Avisant son visage inquiet, elle fronça les sourcils.

— Vous n'avez pas envie qu'ils participent au spectacle ?

— Nous vivons ici maintenant, répondit-il d'un air résolu, se demandant si les autorités chercheraient à savoir si ses fils y avaient participé. Nous ferons... tout... ce qui est nécessaire.

— On ne considère pas ça comme une corvée d'ordinaire. C'est super sympa. Mais ce n'est pas une obligation.

Saif poussa un soupir.

— Non, non, ça va.

— Ça va être dur pour vous, Noël, ajouta Jeannie avec compassion.

Parce qu'il serait seul, entendait-elle, mais Saif, lui, crut qu'elle disait cela parce qu'il le fêtait pour la première fois. Ils hochèrent tous deux la tête d'un air grave, puis il attrapa les dossiers du jour et pénétra dans la salle de consultation.

Chapitre douze

Joel détestait New York. Il détestait toutes les villes. La Grosse Pomme se montrait pourtant sous son meilleur jour, recouverte de neige, décorée de lumières scintillantes, mais l'air était toujours saturé de gaz d'échappement et de l'odeur des hot-dogs, il résonnait des klaxons des voitures et des cris des habitants, comme de ceux des visiteurs qui essayaient de traverser le quartier de Midtown.

Colton était en train de « mettre de l'ordre dans ses affaires », pour reprendre l'expression des médecins, et, dans son cas, il y avait beaucoup à faire. Joel était seulement là pour s'assurer que son testament était inattaquable. Prêt. Colton voulait être prêt. Il destinait tout son argent à des associations, à l'exception de ses propriétés sur Mure : Fintan hériterait de la maison et du *Rock*. Cette succession était d'une simplicité enfantine, alors, forcément, cela rendait tout le monde hystérique.

Mais ce voyage cachait autre chose : c'était un test. Joel avait fait une petite dépression nerveuse pendant l'été et s'adaptait, comme aimait le dire Mark, à son nouveau mode de vie, plus calme. Cet épisode avait été dur pour tout le monde. Or, si Joel voulait continuer à travailler un peu, il devait se tester. À New York pour trois jours, il séjournait chez Mark et Marsha pour ne pas se retrouver isolé dans une chambre d'hôtel, et ses amis veillaient à ce qu'il ne passe pas trop de temps seul.

Toutefois, le soir de son arrivée, il avait été surpris de la grande sensation de calme qu'il avait éprouvée. Il s'était installé avec Marsha dans le petit salon de leur bel appartement de l'Upper East Side, situé au dernier étage d'un immeuble d'avant-guerre, devant une belle flambée, les fenêtres closes pour faire taire la rumeur de la ville.

— Je préfère quand il neige, avait-il fait remarquer. Ça me rappelle la maison.

— C'est tout New York, ça, avait répondu Marsha en lui faisant un bisou. Il fait soit un froid de canard, soit une chaleur infernale.

— C'est comme ça tous les jours à la maison, avait-il ajouté avec le sourire. On s'y habitue.

— Est-ce que tu viens de prononcer le mot « maison », j'ai bien entendu ? l'avait interrogé Mark en entrant dans la pièce, vêtu d'un pull immense qui le faisait ressembler à un Père Noël grec.

Le sourire de Joel s'était élargi.

— Merci encore pour l'été dernier.

— Oh, nous n'avons rien fait, avait répondu Mark en secouant la tête. Remercie plutôt ta petite amie.

Joel avait levé les yeux au ciel.

— Comme vous voulez.

Le couple l'avait dévisagé, l'air d'attendre quelque chose.

— Quoi ?

— On se demandait juste comment ça se passait entre vous, avait dit Marsha. Non pas que ça nous regarde, bien sûr…

Chapitre treize

Flora préparait des cookies aux épices, se disant qu'elle devrait peut-être se contenter d'appeler Joel. Non. Elle pourrait peut-être demander son avis à Fintan, cela lui changerait les idées. Non, cela ne fonctionnerait pas non plus. Plus de gens seraient au courant avant Joel, plus cela se passerait mal, elle en était certaine.

Elle tergiversait, ignorant totalement les filles, quand la clochette à l'entrée tinta de nouveau. Au départ, elle pensa qu'il s'agissait des marins russes qui revenaient voir Iona, mais cet homme n'avait pas du tout une allure de militaire : corpulent, il était vêtu d'un jean orné d'une énorme ceinture, dont dépassait une grosse bedaine. Il portait aussi une chemise à carreaux et un drôle de blouson, ouvert, ce qui semblait imprudent en cette saison. Il avait des sourcils épais, le teint hâlé, une cinquantaine d'années, et ne vieillissait pas particulièrement bien.

Flora afficha un grand sourire. Sûrement un touriste, qui avait supposé à raison que Noël sur les îles pourrait être une expérience insolite à raconter à ses amis, mais qui avait oublié de lire la mise en garde concernant la météo.

— Bonjour, puis-je vous aider ?

L'homme plissa les yeux.

— Salut.

Il était américain, comme elle l'avait deviné à la seconde où il était entré.

— Puis-je vous aider ? répéta-t-elle, un sourire poli toujours scotché aux lèvres.

Il ne lui rendit pas son sourire, ce qui n'était pas très américain de sa part : en général, les gens qui arrivaient des États-Unis étaient ravis d'être là et ils ressentaient le besoin d'expliquer que leur arrière-grand-mère était originaire de l'île, ou du coin, ou d'Irlande, ce qui revenait au même, n'est-ce pas, mon chou, enfin, peu importe, mais qu'ils étaient venus en voyage organisé.

— Je cherche quelqu'un, répondit-il d'un ton un brin mélodramatique.

Flora se serait crue en plein western, dans un saloon, où un pianiste aurait cessé de jouer en entendant ces mots.

— Ah oui ? demanda-t-elle avec prudence.

Elle avait beau être partie longtemps, loin de l'île, elle était murienne jusqu'au bout des ongles. Elle connaissait tout le monde, et tout le monde la connaissait, et elle ne connaissait pas cet homme : elle garda donc le sourire, mais resta méfiante.

L'homme s'approcha. Il balaya la *Seaside Kitchen* du regard, l'air pas franchement emballé, ce qui crispa d'autant plus Flora.

Il la regarda ; il avait des yeux gris-bleu, qui lui rappelèrent quelqu'un, mais elle n'arriva pas à déterminer qui.

— Je cherche Colton Rogers, dit-il d'une voix qui évoquait un grognement.

Flora parut étonnée. Cet homme dégageait quelque chose… mais elle n'aurait su dire quoi. Ses sens étaient peut-être exacerbés. La grossesse vous rendait peut-être plus vigilante, songea-t-elle. Ou peut-être ne semblait-il pas… très sympathique, tout simplement.

— Voulez-vous une tasse de thé ou de café ?

Il regarda avec dédain le gros percolateur cliquetant.

— Nan.

Flora aurait aimé que la *Seaside Kitchen* ne soit pas aussi calme ce matin. Sans compter que dehors planait un brouillard givrant, ce qui rajoutait à l'ambiance un peu sinistre.

— Alors, pourquoi le cherchez-vous ? l'interrogea-t-elle poliment.

L'homme poussa un soupir, l'air subitement très fatigué.

— C'est mon frère.

Flora comprit pourquoi ses yeux lui avaient semblé familiers. Ils avaient la même couleur acier que ceux de Colton. Mais ceux de son beau-frère s'adoucissaient quand il souriait, ils s'ornaient de petites rides… Enfin, avant. C'était vraiment très étrange : depuis qu'il était malade, la peau de son visage s'était détendue – du fait des médicaments, sans doute. Et ses rides avaient disparu : sa peau était presque lisse. Comme il avait perdu beaucoup de poids, il avait l'air étonnamment jeune, tel un enfant.

Cet homme ne lui ressemblait pas vraiment, mais Flora voyait un air de famille. En se concentrant. Malgré tout, elle ne parvenait pas à l'imaginer en train de rejeter la tête en arrière et d'éclater de rire. Mais alors pas du tout.

Elle s'occupa en faisant un peu de rangement.

— Est-il au courant de votre venue ?

— Non, répondit-il en grognant. Colton n'veut rien avoir à faire avec nous. On n'est que sa famille biologique, après tout.

Flora sourcilla.

— Eh bien, je ne peux pas… enfin. Avez-vous parlé à Fintan ?

Le front de l'homme se rida.

— À qui ?

Chapitre quatorze

Flora finit par sourire du mieux qu'elle le put, prit congé et disparut dans la cuisine, où elle appela aussitôt Fintan.

La voix de son frère était étouffée, mais il se leva avant de s'éloigner en rassurant Colton. Flora entendit la lourde porte se refermer derrière lui.

— Comment va-t-il ?

— Il est mourant, rétorqua durement Fintan, avant de se reprendre. Pardon, Flo. On a passé une très, très mauvaise nuit. Je n'arrêtais pas d'imaginer qu'il avait cessé de respirer.

— Merde, lâcha-t-elle.

Elle ne savait pas quoi dire d'autre.

— Son état a empiré depuis que tu l'as vu. Je suis en train de le perdre, poursuivit-il, des larmes dans la voix. Il s'éloigne de plus en plus. Et je ne le retrouve plus. Plus celui qu'il était.

— Il est toujours là, quelque part.

— Je ne crois pas, non. Flora… Je crois qu'il veut partir, bégaya-t-il, étranglé par l'émotion.

Flora ne répondit pas. Elle partageait son avis. Le monde de Colton n'était plus que douleur : cela le rongeait de l'intérieur. Bien sûr qu'il voulait partir. Il n'y avait qu'une issue possible, aussi déchirante soit-elle pour tous.

— Il ne… ne restera pas pour moi, ajouta Fintan dans un murmure.

— Je sais.

Elle n'avait aucune envie de lui dire pourquoi elle l'appelait.

— Il y a… il y a quelqu'un dans le café, dit-elle en chuchotant.

— Hein ? répondit Fintan, ne saisissant pas.

— Il y a quelqu'un ici…

— Est-ce que… Attends. Est-ce que tu es victime d'un hold-up ? C'est un braquage ?

— Non ! Pourquoi croirais-tu une chose pareille ?

— Tu chuchotes ! Je me suis demandé si tu n'étais pas retenue en otage.

— Pourquoi est-ce que je t'appellerais, dans ce cas ?

— Oh, merci beaucoup.

Au moins, Fintan était plus égal à lui-même.

— Non ! Je veux dire, il y a un type ici. Qui prétend être le frère de Colton.

Aucun membre de la famille de Colton n'avait assisté à leur mariage. Ils l'avaient presque renié quand il leur avait parlé de son homosexualité, et Colton n'avait eu aucune envie de les y voir – il les traitait de gros beaufs.

— Oh, bon sang ! s'écria Fintan. Il ne leur a même pas dit sur quelle île il vivait.

— Oh oui, si seulement il n'avait pas inventé Internet !

— Il n'a pas inventé Internet, pas vraiment… il en a juste monétisé une bonne partie…, répondit-il avant de pousser un soupir.

— Qu'est-ce que tu veux que je fasse ? Que je lui dise que Colton ne vit pas ici ? Que je lui mente éhontément ? Sa tête ne me revient pas.

— Ah, ça y est, tu te méfies à nouveau des étrangers, en bonne insulaire. C'est bien. Oh là là, je ne sais pas. Et si Colton voulait le voir ?

— Est-ce que ça pourrait être le cas ?

— Il dit que non, mais, tu le connais, il est bravache. Je veux dire, tu sais. Même s'ils sont aussi casse-pieds que toi, par exemple… La famille, en fin de compte…

— Sa mère sait-elle qu'il est mourant, au moins ? demanda Flora à voix basse.

Il y eut un long blanc.

— Bon. Laisse-moi essayer de lui parler, finit par dire Fintan. Comment s'appelle-t-il ?

Flora haussa les épaules, geste perceptible à l'autre bout du fil.

— Oh, tu es nulle, comme détective. Bon, Colton va faire une sieste… Je vais passer. Empêche-le de partir.

— Et comment est-ce que je suis censée faire ça ?

Mais Fintan avait déjà raccroché.

*

Fintan pénétra à nouveau dans la chambre avec précaution. Les lourds rideaux étaient ouverts, et l'épaisse brume à l'extérieur donnait le sentiment qu'ils flottaient au-dessus de la mer. Colton était réveillé, mais il avait le regard perdu dans le vague, et il était difficile de déterminer s'il était vraiment là.

— Colt ? l'appela Fintan en avançant à pas feutrés vers le lit.

Colton lui répondit par un demi-sourire, ce qui était déjà bon signe.

Fintan s'assit au bout du lit, puis tendit les mains vers celles de son mari, en prenant soin d'éviter le cathéter.

— Bon, alors, apparemment, ton frère est en ville.

Cette annonce eut un effet monstre sur Colton. Comme s'il avait reçu une injection d'adrénaline. Il essaya de se redresser et réussit à soulever sa tête de l'oreiller. Plus important, son regard se fixa et, un instant, il redevint lui-même, avec son esprit acéré.

— Tripp ? Cette ordure ? Vraiment ? Il ne manque pas d'air !

Fintan le dévisagea.

— Quoi ? Je ne veux pas qu'il m'approche.

— Euh…

— Je suis sérieux, Fintan. Tu m'entends ? Je déteste ce fumier.

Et, à ce moment précis, Fintan aima ce frère plus que tout au monde pour avoir levé le voile, pour lui avoir ramené son Colton – même fou de rage.

— Je t'entends, répondit-il en serrant plus fort la main de son mari. D'accord. Dis-moi ce que tu veux qu'on fasse de ce gros nul.

*

Tripp avait accepté un Coca (certainement pas light), qu'il sirotait d'un air morose, les yeux rivés sur son téléphone.

— C'est quoi le mot de passe du Wi-Fi ? grommela-t-il.

— J'ai bien peur qu'on n'ait pas le Wi-Fi, répondit Flora.

Si plus d'une personne se connectait en même temps à leur réseau Wi-Fi (quelque peu limité sur l'île), il plantait, alors elle avait tout bonnement décidé de ne pas en avoir dans le café. Et puis, cela évitait que des vacanciers trempés, mal en point, ne campent là toute la journée en ne consommant qu'une tasse de thé. Elle compatissait, mais elle arrivait déjà à peine à joindre les deux bouts, et la petite bibliothèque en était dotée, si quelqu'un en avait désespérément besoin.

— Bon sang, répondit-il.

— Et je n'ai toujours pas de nouvelles de… Fintan.

L'homme ne réagit pas, il se contenta de s'installer confortablement, l'air déterminé à ne pas bouger tant qu'il n'aurait pas obtenu de réponse.

— Voulez-vous manger quelque chose ? lui demanda Flora, en s'efforçant de rester polie.

— Ouais, je mangerais bien un hamburger.

Elle fronça les sourcils.

— Euh, j'ai bien peur qu'on n'en serve pas. J'ai de la quiche.

— De la quiche ? répéta-t-il comme si elle venait de lui suggérer de manger un vélo. C'est ça, oui. Non, merci.

Il regarda autour de lui.

— Vous avez des pancakes ?

En général, ils n'en servaient pas non plus, mais Flora mourait d'envie de s'éclipser un instant dans la cuisine et n'avait aucune objection à préparer quelque chose d'aussi simple. Elle lui répondit donc « Bien sûr » avec un sourire, et il lui demanda du sirop d'érable et du bacon, qu'elle avait tous les deux en cuisine. N'ayant aucune idée de la quantité de pancakes qu'il voudrait manger, elle finit par en préparer neuf, qu'il dévorerait tous, semblant même regretter un peu qu'il n'y en ait pas plus. Pendant ce temps, pas moins de quatre groupes de personnes entreraient, verraient ce qu'il avait dans son assiette et décréteraient en vouloir aussi et, comme ils étaient super faciles à préparer et ne coûtaient absolument rien, Flora finirait par les mettre à la carte : ils deviendraient une vraie mine d'or à l'heure du déjeuner. Elle avait donc au moins une raison d'être reconnaissante d'avoir rencontré le frère de Colton.

— Alors, est-ce que vous restez longtemps ? l'interrogea-t-elle.

Il but une grande gorgée de Coca.

— Chais pas encore.

Sur ce, il se remit à manger.

*

Fintan partit au pas de charge dès que Saif arriva pour sa visite quotidienne. En voyant l'homme assis là, en train de mâchouiller ses pancakes d'un air impassible, il s'arrêta net, puis s'approcha tout doucement de Flora, lui indiquant du regard de le retrouver dans la cuisine.

— Il n'a pas l'air très sympa, commenta-t-il quand ils furent arrivés devant la cuisinière et que Flora eut allumé la radio.

— Je sais. Est-ce que tu veux que je lui demande de partir ?

— Eh bien, il faut que je te dise…

Il lui expliqua que Colton s'était réveillé, qu'il était subitement redevenu super alerte.

— Attends un peu ! Tu es en train de me dire que c'est une bonne chose qu'il soit là ?

Fintan avait de grands cernes sous les yeux.

— Il est de retour. Flora, il est de retour. Il est animé. Il est avec moi ! Vraiment là, dans la pièce !

— Il est fou de rage !

— Il est carrément fou de rage, approuva Fintan. Mais, Flora… sinon, il va juste se laisser dériver lentement.

— Tu es en train de me dire que ton plan, c'est d'énerver Colton ?

— Oh non, répondit-il, l'air abattu. Dit comme ça, ça a l'air horrible.

Flora poussa un soupir. Son frère la regarda comme s'il ne l'avait pas vue depuis longtemps.

— Qu'est-ce qui t'arrive ? T'as grossi, non ?

— Arrête. Mais, je réfléchissais… aux familles, tu sais.

— Ces cellules dysfonctionnelles sur lesquelles on n'a absolument aucun contrôle, aussi pénibles soient-elles ?

— Oui. Ça aussi. Mais… n'empêche. Je veux dire, si j'avais un fils ou… je veux dire, si l'un de vous était sur son lit de mort…

— Même Hamish ?

— Oui, même Hamish, tais-toi… Je veux dire, c'est le seul membre de sa famille qu'il va voir.

— Eh bien non, parce que je suis là, moi.

— Je sais bien, j'essaie de t'aider, là. Tu as deux bonnes raisons de laisser ce type voir Colton. *Primo*, parce que ça l'a réveillé. *Deuxio*, parce que… je pense que c'est sans doute ce qu'il faut faire.

— Mais si c'est un gros trouduc ?

— On ne choisit pas sa famille. Mais ça, tu es bien placé pour le savoir.

Ils échangèrent un petit sourire, leurs querelles passées oubliées depuis longtemps.

— Tu as quand même l'air d'avoir grossi, lui fit remarquer Fintan. Ooh, est-ce que tu fais des pancakes en ce moment ? Est-ce que je peux en avoir ?

Chapitre quinze

Tripp était sans doute descendu au *Harbour's Rest*, nota Flora le lendemain matin en se rendant à la *Seaside Kitchen*, quand elle avisa un gigantesque SUV rutilant garé devant l'hôtel. La plupart des gens n'apportaient pas de voiture sur Mure : les sentiers étroits ne les y encourageaient pas et, de toute façon, l'île était faite pour marcher ; pour découvrir une nouvelle vue à chaque virage, éviter les grouses qui se dandinaient en plein milieu de la rue, tels des bambins satisfaits, regarder les hérons prendre leur envol, réfléchir au sens de la vie sur les murets de pierre millénaires et sinueux, admirer les feuillages d'un pourpre éclatant ou les motifs changeants que dessinait le soleil sur les imposantes collines. Le tour de l'île était vite fait en voiture. Mais la question à se poser était plutôt : qui pourrait bien avoir envie de faire une chose pareille ?

L'hypothèse de Flora se confirma une demi-heure plus tard, lorsque Tripp entra en titubant, l'air vaseux (elle se demanda s'il s'était laissé tenter par les bouteilles de whisky toutes poussiéreuses d'Inge-Britt), avant de faire une remarque sur le café servi au *Harbour's Rest*, qui aurait pu paraître d'une grossièreté sans nom si on n'y avait jamais goûté.

Comment était-il possible que deux frères ne puissent pas passer une nuit sous le même toit ? Que s'était-il passé ? Comment une famille pouvait-elle se déchirer de la sorte ?

Elle pensa alors à celle de Joel et, se caressant le ventre d'un air songeur, s'efforça de ne pas s'en faire.

*

Tripp était encore sous le coup du décalage horaire, désorienté. Mais pourquoi faisait-il si froid ici ? Il pensa à toutes les instructions qu'on lui avait données suite à la réunion de famille organisée en urgence dans l'État du Delaware.

Il avait été décidé à l'unanimité que ce serait lui qui irait, puisque sa stupide sœur était empêtrée dans un énième divorce et ramenait tout à elle, et que ses parents avaient une santé fragile. Sans oublier que son père, cet abruti, ne supportait toujours pas que son fils soit de la jaquette. Bon Dieu, quoi, Tripp ne voyait pas cela d'un bon œil, lui non plus, mais ce n'était pas le problème.

Il poussa un soupir. À l'époque, venir au pays du scotch (ou Dieu savait où il se trouvait) lui avait semblé facile. Il entrerait et réglerait son compte à Colton, comme il le faisait enfant, quand son frère était une telle mauviette, un tel intello, qui lui faisait honte, et n'était jamais là pour jouer ou faire les fous dans la cour. Toujours à l'intérieur, scotché à son fichu micro-ordinateur, à essayer de l'assembler pour éclairer un circuit ou faire sonner un truc ou un autre, comme si c'était de la plus haute importance.

Colton se laissait marcher sur les pieds. Au lycée, pourrir la vie de son petit frère, ce geek pathétique, faisait fureur. Tripp trouvait cela hilarant. Cela lui apprendrait. Il n'avait qu'à se comporter comme un vrai mec. Il faisait honte à la famille, et leur père était d'accord avec lui. Janey, leur sœur, n'en avait rien à faire d'eux. Leur père pensait que Colton devait apprendre à se défendre et à se débrouiller seul ; à rendre coup pour coup. Mais le garçonnet tremblant et pleurnicheur ne le fit jamais, et les autres enfants le traitaient de tous les noms.

Tripp trouvait Colton pathétique, embarrassant. Ne savait-il pas que tout ce qu'il avait à faire, c'était de répondre ? Prendre part à une bagarre, rien de plus ; même si on perdait, on gagnait le respect des autres. Ce n'était pas difficile, si ? D'accord, il n'avait pas envie de faire du football américain, mais il était assez dégingandé pour le basket. Quelque chose, au moins. Pas s'enfermer dans la salle de science tous les midis, bon Dieu ; rentrer tout seul à la maison, à pied. Tripp ne comprenait pas comment ils pouvaient faire partie de la même famille. Colton exaspérait même leur mère, avec son nez qui coulait en permanence, son asthme léger et son rhume des foins. Tout ce qui traînait, il l'attrapait. Tripp était persuadé qu'il simulait pour louper une journée d'école, comme une lopette.

Après le lycée, Tripp s'était lancé dans la vente de voitures avec son père. C'était un vendeur-né : il flattait les dames, parlait sport avec les hommes, et voilà le travail. Il était resté dans sa ville natale, avait épousé la plus jolie fille du lycée – qui s'était avérée être une vraie casse-bonbon, même s'il était de plus en plus évident qu'elle pensait exactement la même chose de lui.

Colton était parti à l'université à dix-huit ans, le plus loin possible, au Caltech, ou un truc comme ça. Après cela, Tripp ne s'était plus trop intéressé à lui.

Jusqu'à ce que le nom de son petit frère rasoir et pathétique commence à apparaître dans les journaux. Ce n'était pas grand-chose au début : de petits articles dans les pages économiques de titres que Tripp ne lisait pas, mais que sa mère conservait religieusement.

Puis, de plus en plus, il s'était mis à faire l'actualité : un service de collecte d'informations que Tripp n'avait pas vraiment cherché à comprendre avait fait beaucoup de bruit, et Colton avait commencé à être qualifié de « disrupteur », de « jeune prodige », puis de « milliardaire », terme qui avait fait très plaisir à Tripp.

Colton ne revenait jamais à la maison. Jamais. Pas pour Thanksgiving. Pas pour Noël. Il n'avait assisté à aucun des mariages de Tripp, ni à ceux de Janey. Chaque fois, il leur avait envoyé un gros chèque, assez important pour s'acheter une maison. Leur sœur avait fait la moue, encaissé le chèque et n'avait plus jamais prononcé son nom. Tripp, lui, avait essayé de l'appeler une ou deux fois, mais n'avait jamais réussi à franchir le cap de sa secrétaire.

Colton avait aussi soldé le prêt immobilier de ses parents, en toute discrétion, sans cérémonie, et remboursé ses frais de scolarité, ainsi qu'une somme d'argent supplémentaire dont ils se seraient rendu compte, s'ils l'avaient comptée, qu'elle correspondait au coût moyen constaté pour élever un enfant jusqu'à ses dix-huit ans, en tenant compte de l'inflation.

Après cela, plus rien. Les Rogers, au lieu d'en être reconnaissants, en furent encore plus en colère. Quelques centaines de milliers de dollars – qu'est-ce que cela représentait pour un milliardaire ? Et un détail aggravait la situation : toute la ville savait qu'il faisait partie de leur famille. Les messes basses allaient bon train : pourquoi n'étaient-ils pas riches ? Pourquoi vivaient-ils toujours dans des maisons ordinaires, conduisaient-ils toujours des voitures ordinaires ? Pourquoi Colton ne leur rendait-il jamais visite ? Mme Rogers était mal à l'aise en société, quand elle allait jouer aux cartes, sentiment qu'elle préférait en général inspirer aux autres. Leur père ne prononçait jamais le prénom du fils qui était parti et l'avait humilié en remboursant son emprunt immobilier. Janey s'en moquait comme de l'an quarante. Mais cela rongeait Tripp. Certes, il gagnait bien sa vie avec la concession. Mais il devait trimer jour après jour – dans le froid glacial, sous le soleil ardent, dehors du matin au soir. Il ne savait pas ce que Colton faisait de ses journées, mais il avait vu des photos : jets privés et couvertures de magazine, voilà ce qu'il en avait retenu.

Et puis, soudain, toute la presse s'était mise à en parler : Rogers cédait ses investissements, se retirait de nombre de ses industries. Cela avait affolé le marché – il apparaissait que son petit frère rasoir avait le pouvoir de faire paniquer la Bourse. Cela avait fait les gros titres. Rogers s'était terré quelque part. Ce qui était plutôt normal pour un milliardaire excentrique, apparemment. Mais, pour sa famille, cette nouvelle était préoccupante. Que faisait-il ? Qu'essayait-il de cacher ? Et, plus important, qu'est-ce qu'il fabriquait avec tout son argent ?

Entre-temps, leur père avait vieilli, il était plus fragile et plus grincheux que jamais, et il devenait évident que leur mère ne pouvait plus s'en sortir seule. Ils avaient besoin d'argent pour s'occuper de lui, or ni Janey ni lui n'avaient plus un sou de côté après leurs nombreux divorces. Et ils ne pouvaient pas mettre leur mère à la rue.

Un portrait de Colton paru dans le magazine *Forbes* mentionna incidemment qu'il passait de plus en plus de temps sur une île écossaise reculée sans y développer son projet de terrain de golf – les travaux n'avaient même pas commencé. Ce fut suffisant pour que la famille se réunisse afin de découvrir ce qui se passait et… enfin, Tripp n'aimait pas se dire qu'il allait mendier. Il sous-entendrait, c'était tout. Que la famille avait besoin d'être prise en charge, et il était milliardaire. Donc. Ce n'était que justice.

Flora lui apporta quand même un café. Après tout, d'une drôle de façon, Tripp était son beau-frère. Il semblait totalement épuisé.

— Avez-vous passé une bonne nuit ?

Il la dévisagea. Il avait de grosses poches sous les yeux.

— Nan, pas avec tous ces chiens qui aboyaient.

Flora fronça les sourcils. Aucun chien sur Mure n'était connu pour aboyer, pas à sa connaissance, et elle les connaissait tous. Enfin, les chiens de berger aboyaient quand ils travaillaient, mais pas la nuit… Oh !

— Ce n'étaient pas des chiens.

Il leva les yeux.

— Hein ?

— Vous parlez des phoques.

— Des phoques ?

— Oui, vous savez… ces gros machins gris.

— Ah ben ça alors ! Je ne savais pas qu'ils aboyaient.

Il devenait de plus en plus évident aux yeux de Flora que Tripp Rogers ignorait tout un tas de choses, aussi veilla-t-elle à ne laisser échapper aucune information qu'il ne lui revenait pas d'annoncer.

— Alors, allez-vous… allez-vous voir Colton aujourd'hui ? l'interrogea-t-elle avec prudence, ayant peur de dire une bêtise.

— J'espère. Je dois attendre d'avoir des nouvelles de son manager.

Flora parut perplexe.

— Vous savez… Je ne me rappelle pas son nom. Celui qui a l'air d'une tapette.

Un ange passa. Flora eut une furieuse envie de lui verser le contenu de la cafetière sur la main, mais se rappela juste à temps que les Américains étaient connus pour être très procéduriers. N'empêche. Il y avait des limites.

— Je suis désolée, mais j'ai bien peur de ne pas tolérer ce genre de vocabulaire ici, lança-t-elle. Je vous demande de partir.

— Vous vous fichez de moi, hein ?

— Non. Debout.

Les yeux de Tripp vagabondèrent vers la cuisine, où Iona faisait griller les premières tranches de saucisses Lorne de la journée, leur parfum aromatique, terriblement alléchant, embaumant l'air jusqu'à la salle.

De grosses miches de pain frais bien levé venaient tout juste de faire leur apparition sur le comptoir, fournies par la formidable Mme Laird, encore chaudes, odorantes. Son visage flasque se décomposa.

— Mais où… ?

— Vous pouvez aller au *Harbour's Rest*, lui indiqua Flora, blême de colère, sachant pertinemment qu'Inge-Britt réussissait rarement à servir le petit déjeuner avant une bonne demi-heure et s'en fichait royalement.

— On ne peut plus rien dire ces temps-ci.

— Vous pouvez dire tout ce que vous voulez, répondit-elle froidement. Mais pas dans mon établissement.

— La vache, lâcha Tripp avant de marmonner quelque chose dans sa barbe, qui semblait fort commencer par un « c » et finir par « asse », et de soulever son corps imposant de sa chaise.

Il se tourna pour partir et, un instant, Flora fut ennuyée : elle ne connaîtrait pas le fin mot de l'histoire. Mais cela l'ennuyait bien moins que quelqu'un qui entrait dans son établissement pour insulter son frère. C'était son rôle de le défendre.

Chapitre seize

Tripp était encore de plus mauvaise humeur après un petit déjeuner franchement indigeste, décollé du grill dégoûtant d'Inge-Britt. Il sortit, puis s'étira, ne tenant absolument pas compte du beau ciel rose en cette matinée frisquette. Le brouillard de la veille s'était levé, et un magnifique panorama s'offrait à sa vue : le port à sa droite ; l'eau claire, cristalline, qui s'étendait jusqu'à l'île principale, si loin ; le premier ferry de la journée, qui transportait des passagers et des provisions, en train de reculer avec précaution près du quai, dans les flots agités du port.

Tripp n'avait qu'une seule chose en tête : comme il allait être étrange de revoir son frère après vingt ans. Mais il pouvait toujours lui botter les fesses.

Il lui reprocherait de ne pas rendre visite à ses parents. Ils vivaient toujours chez eux, mais pas pour longtemps. Son père passait ses journées devant la Fox, à hurler ses théories complotistes aux oreilles de tous ceux qui s'attardaient assez longtemps pour les entendre. Il avait besoin d'aide ; ses jambes étaient fichues.

La jolie fille de l'hôtel – l'hôtel était sale, mais elle, plutôt canon – lui avait seulement dit de suivre la route qui menait au sommet de l'île. Quand il lui avait demandé s'il risquait de se perdre, elle l'avait regardé comme si elle ne comprenait pas sa question. Il monta donc dans la cabine de son SUV et, arrivé à mi-chemin, se rendit compte qu'il conduisait du mauvais côté de la route, ce qui expliquait les nombreux appels de phares qu'on lui avait faits. Il était vraiment de très mauvaise humeur en arrivant devant le portail de Colton, et devoir quitter la chaleur de sa cabine pour sortir dans le vent mordant du nord, se pencher vers un interphone, s'annoncer à quelqu'un et montrer son visage à la caméra le mirent encore plus en rogne. Il était le frère de Colton, nom d'un chien, pas un vulgaire cambrioleur qui serait venu dans ce trou à rats pour le voler.

Le portail s'ouvrit devant lui, sans bruit, avec précision, et il remonta l'allée majestueuse, de plus en plus énervé en avisant le gravier parfaitement ratissé, les arbustes taillés qui bordaient le chemin, le cerf qui détala devant lui et… était-ce un paon ?

Quand il finit par atteindre la belle demeure en vieille pierre, il découvrit le faste déployé : l'extension, une verrière qui accueillait désormais une salle de sport et un complexe aquatique ; les petits conifères soigneusement alignés dans les jardinières ; derrière la maison, une pelouse impeccable qui menait directement à la plage ; toutes les fenêtres en façade donnaient sur la mer ; et puis, sur le côté, on apercevait le village, le port et ce qui ressemblait à un hôtel. Sans doute celui mentionné dans le portrait de Colton.

En tout état de cause, à voir cette maison, ce n'était pas parce que son frère avait perdu sa fortune qu'il se retirait de tous ses investissements : c'était déjà ça de gagné. Il y avait aussi un grand garage, dont une porte était entrouverte, et il vit plusieurs voitures reluisantes à l'intérieur, dont une énorme Land Rover. Un jardinier était en train d'entretenir le gazon avec soin.

Nerveux à présent, Tripp souffla, un nuage de buée se formant dans l'air froid, puis avança vers l'énorme porte d'entrée peinte en noir. Au même moment, une femme vêtue d'une tenue noir et blanc lui ouvrit sans un mot, un sourire poli aux lèvres, avant de le faire entrer dans l'immense cuisine, qui, comparée au magnifique extérieur d'époque, arborait un design futuriste : une vraie cuisine de pro (avec ses deux fours, son réfrigérateur haut de gamme et sa table pour douze convives), où, assis à un comptoir séparé, l'attendait un Fintan peu amène.

*

Fintan se leva. Il était nerveux, lui aussi : Tripp était un homme imposant. Colton ne lui avait jamais parlé de lui, sauf pour lui dire qu'il n'invitait pas sa famille à son mariage et qu'ils n'avaient jamais accepté son orientation sexuelle.

Mais depuis qu'il avait entendu le prénom de son frère, Colton était agité : il avait remué toute la nuit, désireux de prendre part au monde. Avant, il tournait la tête vers le mur. C'était nouveau.

Fintan n'était pas du tout sûr de lui : faisait-il bien ? Était-il cruel de bousculer ainsi Colton pour pouvoir pénétrer une dernière fois dans son univers, passer quelques instants de plus avec la personne qu'il aimait le plus au monde ?

Il se promit d'en parler à Saif un de ces jours. Le médecin réservé était devenu une grande source de réconfort pour lui ces derniers temps : il ne débitait pas les platitudes habituelles (il ne les connaissait peut-être même pas) et était toujours honnête, direct. C'était un don rare.

Mais cela, Fintan devait y faire face seul. Flora lui avait envoyé un texto de trois petits mots – « TROU-DUC EN APPROCHE » – quand elle avait constaté que la voiture monstrueuse de Tripp avait disparu, n'empêchant plus la lumière d'entrer dans la *Seaside Kitchen* (Tripp s'était garé directement devant le port, ayant supposé, de manière parfaitement égoïste, mais malheureusement justifiée, que personne ne s'occupait de faire respecter les règles de circulation et de parking sur Mure).

Dans les faibles rayons du soleil d'hiver, le gris pâle des yeux de Tripp rappela Colton à Fintan, mais c'était la seule ressemblance qu'il voyait. Il prit une profonde inspiration.

— Êtes-vous là pour voir Colton ?

— C'est mon frère, répondit Tripp avec un haussement d'épaules.

— Je sais. Savez-vous qui je suis ?

En une fraction de seconde, Tripp réalisa.

— Vous êtes son…

Il ne pouvait se résoudre à prononcer le mot « petit ami ». Les gens ne disaient pas ce genre de choses à

Coppell, dans l'État du Texas. Quelle idée ! Il y avait un bar gay à Austin, mais ils étaient tous comme ça là-bas.

Tripp vira au rouge vif. Il n'avait jamais prononcé cette phrase à voix haute, mais l'avait entendue à la télé.

— Est-ce que vous êtes son… part'naire ?

Il prononça ce dernier mot en mangeant une syllabe, et Fintan faillit éclater de rire en entendant son accent de cow-boy. Il n'aurait pu être plus différent de son frère. La suite allait être marrante.

— Non, répondit-il. Je suis son mari.

Effectivement, Tripp fit une tête si comique que Fintan se sentit honteux. Il en resta littéralement bouche bée.

— Euh, d'accord, marmonna Tripp. Je vois.

Intérieurement, il était fou de rage. Qu'est-ce que cela signifiait pour eux, la famille biologique de Colton ? Enfin, cela ne pouvait pas être un vrai mariage, si ? Ils ne pouvaient pas être mari et mari. Ils n'allaient pas avoir d'enfants ni rien. Enfin, peut-être ? Il regarda autour de lui, à la recherche de signes dénotant la présence d'enfants.

— Je crois comprendre que vous n'avez pas vu Colton depuis longtemps ? reprit Fintan. C'est gentil d'être venu, ajouta-t-il du bout des lèvres.

— Oh, vraiment ?

Il ne lui était pas venu à l'idée que quelqu'un puisse penser cela. Il voulait juste s'expliquer avec Colton, s'assurer que quelqu'un veille sur ses parents… et sur lui, par extension, bien sûr.

— Eh bien, on verra ça, ajouta-t-il.

— Enfin… vous savez…, commença Fintan.

— Quoi ? demanda Tripp, sourcils froncés.

Fintan n'en revenait pas. Il avait supposé, naturellement, que Tripp avait entendu la nouvelle et était venu faire ses adieux. Mais il paraissait de plus en plus évident que ce n'était pas le cas. S'il n'était même pas au courant du mariage de son frère…

Mon Dieu.

— Tripp, voulez-vous vous asseoir ? Un verre d'eau ?

— Je voudrais juste voir mon frère, s'il vous plaît.

— Je suis sérieux, asseyez-vous.

Chapitre dix-sept

Fintan lui annonça la nouvelle le plus clairement possible, en essayant de ne pas trahir ses émotions, en vain. Cela lui serait toujours aussi difficile, il le savait. Il n'y aurait pas de nouvelle aube. Peu importait qu'il fasse beau ; que la chambre dans laquelle il se réveillait soit magnifique ; que la vue soit splendide. De toute façon, il avait du mal à trouver le sommeil. S'il dormait dans la chambre de Colton, il entendait le bip des équipements médicaux et une infirmière venait toutes les deux heures, sans compter qu'il se réveillait en sursaut dès que Colton respirait bizarrement, se retournait ou faisait un bruit, quel qu'il soit.

Mais s'il dormait dans une autre partie de l'immense demeure, il se sentait plus seul que jamais. Le lit était trop grand ; l'épaisse moquette trop silencieuse. Il s'agitait, faisait les cent pas.

Il rêvait en secret de pouvoir rentrer à la maison, de dormir à la ferme, avec Flora, Innes et Hamish tout près, son père, Bramble en boule devant le poêle à bois, en train de renifler, de rêver qu'il était encore un chiot, et s'y rendait donc discrètement aussi souvent que possible.

Mais, sinon, il veillait Colton ; et il tiendrait son poste. Jusqu'à la fin. Cette belle demeure était sa prison, et lui, son propre gardien.

*

Il ne dit rien de tout cela au gros Américain assis devant lui, en train de fixer la cuisine avec des yeux incrédules. Tripp avait retiré sa casquette de basket, mais ne semblait pas savoir quoi en faire : il n'arrêtait pas de la poser et de la reprendre.

— Mais il ne peut pas être malade !

Il tordit sa casquette entre ses doigts, battant des paupières, effaré.

— Mon Dieu ! Je veux dire, il n'a même jamais dit à maman… Il doit vraiment nous haïr, hein ? ajouta-t-il en baissant la voix.

Fintan haussa les épaules.

— Honnêtement, il ne parle jamais de vous.

Tripp battit à nouveau des paupières.

— Ah. C'est encore pire, je crois.

— Qu'est-ce qui s'est passé ? Qu'est-ce qui s'est passé au sein de votre famille ?

— Mon Dieu, c'était il y a si longtemps, répondit Tripp, ne sachant plus où se mettre. Tout bien considéré, est-ce que je peux avoir une tasse de café ?

Fintan se dirigea vers la cafetière.

— Enfin, vous savez. Il n'y avait… il n'y avait pas beaucoup de garçons comme Colton quand j'étais petit.

— Peut-être que vous ne faisiez pas suffisamment attention.

— Sûrement, mais c'était il y a longtemps…

Il eut l'air affligé.

— Je crois… je crois que maman aurait aimé le revoir. Vous savez qu'il n'est jamais revenu à la maison ? Pas une seule fois ? Il ne nous a jamais laissé la chance de… nous excuser.

— Comment était votre père ?

— Avec moi, génial. Avec Colton… eh bien. Ils n'ont jamais été sur la même longueur d'onde.

Tripp marqua un temps d'arrêt.

— Il ne correspondait pas… je crois qu'il ne correspondait pas à l'idée que papa se faisait d'un fils.

— Mais vous, oui ?

Tripp fronça les sourcils.

— Je suis désolé, mais je crois que je vais me passer de votre interrogatoire, monsieur.

— Fintan. Votre beau-frère.

Dans d'autres circonstances, la tête de Tripp aurait de nouveau été plutôt drôle à voir.

— Je vais lui parler, annonça Fintan en se levant. Attendez-moi là, s'il vous plaît.

*

Les choses étaient différentes aujourd'hui. En général, le matin, Fintan s'asseyait sur le lit, puis enlaçait son mari. Il le cajolait pour qu'il lui prenne la main ou il lui parlait de la météo, lui racontait des potins comme s'il était en mesure de les comprendre, que ce soit le cas ou non, pendant que Colton oscillait entre veille et sommeil.

Ce matin, Colton était allongé sur le dos, pas sur le côté, et il avait les poings serrés ; tout son corps, aussi desséché soit-il, était tendu.

À la seconde où Fintan passa la porte, Colton grommela :

— Est-ce que cette enflure est là ?

Il était très rare que Colton parle en premier, ces temps-ci. Et cela fit tant plaisir à Fintan de prétendre, juste un instant, que son homme était de retour.

— Oui, répondit-il en s'asseyant avant de l'embrasser sur le front.

— Comment est-il ?

— Gros.

— Bien.

— Il n'y a pas de mal à être gros, le reprit Fintan, comme il l'aurait fait avant. Il a bien meilleure mine que toi.

— Vraiment ?

— Non.

— Est-ce que tu peux m'aider à enfiler une chemise propre ? lui demanda Colton avec une petite moue.

Fintan en choisit une en chambray qu'il avait toujours aimée : elle était parfaitement assortie aux yeux de Colton. Il procéda délicatement, conscient que la peau de son mari était fine comme du papier : ses doigts s'enfonçaient dedans ; il distinguait les veines dessous.

— Bon Dieu, lâcha Colton, constatant qu'il flottait dans sa chemise. Est-ce que tu peux me donner mon eau de Cologne aussi ? Je sens la maladie.

C'était vrai ; il sentait le désinfectant et les médicaments. Il n'y pouvait rien. Fintan alla chercher le parfum Marc Jacobs qu'il avait toujours adoré, désormais rangé dans la salle de bains : il n'en supportait plus l'odeur. Plus maintenant.

Il redressa le lit médicalisé pour que Colton soit plus ou moins bien installé, puis pensa à ajouter la touche finale : une des paires de baskets blanches que Colton adorait. Cela faisait très longtemps qu'il n'avait pas porté de chaussures.

— De quoi ai-je l'air ?

— T'as une mine de déterré, répondit Fintan, sachant que cela le ferait sourire.

Saif était passé un peu plus tôt, et Fintan avait été clair : plus Colton serait alerte pour affronter cette journée, mieux ce serait. Bien sûr, cela impliquait davantage de souffrances, et Colton s'efforçait de ne pas grimacer de douleur. Même s'il n'avait pas été en aussi mauvaise santé, rester assis l'aurait fait souffrir, tant il était maigre.

— Est-ce que tu veux que je te maquille un peu ?

— Oh là là, tu imagines ? « Mon frère, tantouse jusqu'au bout. »

Cela fit un choc à Fintan – entendre Colt faire une blague, discuter avec lui, être avec lui, dans le moment présent, le rendit si heureux. C'était merveilleux ; un moment volé, même si Colton grimaçait dans le lit et qu'il devait faire semblant de ne pas le remarquer ; de ne pas voir ce que cela lui coûtait.

— Es-tu prêt ?

Colton opina du chef.

— Dis-moi si tu veux que je lui mette un coup au panier à un moment ou un autre.

— « Panier », ça désigne les fesses, hein ?

— Non.

Les lèvres gercées de Colton se fendirent en un sourire, et Fintan s'approcha pour les enduire de vaseline, avant de l'enlever pour qu'il n'ait pas une tête trop bizarre. Puis, comme il l'embrassait, il sentit son after-shave et fut pris d'une envie étrange : pleurer et faire l'amour en même temps. Il ne desserra son étreinte que lorsque Colton grimaça à nouveau.

Chapitre dix-huit

Tripp ne pouvait s'empêcher de regarder fixement autour de lui. De sa vie, il n'avait jamais mis les pieds dans une maison aussi extraordinaire. Elle était tout bonnement magnifique : les grands espaces ouverts de la cuisine, avec ses immenses fenêtres à l'arrière qui donnaient sur la pelouse immaculée, couverte de givre, tandis qu'un cerf passait en bondissant avant de déguerpir par le chemin du bas, surprenant au passage un écureuil caché dans l'un des petits arbres nains. Et cette vue : au-dessus de sa tête, le ciel était vaste, d'un bleu vif, glacial ; la mer, de toutes les couleurs à la fois. D'habitude, Tripp ne prêtait pas attention à ce genre de détails. Il remarquait s'il faisait de nouveau chaud ; quand le restaurant *Denny's* changeait son menu et quand son équipe de football américain, les Cowboys de Dallas, jouait un match.

Un tel endroit, cependant – Tripp, qui était allé à Cancún et à Toronto, se considérait comme un vrai bourlingueur, mais il ne s'était jamais rendu dans un lieu aussi dépaysant. Le panorama semblait tout droit sorti d'un livre pour enfants, et, comme la maison était parfaitement isolée, on avait l'impression d'être dans un cocon, bien au chaud, même en contemplant le monde hostile à l'extérieur. Cet endroit était… eh bien, il était différent, Tripp le concédait.

Il se rappela soudain un épisode quand son frère était enfant ; il devait avoir à peu près huit ans. Un oncle auquel le père de Tripp n'avait pas trop de temps à consacrer avait fait un cadeau à Colton : un kit de construction de circuit électrique. Il fallait raccorder tous les fils, construire des lampes et des petits moteurs. Tripp en avait aussi reçu un, mais n'avait pas eu la patience nécessaire pour le faire marcher et avait fini par le réduire en morceaux dans la chambre qu'ils partageaient. Colton, lui, avait non seulement réussi à faire fonctionner le sien – en appuyant sur des boutons, on pouvait actionner une sonnerie et une lampe –, mais il avait aussi ajouté sa touche personnelle : le circuit faisait tourner la petite ballerine de la boîte à bijoux de Janey. Il la lui avait simplement empruntée et était parvenu à la brancher sur le circuit électrique. Il la montrait à sa mère, qui était plus intéressée par la lecture de son magazine, quand son père était rentré à la maison et lui avait hurlé dessus parce qu'il jouait avec une poupée.

Tripp se rappela la jalousie qu'il avait ressentie devant la prouesse de son petit frère, puis le plaisir vache, viscéral, que lui avait procuré le profond mépris de leur père. Colton s'était décomposé. Tripp était retourné dans leur chambre, avait cherché à comprendre comment Colt avait assemblé son circuit, en avait été incapable et, frustré, avait fini par le faire voler en éclats.

Colt n'avait rien dit à leurs parents. N'avait jamais reparlé du kit de construction, pas même quand leur oncle Howie était passé les voir et que leur père, comme toujours, le charriait parce qu'il n'aimait pas le sport.

Tripp n'avait aucune idée de la raison pour laquelle ce souvenir lui revenait en mémoire.

Ils empruntèrent un couloir moquetté, silencieux, Tripp sentant confusément que ses bottes Caterpillar faisaient tache dans ce décor. Fintan était venu le chercher, mais ne marchait pas à ses côtés : il le précédait. Tripp ressentit soudain un accès de colère à l'égard de cette folle snobinarde, mais s'efforça de se dominer. Il fallait qu'il garde la tête froide s'il voulait en sortir vainqueur. Et il avait l'habitude de sortir vainqueur de toutes les situations, comme l'avaient appris à leurs dépens ses deux ex-femmes.

Ces dernières années, il s'était mis à lire des portraits de Colton – de manière obsessionnelle, il avait même créé une alerte Google à son nom. Une forme étrange de masochisme ou de fierté, peut-être, en partie. À la maison, personne ne parlait jamais de lui ; en ville, les gens savaient qu'il valait mieux éviter de mentionner le fils qui s'était volatilisé et avait fait fortune. Ceux qui leur voulaient du bien, en tout cas. Et Rogers était un patronyme suffisamment courant pour que les nouveaux arrivants en ville ou les clients de la concession automobile soient peu susceptibles de faire le lien.

Tripp lisait des articles sur des acquisitions d'entreprises auxquels il ne comprenait rien ou des portraits du « mystérieux milliardaire », qui donnaient l'impression de parler de Batman. Il en avait lu un pendant son voyage en avion dans un drôle de magazine pour vieux riches. Mais il n'avait jamais réussi à reconnaître le petit frère irritant de ses souvenirs dans la personnalité longiligne, héroïque, que dépeignaient les journaux… Il sentit qu'il adoptait une attitude défensive. C'était normal entre frères. Les frères se chamaillaient. Les choses étaient ainsi faites. Et elles étaient différentes à l'époque. Colt avait pris cela trop au sérieux, comme toujours. Il était trop susceptible. Tout était normal.

Il prit malgré tout une profonde inspiration en atteignant la porte en chêne massif au bout du couloir.

— Est-ce que vous êtes prêt ? lui demanda Fintan d'une voix neutre en se tournant vers lui.

— Bien sûr, répondit Tripp du ton le plus léger dont il était capable.

Or il n'était pas du tout préparé à ce qui l'attendait derrière cette porte.

*

Colton était toujours redressé, constata Fintan avec soulagement. Le soleil d'hiver, bas dans le ciel au-dessus de la mer agitée, dardait ses rayons à travers les immenses fenêtres anciennes. Il faisait très chaud dans la pièce.

— Est-ce que tu veux que j'ouvre un peu ? demanda Fintan.

Colton fit non de la tête, qu'il bougeait péniblement. Tripp sembla s'en rendre compte et avança jusqu'au bout du lit, de façon à se trouver dans son champ de vision.

Il y eut un long blanc, comme les deux frères se considéraient. Fintan resta près de la fenêtre. Il aurait aimé faire entrer un peu d'air frais dans la chambre. Que Tripp ne soit pas là. Mais. Mais.

— Salut, finit par lancer Colton, d'une voix qui ressemblait plus à un croassement.

— Salut.

— Qu'est-ce qu'il y a, t'es venu pour te moquer de moi, ou quoi ?

Les trois hommes se figèrent. Fintan n'avait jamais entendu un ton aussi acrimonieux dans la bouche de son époux. Jamais.

— Quoi ? NON. Je ne… on ne… on ne savait pas que tu étais malade.

— Ah. Alors… c'est juste pour l'argent.

— Maman était… Maman et papa se demandaient où tu étais. Et je me suis porté volontaire pour venir te voir.

Colton opina du chef.

— Par simple bonté de cœur ?

— Tu es toujours leur fils.

— Oh, ça oui, j'en ai de la chance.

— Tu n'es jamais revenu. Pas une seule fois.

— Revenir pour quoi ? Pour que tu me passes à tabac sur le terrain de foot en rigolant avec tes copains ? Que papa me dise de me comporter comme un homme en me hurlant dessus devant tout le voisinage ? Je veux dire, raconte-moi ce que j'ai raté d'autre dans ce bled paumé. T'as voté pour Trump, pas vrai ?

— Ne te mets pas dans tous tes états, intervint Fintan, ayant l'impression d'être une vieille dame surprotectrice.

— Alors, combien ? Combien est-ce que tu veux pour t'en aller, hein ? Bon Dieu, je n'aurais jamais imaginé que la dernière chose que je verrais serait ton visage.

Tripp se sentit devenir rouge de colère.

— Ce n'est pas…

— Vraiment ?

Dans un mouvement d'humeur, Colton tenta de changer de position, mais n'y parvint pas. Le voyant grimacer de douleur, Fintan se précipita à son chevet, essayant de replacer les coussins dans son dos. Colton respirait avec difficulté, il s'appuya contre l'épaule de son mari.

— Bon, eh bien, c'est quoi alors ? Oh non. On va avoir besoin de Joel sur ce coup-là, ajouta-t-il en se tournant vers Fintan. Est-ce qu'il est rentré ?

— Il rentre aujourd'hui, je crois. Flora sera au courant. Je vais aller le chercher.

*

En réalité, en entrant dans la chambre, Tripp avait ressenti une immense pitié pour la silhouette émaciée sur le lit. Voir une personne plus jeune que lui si grièvement malade était un bien triste spectacle. Et Colton était son seul frère, après tout.

Mais il n'avait pas changé : il était toujours le garçon méprisant qui l'énervait tant des années plus tôt, à être toujours plus intelligent, à le traiter d'homme des cavernes, d'attardé. Et maintenant, il le mettait presque à la porte.

— Mon avocat t'expliquera tout, conclut Colton. Mais je te préviens, tu ne mettras pas tes sales pattes sur autant de sous que tu l'espérais.

Sur ce, Colton se laissa retomber sur les coussins, mettant bel et bien son frère à la porte. En réalité, il était à bout de forces, après avoir parlé aussi longtemps, et n'avait qu'une idée en tête : sa prochaine dose de morphine et la vitesse à laquelle l'infirmière pouvait rappliquer. Or, sans le vouloir, et sans se poser de questions, il avait endurci le cœur de Tripp.

Chapitre dix-neuf

— T'ES GLOSSE, TATA FLOLA.

Flora était passée prendre la Land Rover à la ferme pour aller chercher Joel à l'aéroport. Dire qu'elle était nerveuse était un euphémisme.

Agot était là, elle la fixait d'un drôle d'air.

— Tu n'as pas une chanson sur des bâtons à fredonner, toi ?

— N'IMPOTE QUOI, se moqua la petite en se levant. MOI VENIR À L'AROPORT CHERCHER TONTON YOEL.

— Ce n'est pas ton tonton. Et non, tu ne viens pas.

— À CAUSE DES BISOUS ?

Hamish, assis dans un coin de la pièce, leva la tête.

— Non, répondit Flora.

— OOH ! FLOLA TISTE.

— Je vais bien ! À plus tard !

— Flora est triste ? répéta Hamish avec inquiétude, tandis que sa sœur attrapait les clés et se dépêchait de se rendre à la voiture.

*

Joel était sous le coup du décalage horaire en descendant de l'avion. Flora passa le prendre au hangar qui tenait lieu d'aéroport, ce qui n'était pas la mer à boire, puisqu'il se trouvait à quatre minutes en voiture de la ferme, puis le ramena au *Rock*. Il tombait tellement de sommeil qu'il ne remarqua même pas qu'elle avait un comportement inhabituel.

Joel occupait une chambre dans l'un des cottages du domaine. Le cadre était somptueux : une façade en vieille pierre ; à l'intérieur, du beau lambris, des planchers chauffants et une immense baignoire à pattes de lion dans la salle de bains noir et blanc. Flora adorait cet endroit ; le *Rock* était l'hôtel le plus charmant qui soit. Elle n'était pas pressée de le voir rempli de touristes bruyants, qui arpenteraient les lieux d'un pas énergique pour aller jouer au golf, tout en se plaignant du vent et en faisant fuir les oiseaux. Pour le moment, c'était leur petit nid à eux.

Pour autant, ce n'était qu'une chambre. Pas un foyer. Il leur fallait un foyer.

Joel garda les yeux rivés sur son téléphone, sourcils froncés, en l'embrassant. Elle se tendit, se demandant s'il avait remarqué quelque chose, mais il ne la regardait pas.

— Colton veut me voir. Immédiatement, dit-il en relevant la tête.

— Eh bien, c'est plutôt bon signe, non ? Je n'ai pas pu parler avec lui depuis des semaines. Je me suis dit que c'était grave. Saif ne disait pas grand-chose, mais…

Et elle lui expliqua pour Tripp.

Le visage de Joel se ferma.

— Donc, tu vois. Il devrait probablement essayer d'avoir un dernier contact avec sa famille.

— Vraiment ? l'interrogea-t-il.

— Oui. Tu sais. S'il en est capable.

Joel ne parut pas convaincu.

— Il est plus probable qu'ils en aient après son argent… Oh oui, Fintan vient de m'envoyer un texto. Colton veut que j'y aille pour expliquer la situation à son frère.

— Eh bien, sois gentil. Je parie qu'il va être énervé. Il a l'air d'être de la vieille école.

— Tu ne l'aimes pas ?

— Pas vraiment… mais il m'a fait de la peine.

— Tu aimes tout le monde. Si tu n'aimes pas quelqu'un, c'est que cette personne est le mal incarné. Viens là, ajouta-t-il, comme s'il venait de remarquer sa présence. Oh là là, ce haut te fait des seins splendides.

Il lui passa un bras autour de la taille, puis se pencha pour l'embrasser. Incapable de résister à cette promesse de normalité, Flora saisit l'occasion de s'abandonner encore une fois à son amour : avec un soupir de contentement, elle tendit la main et lui enleva ses lunettes.

— Mais je veux te voir ! protesta Joel, qui était myope comme une taupe.

— Oui, mais on a déjà essayé et, quand j'ai découvert le prix exorbitant de tes lunettes, j'ai failli avoir une crise cardiaque, répondit-elle en les posant délicatement sur la table de chevet.

Et puis, moins il en voyait à ce stade, mieux c'était – en particulier une petite veine bleue qui s'était mise à palpiter sur l'un de ses seins de manière assez alarmante.

Elle avait beau détester que Joel s'en aille, elle n'était jamais aussi heureuse que lorsqu'il rentrait à la maison, qu'il se débarrassait des costumes et des cravates hors de prix qu'il portait pour se protéger d'un monde qu'il trouvait agressif et fendait l'armure.

Oh, elle était attendue au café, mais elle s'en fichait. Il fallait bien que diriger sa propre affaire ait quelques bons côtés. Lentement, elle entreprit de déboutonner la chemise de Joel, qui grogna de bonheur, comme un homme satisfait de la personne qu'il était et de ce qu'il faisait. Malgré tout, elle ne put s'empêcher de penser : *Vraiment ? Est-ce que je vais tout gâcher ?*

Un peu plus tard, le décalage horaire sembla sur le point d'avoir raison de Joel : il piquait du nez quand Flora se leva à contrecœur pour prendre une douche.

— Oh, lâcha-t-elle mine de rien, comme si l'idée venait de lui traverser l'esprit. Tu sais, Lorna envisage de se réinstaller à la ferme en début d'année. Pour la retaper.

— Mmm, fit Joel, à moitié endormi. Pourquoi est-ce que tu me dis ça ?

— Eh bien, c'est juste… On pourrait peut-être louer son appart.

Joel entrouvrit un œil.

— Oh.

Il était réveillé à présent.

— C'était juste une idée en l'air. Si les travaux de réhabilitation commencent ici…

Ils turent l'implicite : après la mort de Colton. Cette perspective était toujours présente ; elle sous-tendait leur vie entière.

— Mmh, mais j'adore cet endroit.

— Moi aussi ! s'écria Flora, et c'était vrai – elle aimait cet endroit. Mais il n'y a qu'une pièce, ajouta-t-elle.

Joel la regarda.

— Et de combien de pièces penses-tu avoir besoin ?

— Eh bien, il y en a trois chez Lorna.

— Qui, toutes ensemble, sont plus petites que celle-ci, répliqua Joel, ce qui était incontestable.

— Je te l'accorde. Pardon d'en avoir parlé.

Joel était à présent pleinement réveillé. Il s'assit au bord du lit.

— Il faut que j'aille chez Colton de toute manière, dit-il en cherchant des yeux des vêtements propres. Tu sais… enfin. Je suis désolé. C'est juste que… je n'ai jamais vécu avec quelqu'un avant.

Il y réfléchit et la regarda, s'efforçant de sourire. Il eut soudain l'air d'un petit garçon.

— Quelqu'un de gentil, je veux dire.

Le cœur de Flora était partagé. Elle l'aimait tant, mais l'enfant amoché en lui… Se remettrait-il un jour ? Pourrait-il s'adapter ?

Elle s'assit à côté de lui.

— Je m'en rends compte, répondit-elle sur un ton apaisant en lui caressant le dos.

— C'est… Enfin, toi, tu as toujours vécu avec tout un tas de gens. Et quelques vaches.

— Oui, tu as bien résumé la vie à la ferme, félicitations.

— Mais… c'est un peu compliqué pour moi. Je… Si les choses vont trop vite…

Flora ferma les yeux. Les choses étaient sur le point d'aller beaucoup plus vite. Beaucoup.

— Ce n'est pas grave.

Il se tourna vers elle.

— Tu es heureuse, n'est-ce pas ? l'interrogea-t-il avec inquiétude.

— Oui. Oui, tu me rends très heureuse. Quand tu es là. J'aime juste être avec toi.

Joel cligna des yeux, soulagé que cette conversation soit terminée.

— Ça viendra, ajouta-t-il, s'efforçant d'être conciliant. Ça viendra. Tu sais ce que je ressens pour toi… Le problème, c'est moi, j'ai peur de t'infliger ma présence.

Elle l'embrassa.

— Est-ce que Mark est content ?

— Que j'emménage avec quelqu'un ? Tu viens juste d'en parler.

— Non ! De leur venue.

— Oui. Ils sont ravis. D'après moi, ça veut dire qu'ils s'attendent à ce que tu passes beaucoup de temps aux fourneaux.

Flora se demanda si Mark pourrait lui faire entendre raison. Mais, d'un autre côté, ce n'était pas une histoire de raison. Joel avait été on ne peut plus clair, honnête. Il ne voulait pas qu'on le brusque. C'était tout à fait légitime. Pour autant, songea-t-elle, mutine, si, chaque fois qu'il descendait d'un avion, il n'exigeait pas aussitôt de l'entraîner sous la couette, elle ne se serait pas retrouvée dans cette situation.

En même temps, si elle ne lui avait pas assuré qu'elle utilisait un contraceptif totalement fiable…

Quelque chose lui vint alors à l'esprit. Joel lui faisait entièrement confiance. Pour l'aimer, le protéger. C'était sans doute la première fois de sa vie que cela lui arrivait. Elle avait la sensation absurde de l'avoir trahi, d'une certaine manière ; ou, plutôt, que son corps l'avait laissée tomber. Joel serait-il assez fort pour l'encaisser ?

— Oh, mon bébé, se surprit-elle à murmurer sous la douche en se savonnant le ventre. Oh, mon bébé. Je suis tellement désolée.

Chapitre vingt

Fintan reconduisit Tripp en bas. Ils marchèrent en silence ; Tripp était furieux, il avait les joues en feu.

— Bon, ravi de vous avoir rencontré, dit Fintan d'une voix traînante, sarcastique.

Tripp répondit d'un grognement.

Joel venait tout juste d'arriver. Il passa la tête à la porte de la cuisine.

— Salut, fit-il, heureux de voir Fintan. Comment ça va ? J'ai des trucs à faire si…

Fintan se contenta d'opiner du chef.

— Qui êtes-vous, vous ? demanda Tripp. Vous avez une tête d'avocat. Est-ce que vous êtes avocat ?

— Oui, répondit Joel avec méfiance.

— Est-ce que vous êtes l'avocat de mon frère ?

Joel jeta un coup d'œil à Fintan, qui hocha la tête avec lassitude.

En toute honnêteté, Joel s'y attendait. Il s'était occupé d'un grand nombre d'entreprises familiales au cours de sa carrière d'avocat d'affaires : elles étaient souvent rachetées, démantelées ou absorbées par des conglomérats. En général, des désaccords naissaient entre les membres de la famille qui voulaient vendre l'entreprise familiale et ceux qui avaient des opinions différentes. D'après son expérience, ce n'était jamais simple. Quand il était question d'argent, rien ne l'était.

Et, sans surprise, si près de la fin, la cavalerie débarquait au galop – la famille, qui disait être « préoccupée », s'inquiéter du sort de son membre le plus riche.

— Voulez-vous convenir d'un rendez-vous ? demanda-t-il poliment.

— Est-ce que ça va me coûter une fortune ? grommela Tripp. Je vais contacter mon propre avocat, merci.

— Est-ce une chose que vous envisagez de faire ? l'interrogea Joel d'un ton aussi léger que possible.

— Oh, j'imagine que vous avez préparé votre coup, répondit-il en faisant la moue. Vous devez concocter ça depuis au moins un an, pour vous assurer que sa famille biologique n'ait droit à rien.

Joel ne réagit pas, Tripp disait la vérité.

— Nous nous contentons de nous conformer aux souhaits de notre client, répondit-il calmement.

Derrière ses lunettes, il dévisagea Tripp jusqu'à lui faire baisser les yeux. Il avait rencontré des tas de types comme lui (des fanfarons, qui parlaient beaucoup, mais ne faisaient pas grand-chose) et, en général, il attendait juste que les choses se calment pour parvenir à un terrain d'entente.

Tripp s'immobilisa.

— Eh bien, tant qu'il est heureux, lui. Pas la peine de me raccompagner, je connais le chemin.

Il claqua la porte derrière lui, puis ressortit dans le froid glacial. Joel et Fintan échangèrent un regard.

— Ce mec est un gros…, commença Fintan.

— Est-ce que Colton est à l'étage ? le coupa Joel. Est-il réveillé ? A-t-il seulement reconnu ce mec ?

Fintan poussa un soupir.

— C'est bien le problème.

— Quoi ?

Fintan lui expliqua que la présence de Tripp avait stimulé son mari ; l'avait réveillé. Le gardait dans le monde présent au prix de grands sacrifices.

— Mon Dieu, lâcha Joel. Je ne sais pas quoi dire.

— Moi non plus.

— Mais oui, c'est sans doute le bon moment pour le voir. Surtout s'il veut leur donner de l'argent.

*

À l'étage, Joel frappa doucement à la porte avant d'entrer. Comme Fintan avant lui, il fut stupéfait de trouver Colton alerte, la tête relevée, sans aide, le cou mobile. Il était toujours affreusement maigre, à l'évidence malade. Mais l'essentiel, c'était qu'il était là ; présent.

— Salut, dit Joel.

— Salut, répondit Colton de sa voix rauque.

Joel lui apporta un verre d'eau, puis s'assit à côté de lui pour l'aider à boire.

— Est-ce que tu as rencontré mon frère ?

— Oui, répondit Joel avec tact.

— Ce gros tas, ajouta Colton d'un air sombre.

— Est-ce qu'il voulait de l'argent ?

— Bien sûr.

— Est-ce que tu veux lui en donner ? Une disposition le prévoit.

Colton toussa longuement, pris d'une quinte terrible. Joel trouva une pile de mouchoirs fraîchement lavés et lui en tendit un, avant de lui redonner de l'eau.

— Chais pas. Si je lui en donne un peu, est-ce qu'ils en voudront plus ? Est-ce que cela nous exposerait ?

— C'est une possibilité, répondit Joel en croisant les bras. Si tu leur dis clairement qu'il n'y a rien, c'est plus dur à contester que si tu leur laisses quelque chose et qu'ils trouvent cela injuste, qu'ils estiment ne pas avoir leur part du gâteau.

— Quand est-ce que je suis devenu un fichu gâteau ?

— Pardon.

— Non, tu as raison. Autant être direct. Pas comme Captain Fantastic en bas, qui croit que je vais vivre pour toujours.

Joel ne répondit rien à cela. Il prit des notes dans son carnet, puis leva les yeux, pensant à ce que Flora lui avait dit.

— Je vais te poser cette question une seule fois.

Colton haussa un sourcil.

— Ce n'est pas l'avocat qui parle là, non ?

— Je n'ai pas de mère…, répondit Joel en haussant les épaules.

Colton l'arrêta d'une main cadavérique.

— N'en dis pas plus, je ne veux pas l'entendre.

Joel opina du chef et, remarquant que Colton paraissait épuisé, se leva pour partir.

— C'est génial de te voir… plus éveillé.

— Je ne donnerai pas la satisfaction à ce gros naze de mourir tant qu'il est dans le pays. Cette enflure.

— D'accord. Écoute, je ferais mieux d'y aller. Veux-tu que je rédige quelques clauses alternatives ?

— Bien sûr, répondit Colton, mais son attention se relâchait. Super. Au revoir.

Au moment où Joel atteignait la porte, Colton s'éclaircit la voix.

— Au fait, félicitations pour le bébé !

Chapitre vingt et un

Dehors, il régnait un froid polaire : il devait bien faire – 5°. Le vent balayait l'île de l'Arctique, la neige recouvrait tout, et de nouvelles chutes étaient prévues. Pendant la journée, le spectacle avait été grandiose : peu après neuf heures trente, l'aube s'était levée, rose et dorée, givrée, nébuleuse, les oies volant bas dans le ciel embrasé.

À présent que le temps était couvert, à la tombée de la nuit, tout le chemin qui contournait le cap jusqu'au *Rock* était plongé dans une obscurité opaque – seule la maison de Colton brillait de mille feux joyeux. Au-dessus de lui, les étoiles évoquaient des cristaux de glace, mais la demi-lune, qui se détachait nettement, n'émettait aucune lumière froide.

Joel savait qu'il aurait dû rentrer en voiture. Mais, sans voix, il avait descendu l'escalier, était sorti par la porte d'entrée en la claquant derrière lui, sans dire au revoir à Fintan, et s'était retrouvé dehors, dans le froid mordant. Il ressentait le besoin de marcher.

La neige tombait à gros flocons devant lui, comme il sortait de la maison de Colton en trébuchant pour emprunter le sentier. Le *Rock* n'était pas loin, juste de l'autre côté du cap, mais, par un temps pareil, le trajet était particulièrement dangereux. De toute sa vie d'adulte, Joel n'avait jamais vécu à plus d'un pâté de maisons d'un taxi : si Fintan avait été moins préoccupé, il ne l'aurait jamais laissé partir.

Or Joel était dans une telle colère qu'il remarquait à peine le temps – les grandes bourrasques de neige qui lui cinglaient le visage, comme jetées par une main gigantesque, la glace qui piquait ses longs cils, ses lunettes qui s'embuaient. Il les aurait bien enlevées, mais sa vue était encore plus mauvaise que Flora ne le pensait, séquelle des longues nuits passées à lire en cachette sous les couvertures et d'une succession de familles d'accueil aidées par l'État qui ne donnaient pas la priorité aux examens des yeux pour les enfants dont elles avaient la charge.

La météo était la dernière de ses préoccupations. Il avait l'esprit en ébullition ; il était chamboulé, confus. Comment osait-elle ? Comment osait-elle lui faire une chose pareille ? Le problème était là. Il avait cru qu'elle le connaissait. Que, pour la première fois, il pouvait lever le voile, laisser entrer quelqu'un, s'abandonner à faire confiance… et elle lui lançait cela en pleine figure.

Il n'avait jamais, absolument jamais, envisagé d'avoir des enfants. Il n'en connaissait pas beaucoup – il travaillait avec des garçons par le biais d'« Aventures en plein air », mais seulement de temps en temps. Enfin, à part Agot, qui l'aimait précisément parce qu'il était incapable de la traiter comme une enfant et qu'elle ne considérait pas en être une, seulement une adulte miniature.

Il avait bien trop peur de ce que ses gènes pouvaient transmettre ; de ce qu'il avait hérité de son père, de sa mère. La violence, le désespoir, l'addiction.

Toute sa vie, il avait dû lutter contre ses démons, qui menaçaient sans cesse de prendre le pouvoir. Et si un enfant n'en était pas capable ? S'il naissait sous une étoile encore plus mauvaise ? Il n'était toujours pas sûr de leur avoir échappé ; il ne voulait pas imposer cela à un enfant. Il ne le pouvait pas.

Flora ne comprendrait jamais. Elle était née dans une famille aimante, un peu compliquée, mais fondamentalement normale. Ils n'avaient jamais parlé d'avoir des enfants. Il n'y avait jamais pensé, il avait simplement supposé… enfin, il n'avait rien supposé du tout. Il n'y avait jamais réfléchi. Pour la première fois de sa vie, il s'était contenté de vivre le moment présent. Il avait appris à connaître quelqu'un. Il avait ouvert son cœur, comme jamais auparavant. Il était tombé amoureux, même si l'amour et être proche d'une autre personne, à nu, vulnérable, était un concept qui le mettait profondément mal à l'aise : il avait rarement dit « je t'aime » à Flora. Il l'aimait, pourtant. Ou, plutôt, il avait cru l'aimer ; avait cru pouvoir l'aimer, au moins.

Il sentit son rythme cardiaque et sa respiration s'accélérer, aussi s'efforça-t-il de se détendre, en inspirant par le nez, puis en expirant par la bouche, comme le lui avait appris Mark – pour se calmer, se concentrer sur l'instant présent. L'air glacial, d'un froid mordant, lui fouetta le visage : il ferma les yeux et resta immobile un instant, jusqu'à être redevenu maître de lui-même.

Il observa le paysage, debout sur le cap tandis que le vent lui hurlait dans les oreilles. Il ne distinguait pas les lumières de la côte, ni même les navires de passage ou les plateformes pétrolières au loin : le blizzard était redoutable, on aurait dit une créature vivante, mouvante, un manteau qui tourbillonnait dans le vent, un géant terrifiant en train d'enjamber le monde. Joel cligna des yeux, puis se retourna, effrayé tout à coup par l'aspect sauvage du lieu étrange dans lequel il se trouvait, avant de ressentir un profond soulagement en apercevant les lumières du *Rock* en contrebas et de descendre maladroitement, ne pensant qu'à ses doigts gelés.

Flora n'était pas là. Certains soirs, elle se faufilait à l'intérieur de la chambre à son insu. Comptant lui réserver un accueil chaleureux, elle ne ménageait pas ses efforts pour se faire belle (elle se coiffait, se maquillait, revêtait une jolie nuisette commandée sur l'île principale), mais elle était toujours épuisée à force de se lever si tôt. En général, il la trouvait donc allongée en travers du lit, piquant du nez, ronflant doucement, la télé allumée, le feuilleton *The Only Way Is Essex* à plein volume.

Le lit était immense, bien confortable, et cela ne dérangeait jamais Joel ; en réalité, il était toujours ravi, touché, de la trouver là, parfaitement à l'aise, et il la rejoignait, la réveillait et…

Enfin bref. Elle n'était pas là. Ce qui était une bonne chose. Enfin, pas vraiment, puisqu'il avait besoin de la voir… Non. Il n'en avait pas besoin. Il en était incapable.

Il retira difficilement ses vêtements trempés, puis prit une douche. Il devrait aller à la ferme, mais ils seraient tous là, tous ces garçons qui le regardaient comme une créature extraterrestre. Il savait que les frères de Flora étaient bien intentionnés, mais leurs gamineries un tantinet agressives et leurs manières d'agriculteurs lui rappelaient un peu trop certains placements en milieu rural, et il savait qu'il ne s'intégrerait jamais vraiment.

Flora n'en semblait pas du tout consciente ; elle adorait ses frères autant qu'elle se chamaillait avec eux. Elle semblait avoir tant d'amour à donner : il se répandait sur tous ceux qui croisaient son chemin – elle en faisait du pain, le tissait dans la trame du quotidien, dans cette vie où elle connaissait tout le monde et où tout le monde la connaissait et où, en dépit de leurs marottes et de leurs erreurs, les autres étaient acceptés, parce qu'ils étaient chez eux.

Lui, en revanche, en avait si peu. Comme si l'amour était contenu dans un minuscule pot, le couvercle bien vissé, qu'il ne fallait jamais ouvrir ; comme s'il ne fallait jamais le gaspiller, pas même une goutte.

Il éteignit son téléphone. Il savait qu'il ne dormirait pas beaucoup, et avait absolument raison. Qu'est-ce qu'il allait faire ? Qu'est-ce qu'ils allaient faire ?

Chapitre vingt-deux

Flora, après être rentrée à la ferme pour voir son père et dormir dans son lit de petite fille (elle avait envoyé un texto à Joel, et il lui avait répondu brièvement qu'il avait beaucoup de travail, ce qui n'avait rien d'inhabituel), s'était réveillée de bonne humeur. C'était plus fort qu'elle – elle passait de si bonnes nuits. Joel était rentré et il avait été ravi de la voir, si on faisait abstraction du fait qu'il ne voulait pas vivre avec elle, mais c'était… Enfin, ils peaufineraient les détails plus tard.

En se levant, ils avaient découvert un spectacle enchanteur : le vent était tombé, le ciel dégagé, et un manteau blanc recouvrait le sol, reflétant la lune qui se couchait.

Ils n'en revenaient pas. La neige tenait rarement sur Mure ; leur petit rocher était trop exposé aux vents. Mais c'était le cas aujourd'hui – le monde de Narnia s'étalait derrière leurs fenêtres, virginal, serein, les moutons reniflant partout (il faudrait les rentrer, songea-t-elle, avant de voir que Hamish et Innes étaient déjà au travail).

Elle fila jusqu'à la cuisinière, le vieux dallage en pierre glacé sous ses pieds. Bramble était peu disposé à aller chercher le journal : il avait senti la neige, essayé d'en manger autant que possible, puis s'était ravisé, préférant s'affaler à nouveau devant le poêle.

Elle mit la bouilloire sur le feu. Les garçons ne s'étaient pas encore lavés, si bien qu'elle fut la première à profiter de l'eau chaude – un bonheur en soi, même quand elle dut sortir de la douche pour rejoindre sa chambre. Elle s'observa dans le miroir. Ses seins s'étaient assurément arrondis. Elle sortit son ventre. C'était vraiment inouï. D'imaginer qu'un bébé grandissait là-dedans. Son bébé. Le bébé de Joel. Sa gorge se serra.

Malgré tout, cette pensée lui sortit vite de la tête, éclipsée par la joie ineffable que lui procurait le paysage en cette belle matinée. La neige immaculée craquait sous ses lourdes bottes à lacets, les chiens de berger batifolaient dans la cour, alors même qu'Innes les sifflait au loin, du champ du haut. Le soleil bas, qui dépasserait à peine l'horizon de toute la journée, promettait de parer de rose le paysage assourdi par la neige. Il n'y avait pas beaucoup de voitures sur Mure, ni d'avions, mais des tracteurs, oui ; des vaches qui attendaient la traite, des vagues qui venaient se briser sur la côte, des mouettes qui riaient et d'immenses champs d'orge qui ondoyaient dans le vent. L'île n'était jamais silencieuse.

Ce matin cependant, le monde semblait comme neuf. Il n'y avait pas un bruit, excepté les cris interrogateurs des rares oiseaux qui volaient haut dans le ciel et l'impact des pas de Flora sur les flaques d'eau fraîchement gelées. Les poules étaient encore juchées dans leur poulailler ; il faisait trop froid, trop sombre pour qu'elles s'aventurent à l'extérieur.

Bien emmitouflée sous trois couches de pulls et les magnifiques bonnet et écharpe en cashmere de la marque Brora que Joel lui avait achetés à Londres, flanquée d'une doudoune si immense qu'elle lui donnait l'impression de porter un sac de couchage, Flora ne put s'empêcher d'être d'encore meilleure humeur en pensant aux petits pains à la cannelle qu'elle prévoyait de confectionner, dont la pâte avait levé la moitié de la nuit et dont l'odeur divine embaumerait l'air de toute la *Seaside Kitchen*, et même de la moitié de la rue, en réalité. Au vu du temps qu'il fallait pour étendre toute cette pâte, leur préparation était un peu fastidieuse, mais valait le coup, car il était presque impossible de passer devant le café sans s'arrêter si leur parfum vous chatouillait les narines. Il faudrait qu'elle pense à rajouter du chocolat chaud à la carte, songea-t-elle. Ils allaient être envahis d'enfants, si la neige tenait : ils pourraient dévaler la colline en glissant, pour atterrir directement dans la grand-rue, fin prêts, impatients d'attaquer, les joues fraîches, les yeux écarquillés.

Son bébé serait-il parmi eux ? se demanda-t-elle. Un jour ? Les yeux brillants. Aurait-il les yeux foncés de Joel ou les siens, clairs ? Et où serait son papa ?

Elle se reprit intérieurement. Ils trouveraient une solution. Isla et Iona firent alors leur apparition, disparaissant sous tant d'écharpes et de bonnets qu'il était difficile de les distinguer, pépiant d'excitation au sujet des marins russes – qui, bien sûr, n'étaient pas du tout russes, ni marins, et n'allaient en aucun cas les rejoindre au *Harbour's Rest* pour jouer aux cartes, ce qui était apparemment faisable sans parler la même langue. On pouvait sans doute faire d'autres choses aussi, songea Flora, mais elle préféra ne pas en parler et alluma la grosse bouilloire électrique. Puis elle éclata de rire en écoutant Isla lui raconter avoir croisé sa tante Jean par hasard et avoir essayé de lui présenter Anatoly, alors que a) ils prétendaient que le garçon n'était pas russe et b) ils étaient tous deux ivres morts, ayant agrémenté leurs verres de soda de la vodka décapante qu'il avait achetée quelque part, pendant qu'Inge-Britt jouait à Candy Crush.

Ce fut ainsi que Joel la trouva, après avoir passé la nuit à se tourner et se retourner dans son immense lit vide, au *Rock :* la tête rejetée en arrière, riant aux éclats, les joues roses, ses cheveux chatoyant dans son dos. Elle n'avait jamais été aussi jolie, se dit-il. Vraiment. Elle était… mince. N'était-ce pas ce qu'on disait des femmes enceintes ? Qu'elles étaient rayonnantes ?

Il se rappela leur conversation sur le fait de déménager. Bien sûr qu'elle voulait déménager. Bien sûr.

Il lui apparut alors qu'elle aurait facilement pu exiger qu'il lui achète une maison ; elle savait qu'il avait de l'argent. Ou qu'ils emménagent dans une grande demeure, luxueuse. Au lieu de cela, elle lui avait suggéré de partager le loyer abordable de l'appartement minuscule (aux yeux de Joel) de sa meilleure amie. Du Flora tout craché. Si bien que maintenant, il ne pouvait penser à elle sans avoir le sourire.

Elle tourna la tête quand il ouvrit la porte, la sonnette tintant au-dessus de lui : elle sembla heureuse de le voir, mais (il le voyait à présent, même s'il n'avait rien remarqué jusque-là) ses grands yeux clairs trahissaient une certaine méfiance.

— Joel ! s'exclama-t-elle en lui faisant un grand sourire, tout en clignant bien trop vite des yeux. Le thé est bientôt prêt. Est-ce que tu veux un bon thé, savoureux, tout juste préparé avec de la bonne eau bien pure, ou est-ce que tu préfères le café dégoûtant que tu aimes tant ?

Joel avait conservé son goût pour le café américain allongé depuis l'époque où il passait des nuits blanches à la fac de droit. Flora prétendait qu'ils conservaient une vieille cafetière-filtre en cuisine pour tout un tas de clients. Ce n'était pas vrai ; Inge-Britt s'en était débarrassée, et Flora l'avait persuadée de la lui donner. Joel était la seule personne à en boire, mais Flora la gardait allumée toute la journée.

Il haussa les épaules. Les deux filles qui travaillaient là se mirent à ricaner, comme elles le faisaient toujours quand il venait à la boutique. Il ne savait pas du tout pourquoi. (En réalité, elles trouvaient qu'il ressemblait à un acteur de série américaine – elles ne connaissaient pas beaucoup d'hommes qui portaient un costume tous les jours – et en pinçaient toutes les deux pour lui.)

Joel ne voulait pas faire de scène. Pas ici, pas maintenant. Jamais, en fait. Il était profondément allergique aux scènes, ce qui expliquait en partie que nombre de ses ex-petites amies aient mis un temps fou à comprendre qu'il les avait quittées.

Mais une chose pareille… Il regarda Flora. Elle le regarda en retour. Et comprit aussitôt qu'il savait.

Chapitre vingt-trois

Le truc bête, expliqua plus tard Flora en essayant – sans succès – de transformer cela en histoire drôle pour Lorna, c'était qu'ils ne pouvaient même pas sortir, puisqu'il faisait – 2° et qu'il y avait plein de monde dehors, en train d'explorer la neige. Les filles étaient à la *Seaside Kitchen*. Aucun d'eux n'avait sa voiture. Ils ne pouvaient pas aller chez elle. À vrai dire, avoir une conversation privée sur une île inhospitalière où les rares habitants vous connaissaient tous (et aimaient par ailleurs se mêler des affaires des autres) relevait de l'impossible.

— Est-ce que je peux t'emprunter une minute ? lui demanda-t-il.

Ils sortirent. La glace craquait sous leurs pieds, le froid cinglait leur peau non couverte. Le soleil envisageait de se hisser un peu plus haut dans le ciel, mais pas avant longtemps, aussi la pénombre régnait-elle encore à huit heures trente du matin. Ils se seraient crus sur le pont d'un bateau. Joel regarda autour de lui, frustré. Puis il repéra l'ancienne cabine téléphonique rouge. Elle fonctionnait encore à peu près, mais était plus là pour les touristes, qui se prenaient en photo dedans. Et les ados y faisaient les quatre cents coups, fait qui n'échappa pas à Flora quand Joel la poussa à l'intérieur. Elle céda même un instant à la nostalgie, s'imaginant que c'était ce qu'il avait en tête.

Puis elle vit sa tête. Il avait des cernes violets sous les yeux, ce qu'elle avait appris à reconnaître comme un signe d'avertissement. Elle avait appris à les identifier avec Mark. Il lui avait dit : « Assure-toi qu'il ne perd pas de poids. Ne le laisse pas passer trop de temps sur son téléphone. Garde-le à la maison. »

Il lui rendit son regard.

— Tu n'as rien à me dire ? l'interrogea-t-il simplement.

Flora eut la sensation de recevoir un coup dans l'estomac. Sa gorge se serra. Une telle angoisse ne pouvait pas être bonne pour le bébé.

— Est-on obligés de faire ça ici ?

La cabine téléphonique ne sentait pas franchement bon, pour tout dire. L'annuaire y était toujours attaché avec une chaîne, mais il devait avoir une bonne quinzaine d'années. Sa mère devait toujours être dedans : voilà la pensée saugrenue qui lui vint en tête.

— Il le faut, oui, répondit-il, le visage fermé.

Flora leva les yeux vers lui, refoulant ses larmes d'un battement de paupières.

— Joel…

Elle ne comprenait pas. Lorna ne pouvait pas le lui avoir dit, si ? Sûrement pas ; elle ne l'avait sans doute même pas vu. Alors, Saif avait-il laissé échapper quelque chose ? Mais il était si consciencieux, si professionnel. Elle lui faisait entièrement confiance.

— Comment as-tu… ?

— Colton me l'a dit.

Elle ferma les yeux. Naturellement. Fintan le lui avait dit. Depuis que Tripp était là, Colton avait repris du poil de la bête ; était devenu plus alerte.

Et, bien sûr, voilà le résultat.

— Je croyais… Je croyais qu'il ne… C'était quand il ne parlait plus vraiment…

— Ah, et en quoi est-ce que c'est mieux ?

Flora réalisa qu'il était très en colère, qu'il faisait de gros efforts pour se dominer. Tout à coup, elle ne sentit plus le froid dans ce petit espace.

— J'essayais… j'essayais de trouver le bon moment. Joel, je savais… Je savais que tu réagirais comme ça. J'essayais juste…

— Réagir comment ? répliqua-t-il du tac au tac, et Flora comprit qu'elle avait dit précisément ce qu'il ne fallait pas.

— Eh bien…, commença-t-elle timidement.

— Je réagis au fait que tu ne m'aies pas averti de la chose la plus importante qui puisse affecter mon existence. Que tu l'aies dit à d'autres personnes avant moi. Je n'ai aucune idée de la façon dont tu pensais que je réagirais, mais je peux t'assurer que ne pas être mis au courant d'une chose aussi importante provoquerait une réaction assez vive chez tout le monde ou presque. Depuis combien de temps le sais-tu ?

Flora baissa la tête.

— Six semaines.

Il en resta sans voix.

— Bon Dieu. À combien de semaines en es-tu ?

La voix de Flora était basse, un nuage de buée se formait dans le froid glacial.

— Dix, peut-être onze.

— Est-ce que tu comptais me le dire un jour ? lui demanda-t-il, sourcils froncés.

— Je…, commença-t-elle, une boule dans la gorge. J'ai évoqué l'idée d'emménager ensemble, mais même ça, tu n'as pas voulu. Je veux dire, je pensais que ce serait un début…

Joel resta muet. Il était plongé en pleine réflexion. Flora y vit de l'hostilité, du rejet, et se sentit devenir toute rouge.

— C'était un accident ! s'écria-t-elle soudain, dans un accès de colère. Je ne voulais pas tomber enceinte. Je n'essayais pas de te piéger, si c'est ce que tu t'imagines.

— Un bébé, dit-il, presque sans l'entendre.

Ils ne s'écoutaient pas parler.

Les vitres de la cabine téléphonique étaient de plus en plus embuées.

— Je veux dire, tu aurais pu faire plus attention, toi aussi, hurla-t-elle.

Il y eut un blanc.

— Ah oui ? rétorqua-t-il.

Il éprouvait un sentiment étrange, terrible, comme si cette situation ne le concernait pas. Flora le fixa, incrédule, jusqu'à ce qu'un long sanglot déchirant ne l'étrangle. Et, avant qu'il ne puisse l'en empêcher, elle ouvrit la porte de la cabine pour sortir au pas de course.

Elle ignora les promeneurs de chien matinaux et les pêcheurs qui rentraient au port. Comme elle s'éloignait, Joel distingua un minuscule ventre rond sous les couches de vêtements. Mais comment avait-il pu être aussi aveugle, aussi stupide ? Il avait envie de lui courir après, mais quelque chose l'arrêtait : l'idée qu'elle soit furieuse contre lui. Qu'avait-il fait ? Que pouvait-il faire ?

Il ne réalisa pas à quel point il était bouleversé. Les émotions se bousculant dans sa tête, il décrocha le combiné presque sans s'en rendre compte et le cogna fort, à plusieurs reprises, contre le boîtier en métal. Quand il releva les yeux, Flora avait disparu.

Chapitre vingt-quatre

Flora s'éloigna en trébuchant, aveuglée par ses larmes que, heureusement, elle pouvait cacher grâce au froid mordant et à la neige fondue qui lui cinglait le visage. Elle se frotta les yeux, les rouvrit et contempla la mer. En contraste avec le temps sur l'île, le ciel devant elle était limpide, si bien qu'elle apercevait désormais de minuscules points à l'horizon, dont elle savait qu'il s'agissait d'énormes cargos de cent ou deux cents mètres de long, de la taille de terrains de foot, le ventre chargé de conteneurs Maersk.

Debout sur la digue, elle pensa soudain au nombre de femmes qui s'étaient déjà tenues là, un bébé dans le ventre, attendant des nouvelles, attendant de savoir si leur homme allait revenir après avoir sillonné les mers. C'était elle le cliché désormais, réalisa-t-elle en regardant les vagues marteler les murs. La marée continuerait de monter et de descendre, et rien ne changerait vraiment sur l'île. Les saisons passaient, les mises bas commençaient, les vaches étaient traites et des bébés naissaient – on faisait le bon ou le mauvais choix. La vie était ainsi faite.

Mais sa vie… sa vie allait être différente. Elle avait voulu tout avoir, sans doute. Et une erreur allait tout gâcher.

— COUCOU ! Est-ce bien toi ?! Je me suis dit que c'était toi !

Flora n'entendit rien dans un premier temps. Puis, quand ce fut le cas, elle pensa un instant, fébrile, que c'était Joel, mais, bien sûr, ce n'était pas possible. Elle continua à ignorer cette voix une seconde de plus, se rapetissant contre le froid mordant, espérant pouvoir y échapper, mais c'était le problème sur Mure : il était difficile d'échapper à quoi que ce soit. Pour la première fois depuis son retour deux ans plus tôt, les rues bondées de Londres, où elle se noyait dans la foule anonyme, lui manquèrent.

— FLORA ! Comment vas-tu ?

Elle cligna des yeux. C'était Jan, la femme de Charlie. Elle portait la parka jaune fluo la plus large et la plus couvrante que Flora ait jamais vue : elle ressemblait à un canot de sauvetage.

— Euh, salut, Jan, comment ça va ?

Comme toujours, Charlie la talonnait, un sourire timide aux lèvres.

— On venait manger un gâteau. On a quelque chose à fêter !

— Euh… eh bien, suivez-moi, répondit Flora, se rendant subitement compte qu'elle était gelée.

Et puis, Iona et Isla pourraient peut-être les servir, afin qu'elle puisse disparaître en cuisine : elle s'efforcerait de ne pas inonder le pudding de ses larmes.

La porte de la *Seaside Kitchen* tinta plus fort que jamais quand ils entrèrent.

— Devinez quoi ? lança Jan d'une voix incroyablement forte. Je vais avoir besoin d'une double ration de gâteau, n'est-ce pas, Charles ?

Charlie lui sourit, de son sourire doux et indolent, avant d'acquiescer de sa tête ébouriffée. Flora sourcilla.

— Eh bien, on a…

Elle se redressa soudain. Cela ne ressemblait pas à Jan d'être souriante, ravie d'être à la *Seaside Kitchen*. Elle en disait plutôt du mal, en général. Qu'est-ce qui avait pu changer ?

Elle se tourna lentement et comprit avant que Jan n'ouvre la bouche. La manière que Charlie avait de regarder sa femme – pas avec son air docile habituel, presque de chien battu, mais avec une expression qui s'approchait plus de l'émerveillement. *Non. S'il vous plaît. Non. Pas maintenant.*

— On va avoir un bébé ! reprit Jan.

Ce qui suivit fut la chose la plus difficile que Flora eut à faire depuis longtemps.

— Félicitations, dit-elle, la gorge serrée.

Elle regarda Charlie, qui avait viré au rouge vif.

— Félicitations, Teàrlach, ajouta-t-elle tout bas.

Il sourit fièrement.

— Je lui ai dit de ne pas en parler.

— Oui, mais ça fait trois mois ! rétorqua Jan. On n'a plus grand-chose à craindre ! Et puis, il n'y a pas de quoi en faire toute une histoire, si ? Ce n'est qu'un bébé ! Tant qu'on est en forme et en bonne santé, il ne devrait pas y avoir de problème !

Flora tenta d'afficher un beau sourire, mais elle en était toute retournée. Elle vivait un de ces moments où l'on se dit : « Voilà ce que tu aurais pu avoir » – si elle était restée avec Charlie, si elle avait accepté son affection tendre, simple, entière. Au lieu de s'amouracher d'un homme dont on ne pouvait rien tirer. Un homme qui, en fin de compte, ne serait peut-être jamais capable d'aimer qui que ce soit : ni elle, ni le bébé, ni lui-même.

— Oh, Flora, mais tu pleures ! s'écria Jan avec une satisfaction évidente. Mais ce genre de choses arrive, tu sais ! On est mariés, après tout !

— Quel gâteau te ferait plaisir ? l'interrogea Flora en séchant vivement ses larmes.

— Un de chaque, s'il te plaît ! répondit Jan en affichant un sourire suffisant. On a une faim de loup quand on est enceinte, tu le savais ? C'est à cause de toutes ces hormones de bonheur. Bien sûr, je n'ai même pas eu de nausée. J'ai tellement de chance !

Et il fallait bien reconnaître que c'était vrai, songea Flora en mettant les gâteaux dans un sac en papier.

— Joel va être si content pour nous !

— Mmm, répondit Flora de l'air le moins expressif possible.

— Bien sûr, il va falloir qu'il se propose un peu plus pour nous aider chez « Aventures en plein air »... même si Bébé nous accompagnera, naturellement.

— Est-ce le prénom que vous comptez lui donner ? demanda poliment Flora.

— Je ne vois pas pourquoi on ne pourrait pas habituer Bébé au monde naturel dès tout petit. Je le porterai contre moi, en écharpe, poursuivit Jan.

Comme toujours, elle disait quelque chose de parfaitement sensé d'une manière étrangement agaçante, se faisant une joie d'ignorer la remarque de Flora. Et, comme d'habitude, elle la regarda d'un air interrogateur quand elle lui présenta la facture.

— Même en une si grande occasion ?

Jan, qui appartenait à la famille la plus riche de l'île, ne venait que pour les grandes occasions.

— Est-ce que tu as ta carte de fidélité ? l'interrogea Flora, faisant mine de ne pas l'avoir entendue.

Bien sûr, elle ne l'avait pas, mais Flora lui accorda malgré tout la réduction, en serrant les dents.

Les petites mamies dans le café ne purent se retenir plus longtemps. Un bébé sur l'île, c'était une excellente nouvelle, puisque le monde avait évolué et que les jeunes étaient partis, le vent de la modernité ayant soufflé, même sur Mure. Un bébé (et pas n'importe lequel : un bébé né de l'union entre deux anciennes familles des îles), c'était vraiment un grand événement, et les tricoteuses étaient à la hauteur de la tâche, menaçant de se mettre à jouer des aiguilles avant même que Flora n'ait eu le temps d'apporter leur café (« Un déca, bien sûr ! Ai-je besoin de le préciser ? ») à Charlie et Jan.

Jan s'assit avec suffisance, monopolisant l'attention, comme si elle était la première femme enceinte à avoir foulé le sol terrestre. Bien que, dans le cas de Mure ces temps-ci, ce soit un peu vrai, songea Flora avec regret. Lorna serait ravie.

Lorna. Il fallait qu'elle voie Lorna. Elle jeta un œil à sa montre. Il n'était que neuf heures du matin. Comment était-ce possible ?

Puis elle se rendit dans l'arrière-cuisine. Elle eut un mal fou à se retenir d'appeler Innes, de lui demander de faire un saut chez Joel avec Hamish pour lui mettre un peu de plomb dans la tête, même si cette idée était vraiment horrible.

Ce n'était pas uniquement sa faute. Non, non, non. En entendant Jan rire aux éclats dans la pièce voisine, elle serra les poings, rongée par la jalousie, accablée de chagrin.

Chapitre vingt-cinq

— Lorna !

L'institutrice poussa un soupir. Elle savait que Flora avait besoin de parler, bien sûr qu'elle le savait, et elle compatissait, sincèrement. Mais elle était fatiguée. La période de Noël était intense. Ils avaient fait une nouvelle répétition pour la crèche vivante, et elle commençait à se demander si elle avait bien fait de choisir Ib pour interpréter Joseph. Plusieurs garçons de la classe avaient fait des remarques désobligeantes à ce sujet, et elle avait dû les prendre entre quatre yeux pour leur parler de l'importance du choix des mots, et tout le tralala, alors que, en toute franchise, elle n'avait qu'une envie : leur botter les fesses.

Si seulement Ib pouvait se détendre, juste un peu, et arrêter de considérer ses camarades comme des ennemis, cela lui faciliterait la vie. Ash s'était montré beaucoup plus ouvert et, de fait, s'était très bien adapté. Mais c'était plus facile pour lui. Non seulement il était plus jeune et gardait donc moins de souvenirs de ce qui leur était arrivé (et sans doute de leur mère), mais il avait aussi une personnalité exubérante, affectueuse ; il était tout simplement facile de l'aimer.

Lorna savait qu'elle devrait prendre rendez-vous avec Saif pour lui parler du problème de comportement d'Ib ; peut-être même envisager de le retirer de la représentation, purement et simplement. Mais c'était… enfin. Un problème délicat, c'était le moins que l'on puisse dire. Le fait était que chaque fois qu'elle se retrouvait dans la même pièce que Saif, elle perdait sa langue. Et elle se mettait aussi à baver légèrement. Ce qui était une excuse grotesque pour ne pas faire son travail ou, bien sûr, ne jamais retourner chez le médecin, au point de mourir d'un diabète tout à fait traitable.

Installée à son ordinateur, soufflant, elle avait entrepris de lui écrire un e-mail.

Cher docteur Hassan,
JE VOUS AIME

Non. Elle avait effacé ces mots.

Cher docteur Hassan,
Je souhaiterais discuter brièvement avec vous… DE COMBIEN JE

Elle avait poussé un soupir. C'était ridicule, et elle avait tout un tas de copies à corriger.

Cher docteur Hassan,
Je me demandais si vous auriez cinq minutes à me consacrer pour discuter des progrès d'Ibrahim.

Elle s'était aussitôt prise à penser à la tenue qu'elle pourrait porter – sa jolie jupe à fleurs rose, peut-être, celle qui tournoyait…

Elle était perdue dans sa rêverie quand son téléphone avait sonné : elle avait laissé passer l'occasion, n'avait pas envoyé son e-mail, et le rendez-vous n'eut jamais lieu, ce qui leur vaudrait bien des ennuis.

*

— LORNA ! répéta Flora à l'autre bout du fil. Est-ce que tu as fini ? Est-ce que tu as fini ? J'ai besoin de toi !

— Flora ? Calme-toi !

— Je ne peux pas me calmer ! J'ai dû rester calme toute la journée ! Et sourire aux gens, rire, faire semblant d'aller bien alors que ÇA NE VA PAS BIEN DU TOUT.

— Est-ce que le bébé va bien ?

Lorna tressaillit, puis regarda autour d'elle pour vérifier que Mme Cook n'était pas dans la pièce voisine, à portée d'oreille. Elle répéta sa question, mais, cette fois, à voix basse.

— Oh, oui, non, je ne sais pas. Est-ce qu'on peut se voir ? Genre, maintenant ?

— J'ai encore du travail.

— Tu en as pour longtemps ? S'il te plaît ? J'ai des sablés au caramel.

Lorna cligna des yeux.

— S'il te plaît, insista Flora.

— Je me mets en route.

La *Seaside Kitchen* était fermée pour la soirée : une odeur délicieusement sucrée de café et de gâteau flottait encore dans l'air, les tables avaient été nettoyées, et les chaises posées par-dessus pour pouvoir passer la serpillère le matin venu.

Lorna et Flora s'installèrent dans l'arrière-cuisine, au chaud, près de la cuisinière, dévorant toutes deux des sablés au caramel pour des raisons différentes. Flora raconta à son amie la matinée horrible qu'elle avait passée avec Joel en laissant couler ses larmes.

Lorna en resta interdite.

— Et il ne t'a pas appelée de toute la journée ? Il n'est pas revenu ?

Flora secoua la tête.

Lorna poussa un soupir avant de parler :

— Est-ce que tu es sûre ? Est-ce que tu es absolument sûre que ce n'est pas tout simplement un gros blaireau ?

— C'est ce que dit Fintan, répondit Flora entre deux sanglots. C'est ce que tout le monde dit !

— Vraiment ?

— Mais je te jure que ce n'est pas vrai. Et, de toute façon, ça n'a même pas d'importance si c'en est un.

— Si… ? répéta Lorna d'un air dubitatif.

— Je porte quand même son stupide bébé de gros blaireau.

Lorna en resta à nouveau interdite.

— Je suis désolée de te poser cette question, mais es-tu vraiment obligée de… ?

Flora secoua la tête.

— Je sais ce que tu t'apprêtes à dire. Lorna, j'ai vingt-huit ans. Je suis prête. Tout le monde ne serait peut-être pas prêt, mais moi, je le suis. C'est juste que je ne veux pas avoir un bébé toute seule.

Sur ce, un nouveau torrent de larmes dévala ses joues. Lorna, comme toute bonne institutrice, ne sortait jamais sans un paquet de mouchoirs : elle les lui tendit un par un, patiemment.

On frappa alors à la porte. Les filles échangèrent un regard, l'espoir naissant dans les yeux de Flora.

— Il est peut-être en train de ramper dans la neige pour venir implorer ton pardon, remarqua Lorna. À quatre pattes.

— Ce n'est pas drôle, répliqua Flora en descendant d'un bond du tabouret sur lequel elle était perchée.

Joel ne frappait pas comme cela, de toute façon. Mais peut-être pas ? Car, à part lui, tout le monde (sans exception) se serait contenté d'entrer. La porte n'était pas fermée à clé.

Un homme se tenait de l'autre côté de la vitre ; ce n'était pas lui. Évidemment que ce n'était pas lui. Elle savait que ce ne serait pas lui : il ne servait à rien d'être déçue maintenant. Elle s'approcha, puis alluma la lumière.

— Livraison, dit cet homme d'une voix lasse pendant qu'elle ouvrait la porte.

Il avait dans les mains le plus gros bouquet de fleurs que Flora ait jamais vu.

Il n'existait pas de service de livraison de fleurs sur l'île ; il n'y avait tout bonnement pas la clientèle pour. Si on voulait en faire livrer, il fallait les commander longtemps à l'avance sur l'île principale, puis les faire expédier. Cela coûtait une fortune ; personne ne prenait jamais cette peine. Les faire envoyer le jour même devait avoir coûté une somme astronomique. La dernière fois qu'ils avaient eu des bouquets, c'était… eh bien, pour le mariage de Colton et de Fintan, songea-t-elle tristement. Et puis, quand venait le printemps, les collines se couvraient de jonquilles, de crocus et de jacinthes des bois, à perte de vue, et l'idée d'en ramasser paraissait saugrenue, désolante. Pour quoi faire ? Les fleurs étaient vivantes, elles faisaient partie intégrante du monde splendide qui les entourait, au même titre que les abeilles qui dépendaient d'elles dans les champs d'orge fournis, se parant de rose sous le soleil, fouettés par le vent. Les Muriens avaient tendance à voir les fleurs coupées comme certains voient les animaux enfermés dans des zoos : hors de leur habitat naturel, privés de vie et de liberté.

Ce bouquet était composé de roses de serre, blanches et roses, de tiges de lierre, longues et épaisses, et de narcisses. Il en imposait.

— Merci, dit Flora d'un air impassible en signant le reçu.

— À tout hasard, pourrais-je avoir une tasse de café avant de reprendre le ferry ? lui demanda-t-il avec des yeux pleins d'espoir.

— Non ! lança la voix de Lorna depuis l'arrière-cuisine. Elle est fatiguée, elle a eu une grosse journée !

— Ça ne me dérange pas…, commença Flora, avant de réaliser qu'elle parlait un peu vite.

Elle recula, disparaissant derrière l'énorme bouquet.

Les deux copines regardèrent l'homme s'éloigner. Puis Flora jeta un œil à son amie et mit aussitôt dans un sac les sablés au caramel qui restaient pour courir après un livreur plein de gratitude.

Quand Flora fut revenue, Lorna ferma la porte, puis déambula dans la salle.

— Eh bien, il est désolé pour quelque chose, au moins, commenta-t-elle jovialement.

— C'est facile d'acheter des fleurs. En fait, si j'avais été une de ses ex, je n'aurais pas eu à me contenter d'un bouquet. Il m'aurait sans doute acheté des diamants ou un truc du genre.

— Hmm.

— Venir me parler. Ça, ça aurait été difficile pour lui.

Sur ce, elle attrapa le bouquet et se dirigea vers la poubelle. Prête à le jeter, elle se tourna vers Lorna.

— Pardon… Est-ce que tu les veux ?

— En fait, elles seraient jolies à l'école, répondit-elle avec un regard envieux.

Elle n'avait jamais vu un aussi gros bouquet.

— Parfait.

Flora les lui tendit, sans même remarquer la petite carte qui dégringola derrière le comptoir pour atterrir entre les sous-tasses. Lorna la ramassa.

— Qu'est-ce que dit la carte ?

— Je m'en fiche, répondit Flora, mentant effrontément.

— Est-ce que je peux la lire ?

Lorna l'ouvrit, mais Flora la lui arracha des mains.

— Je suis sûre qu'elle dit : « Faisons un beau bébé ensemble et formons une famille », ajouta Lorna en guise d'encouragement.

Joel avait si longtemps hésité à propos du message à joindre que la fille mâchant un chewing-gum à l'autre bout du fil avait failli raccrocher. Au bout du compte, il avait opté pour la simplicité, disant honnêtement ce qu'il ressentait sur le moment. Parce qu'il était novice en la matière, si on se montrait indulgent ; ou un parfait idiot, si on était moins bien disposé à son égard.

— « Je suis désolé » ?

S'ensuivit un nouveau déluge de larmes.

— Il est *désolé*. De m'avoir mise en cloque, d'avoir détruit ma vie et de m'avoir quittée !

— Il ne te dit pas qu'il te quitte, répondit Lorna avec pragmatisme. Il est sans doute désolé de la manière dont ça s'est passé.

Lorna avait tout à fait raison. Ses hormones jouaient des tours à Flora.

— Tu as changé de discours : il y a cinq minutes, tu le traitais de gros blaireau.

— Je sais, admit Lorna, un peu à regret. Mais personne ne m'a jamais envoyé de roses.

Cela interloqua Flora.

— À moi non plus, répondit-elle avec colère. J'aurais pensé que ça me ferait plus plaisir.

— Il essaie.

— Dans ce cas, il aurait dû écrire : « Je vais essayer », répondit Flora en se caressant le ventre d'un air songeur.

Chapitre vingt-six

Innes passait une journée éprouvante. Pour commencer, il venait d'avoir Eilidh, son ex, au téléphone. Il ne comprenait pas bien pourquoi elle l'avait appelé. Il savait que passer Noël sans Agot lui serait difficile – comment pourrait-il en être autrement ? Mais elle n'avait pas arrêté de lui dire qu'elle s'éclatait, qu'elle avait appris à cuisiner, commencé à prendre des cours de Pilates et perdu du poids, et qu'on lui répétait à longueur de temps qu'elle était resplendissante.

Innes était complètement déboussolé : pourquoi donc lui racontait-elle tout cela ?

— Donc, je me disais que je t'amènerais Agot… pas tard, bien sûr. Je ne voudrais pas manquer le dernier ferry ! Ce serait une véritable catastrophe ! avait-elle lancé avec un petit rire qu'il n'avait pas entendu depuis longtemps.

— Voui, avait-il répondu avec prudence, tendant l'oreille pour surveiller Agot, censée être en train de décorer le sapin à côté.

Comme tous les ans, ils avaient descendu les vieilles boîtes du grenier : les guirlandes lumineuses que son père avait achetées, avec des ampoules supplémentaires, en formes de petites fleurs ; des bouts de guirlandes toutes mitées ; des boules de Noël décorées par des générations d'enfants MacKenzie pas particulièrement talentueux d'un point de vue artistique. Aucun d'eux n'aurait eu l'idée de rendre le sapin plus chic : c'était le sapin de Noël, point final.

Il entendait Agot et son petit copain Ash répéter en boucle quelque chose d'incompréhensible, qu'ils trouvaient manifestement tordant. Mais ils riaient, et c'était le principal. Aux yeux d'Ash, Agot était la personne la plus rigolote qui soit ; il ne la quittait pas d'une semelle. Et la petite adorait ça, puisqu'elle avait en permanence un public. Ils étaient donc les meilleurs copains du monde. Ash parvenait même à éviter les violentes prises de bec qu'Agot avait de temps à autre avec des enfants parfaitement innocents, qui avaient commis l'affreux péché d'avoir une trousse plus pelucheuse que la sienne, par exemple.

Après avoir raccroché avec Eilidh, toujours perplexe, il alla rejoindre les enfants, arrivant juste à temps pour voir Agot suspendre une quatorzième boule à la même branche de l'arbre surchargé, qui manqua de tomber sur eux. Il attrapa les deux petits *in extremis*, rappela à Ash qu'il était temps de rentrer chez lui, ce qui déclencha aussitôt une vague de protestations indignées de leur part, puis finit par les calmer en promettant sans réfléchir à Agot qu'elle aurait des frites si elle pouvait la mettre en veilleuse pendant dix fichues secondes.

À la décharge de la fillette, elle réussit à tenir environ dix-neuf secondes.

*

Tripp Rogers passait lui aussi une journée déconcertante. Ce n'était pas vraiment inhabituel pour lui : ses deux ex-femmes l'avaient profondément déconcerté, tout comme il trouvait déconcertants les gens qui n'aimaient pas le football américain, la bière et la bonne vieille routine.

Mais cette situation était nouvelle pour lui, et il avait besoin de réfléchir, aussi était-il installé au *Harbour's Rest* pour tenter d'y voir plus clair.

À vrai dire, il s'était attendu à ce que Colton fasse de la résistance. Enfin. Il ne s'était pas du tout attendu à ce que les choses se passent ainsi, voilà la vérité.

Il poussa un soupir, pensant à la fois, il n'y avait pas longtemps, où il avait surpris sa mère en train de pleurer sur de vieux albums de photos. Ou au ressentiment qu'il avait conçu pour sa pédale de frère, qui avait fait fortune, mais ne leur en avait jamais fait profiter, par mesquinerie. Il avait réalisé qu'il avait pensé à Colton toute sa vie, par intermittence ; ils l'avaient tous fait, même sa sœur.

Et Colton, lui, n'avait jamais pensé à eux. Il était passé à autre chose, avait réussi.

Tout ce temps, ils s'étaient imaginé qu'il complotait contre eux ; qu'il se moquait d'eux dans sa grande maison, tel l'oncle Picsou ; qu'il n'achetait des entreprises, ne voyageait, que pour leur en boucher un coin. Il n'avait jamais rien fait de tel. Il les avait tout bonnement rayés de sa vie. Il s'était marié, se fichant royalement de l'absence de ses parents – Janey, elle, les avait presque amenés au bord de la dépression avec ses préparatifs de mariage, chaque fois.

Et maintenant, à la fin de sa vie, il était venu ici, à dessein, pour mourir parmi ces gens à l'accent bizarre qui se prenaient pour sa vraie famille, semblait-il, au milieu de nulle part, dans un froid glacial, et si Tripp n'était pas passé le voir, ils n'en auraient jamais rien su non plus.

Colton ne les haïssait pas, ne leur en voulait pas : il les avait simplement oubliés, tous autant qu'ils étaient, et c'était encore plus blessant.

Il faudrait qu'il appelle sa mère. Mais il ne pouvait se résoudre à avoir cette conversation. Inge-Britt lui apporta un autre whisky – il avait demandé un Jack Daniel's, mais elle l'avait regardé comme s'il était fou à lier et lui avait servi un truc appelé Lagavulin. Il le faudrait, il n'avait pas le choix.

Bon sang. Il faudrait aussi qu'ils trouvent une autre solution pour son père. La barbe ! Le paternel finirait sans doute par vivre chez lui, ce qui était la dernière chose qu'il souhaitait. Ils avaient toujours été proches, mais il s'avérait que son père était une belle ordure en fin de compte, surtout depuis qu'il perdait un peu la boule. Colton n'avait pas tout à fait tort sur ce point.

Tripp ne voyait pas cela d'un bon œil. Pas du tout. Il repensa à sa mère, soucieuse, triste, dans son grand âge. En réalité, plus il y pensait, plus il se disait qu'elle avait peut-être été soucieuse et triste toute sa vie. Il se demanda si elle avait eu un mariage heureux avec son père râleur et autoritaire. Peut-être pas. Cela ne lui était même jamais venu à l'esprit.

Mais toutes les familles étaient comme ça, non ? Elles étaient toutes compliquées. Elles ne s'entendaient jamais. Les familles heureuses, on ne voyait cela que dans les films.

Il y réfléchit encore un peu. Personne n'était parfait. Mais il avait du mal à se dire que ses parents apprendraient trop tard que leur fils était mourant. Ils méritaient une autre conversation, non ? Tout le monde ne méritait-il pas une seconde chance ? Une chance de dire au revoir ? Un peu de réconfort pour leurs vieux jours.

Il lui apparut soudain qu'à son arrivée sur l'île il pensait que c'était Colton qui avait besoin d'une seconde chance, pour arrêter de se comporter comme un gros crétin de riche à longueur de temps.

À présent, une toute petite part de lui se demandait si ce n'étaient pas plutôt ses parents qui en avaient besoin. Eux tous.

Tripp Rogers n'était pas vraiment un homme porté à l'introspection. C'était sans doute dû au vent déchaîné, à la neige et au fait qu'il n'y avait absolument rien à faire ici (pas de bowling, pas de terrain de golf), à ce qu'il voyait. Prendre un livre ne lui serait pas venu à l'idée.

Inge-Britt lui fit un sourire compatissant.

— Hé, est-ce que vous avez quelque chose à manger ? l'interrogea-t-il.

Il n'avait aucune idée de l'heure – il faisait toujours noir, apparemment, et il souffrait encore du décalage horaire, mais son ventre lui disait qu'il avait faim.

— Juste des chips, répondit-elle.

Il était évident que cela ne le comblerait pas.

— N'oubliez pas d'aller à la *Seaside Kitchen*, ajouta-t-elle. On y mange très bien.

— Je suis banni, là-bas ! s'offusqua Tripp.

— Banni ? De la *Seaside Kitchen* ? Je n'aurais jamais cru cela possible. Flora est adorable.

— Ouais, je ne sais pas pourquoi.

Inge-Britt le dévisagea.

— … j'ai juste parlé d'un type qui avait l'air d'une tantouse…

Inge-Britt le regarda avec des yeux ronds.

— Vous voulez parler de Fintan ?

Tripp détourna le regard, conscient d'avoir commis une terrible erreur.

— Euh…

— Dehors, dit-elle. Réglez votre note, puis partez.

— Mais je n'ai nulle part où aller ! geignit Tripp.

— Ce n'est pas mon problème. On tolère pas mal de choses ici, mais pas les demeurés.

*

Il faisait un froid de canard dehors. Tripp examina son énorme voiture, se demandant s'il pouvait dormir dedans d'un air abattu. S'en remettre au bon vouloir de Colton n'était même pas envisageable ; il supposait que sa réponse serait non. Ou, s'il acceptait, ce serait seulement pour mieux le mépriser. C'était ce qu'il aurait ressenti, si les rôles avaient été inversés.

Sans compter qu'une odeur de nourriture flottait dans l'air, c'était certain. Il enfonça les mains dans les poches de son anorak, puis suivit les effluves de poisson et de friture jusqu'au port.

Une petite fille se tenait dans l'embrasure de la porte du magasin. Tripp n'avait pas d'enfants – aucun de ses mariages n'avait duré assez longtemps, ce qui constituait un soulagement, même s'il avait malgré tout fini par devoir payer un sacré paquet à chacune de ses ex. La fillette avait les bras croisés et des cheveux d'un blanc presque pur.

— VOUS ATTENDE DELLIÈRE MOI, annonça-t-elle.

— D'accord, mademoiselle, répondit-il, heureux de rencontrer quelqu'un qu'il avait peu de risques d'offenser.

— Agot, arrête d'embêter le monsieur, lança une voix agréable.

Un homme grand, aux cheveux châtains, qui lui rappela vaguement quelqu'un, apparut derrière elle.

— Pardon, dit-il.

Puis il regarda Tripp, l'air étonné.

— TATA FLOLA FATIGUÉE, PAS CUISINER, expliqua patiemment Agot.

En entendant le prénom « Flora », le cerveau fatigué de Tripp fit le rapprochement. Sacré nom d'un chien, mais tous les habitants de cette île paumée venaient-ils de cette famille ?

— Eh bien, cela semble être une bonne raison de manger ça… quoi que ce soit.

— C'est du *fish and chips*, le renseigna Innes. Mais vous pouvez prendre du haggis, si vous préférez. Ou du cervelas.

Tripp battit des paupières, déconcerté. Il ne connaissait aucun de ces plats.

— Est-ce que vous voulez que je choisisse pour vous ? lui proposa l'aimable Innes, qui était habitué aux Américains troublés dans le *fish and chips*.

Tripp accepta, et Innes lui commanda du haddock, des frites croustillantes, avec supplément, plein de vinaigre et une grande bouteille d'Irn-Bru. Tripp était si affamé qu'il se mit à dévorer son plat sur place. Naturellement, Agot voulut l'imiter et, Innes, fidèle à lui-même, la laissa faire, si bien que les deux hommes finirent par engager la conversation. Voilà comment Innes, ignorant les ragots et les problèmes, croyant comprendre que Tripp était là pour rendre visite à son frère et que, curieusement (c'était inhabituel, surtout en décembre), le *Harbour's Rest* était plein, finit par lui offrir l'hospitalité pour la nuit.

Chapitre vingt-sept

Flora ne rêvait que d'une chose : prendre un bon bain et se coucher tôt. Mais, en arrivant chez elle, elle entendit, consternée, qu'il y avait plus de bruit que d'habitude dans la cuisine. Agot criait sur quelqu'un.

— TOI PAS COW-BOY, disait-elle.

— C'est vrai, mademoiselle, répondit une voix américaine. Je ne suis pas un cow-boy.

— TOI PAS COW-BOY.

Flora passa la tête à la porte, accablée. Ce n'était pas la voix américaine qu'elle voulait entendre. Son père était près du feu ; Hamish, assis en face de lui, se faisait une partie de Jenga tout seul ; Innes ouvrait le courrier, et Fintan attendait à côté de la bouilloire, l'air contrarié – soit une scène plutôt normale. Mais, par terre, une Agot déchaînée parlait à un homme corpulent que Flora reconnut aussitôt comme celui qu'elle avait mis à la porte de la *Seaside Kitchen*.

Elle regarda immédiatement Fintan d'un air interrogateur, qui lui rendit son regard.

— Fintan, est-ce que je peux te parler ? demanda-t-elle haut et fort.

— Vois ça avec Innes. De toute façon, on ne pensait pas que tu serais là, ce soir.

Innes leva les yeux, surpris.

— Joel vient juste de rentrer. Je pensais que tu serais au *Rock*.

— EN TAIN DE FAIRE DES BISOUS ! hurla Agot en jubilant.

— Mais… ! commença Flora.

Fintan la regarda avec lassitude.

— Flora, il fait partie de la famille.

Tripp se leva, puis lui tendit la main solennellement.

— Je suis désolé pour ce que j'ai dit tout à l'heure, madame.

— Vraiment ? Ou est-ce que vous cherchez juste un endroit où dormir ?

— Votre gentil frère m'a fait découvrir le meilleur, et le seul, *fish and chips* que j'aie jamais mangé.

— Est-ce que vous m'en avez ramené ? demanda Flora avec une petite moue.

— Oh non, elle a les crocs ! commenta Innes.

— LES CROS ! répéta Agot avec malice.

— Bon, dit Fintan. Je file. À plus tard. Il y a du bœuf Stroganov sur le feu, sœurette.

— Embrasse Colton pour moi, répondit-elle, découragée.

Elle aurait voulu ajouter : « Et tue-le pour avoir parlé du bébé à Joel », mais ce n'était sans doute pas le moment.

Chapitre vingt-huit

Il était quatre heures du matin à New York. Il fallait que Joel arrête de faire cela à Mark ; son ami ne rajeunissait pas et, un de ces jours, il lui ferait avoir une crise cardiaque. Ce fut du moins la première pensée de Marsha, quand elle réalisa qui faisait hurler le téléphone à côté de leur lit, sauf qu'elle le dit en des termes un peu plus colorés.

— Je vais le prendre dans le salon, annonça Mark en se frottant les yeux, mais il faisait – 7° dans les rues enneigées de la Grosse Pomme et, même dans leur penthouse ultramoderne, les planchers étaient froids.

— Non, ça va, répondit Marsha en tâtonnant pour trouver la lumière sur la table de chevet avant de mettre ses lunettes. Si c'est Joel, est-ce que je peux écouter ?

— Elle est là, dit Mark d'une voix endormie. Est-ce que tu peux quand même parler ?

— Oui, oui, je crois… Oui.

Marsha parut surprise.

Dans leurs draps à fleurs, Mark ouvrit obligeamment l'un de ses bras dodus, et elle se rapprocha. Elle posa sa petite tête d'oiseau sur son torse velu, chaud, réconfortant et incroyablement familier, afin qu'ils puissent tous les deux écouter sans avoir à mettre le haut-parleur, dont aucun d'eux ne savait se servir.

— Joel ? reprit Mark.

— Euh, répondit-il avec gêne.

Il était de retour au *Rock*, où il arpentait les couloirs vides, les murs de sa chambre lui donnant l'impression de se refermer sur lui.

— Euh, il s'est passé quelque chose.

— D'accord, répondit Mark de sa voix lente et détendue. D'accord, Joel, je vois. Bon, est-ce que tu es calme ? Est-ce que tu respires correctement ?

Joel respira à nouveau profondément, inspirant par le nez, puis expirant par la bouche.

— Oui, mon vieux, j'essaie.

— Bien. Alors, qu'est-ce qui t'arrive ?

C'était étrange : pendant des années, ils n'avaient eu que peu de contacts avec lui, mais ils s'étaient beaucoup rapprochés ces douze derniers mois, Joel ayant vécu un véritable cataclysme émotionnel. En apparence, il paraissait si professionnel : intelligent, en forme, équilibré. Seules quelques très rares personnes savaient à quel point il était tourmenté ; comme il devait travailler dur pour tenir ce personnage. Or être amoureux pour la première fois faisait apparaître toutes ses fêlures.

Mark était convaincu que c'était une bonne chose. Selon lui, on ne commençait à guérir qu'en les faisant apparaître.

— C'est Flora, expliqua Joel, n'en revenant pas de prononcer ces mots.

Marsha parut soucieuse.

— Elle est… elle est enceinte.

Mark fit signe à Marsha de ne pas faire de bruit. Puis, tout doucement, avec précaution, il éloigna le combiné de son oreille et se tourna vers elle dans leur lit conjugal. Tous deux articulèrent alors silencieusement un « YOUPIIIIIII ! ».

S'efforçant de ne pas rire, Mark fit chut à Marsha, menaçant de lui mettre la main sur la bouche, puis il reprit son sérieux, remuant la mâchoire pour s'assurer que son ton était toujours approprié.

— Je vois, répondit-il d'une voix impénétrable qui aurait berné n'importe qui. Et c'est… ?

Joel se retrouva au bout du couloir, à contempler la mer déchaînée à travers l'immense fenêtre. Il voyait aussi son reflet dans la vitre impeccable.

— Je… Je…

Il y eut un blanc. Marsha dansait sans bruit dans le lit pour fêter ça.

— Je ne suis pas prêt.

Mark marqua un long silence.

— Pourquoi ? finit-il par l'interroger.

— Eh bien, tu sais ce qu'il en est : il y a une légère tendance au meurtre dans ma famille, apparemment, répliqua Joel, contrarié.

Mark attendit à nouveau. Puis :

— Les bébés sont-ils des meurtriers, d'après toi ?

— Non ! s'écria Joel. Je suis sûr que personne ne pensait que Hitler était un meurtrier. Quand il était bébé.

— Donc, Flora va donner naissance à Hitler ?

— Ce n'est pas drôle, Mark.

— Et dirais-tu que beaucoup d'enfants deviennent des meurtriers sur Mure ?

Joel poussa un soupir.

— Ça fait… ça fait si peu de temps qu'on est ensemble.

— JOEL !

— Pardon… j'ai dû passer pour un goujat.

— Je n'ai pas le droit de faire de commentaires professionnels là-dessus, répondit Mark pendant que Marsha secouait énergiquement la tête à côté de lui.

La ligne grésilla, sur les milliers de kilomètres qui les séparaient, au-dessus du vaste océan Atlantique et de ses flots agités, bien au-dessus des pétroliers hoquetant, des baleines et de toutes les créatures qui peuplaient les eaux profondes du monde, entre l'île minuscule de Mure et celle de Manhattan, sous un ciel noir. Joel regarda à nouveau par la fenêtre. Enfin, à bientôt neuf heures, une ligne rose marquait l'aurore au-dessus de l'eau. Il faisait un froid redoutable, mais le ciel se frangeait de teintes dorées et rosées. Dehors, il gelait, la neige vous fouettait le visage, mais le spectacle était magnifique.

— Comment va Flora ?

Joel grimaça.

— Je ne suis pas sûr d'avoir très bien réagi.

Mark sentit que Marsha levait les yeux au ciel à côté de lui.

— Dis à Marsha d'arrêter de lever les yeux au ciel, ajouta Joel.

— Je ne dis rien, protesta-t-elle à voix haute.

— Tu sais, les femmes peuvent être fragiles pendant la grossesse.

— Flora n'est pas fragile, rétorqua Joel en grognant. C'est la personne la plus forte que j'aie jamais rencontrée.

— Est-ce vraiment ce que tu crois ? l'interrogea Mark. Ou as-tu besoin qu'elle soit forte ? Pour réparer tout ce qui te fait défaut, d'après toi ?

Joel se mordit la langue avec colère.

— C'est exactement ça, répondit-il comme un petit garçon. Et si je me trompe là-dessus, c'est que je ne suis pas en état de passer à… à tout ça.

— À un bébé, dit Mark d'une voix douce. Ce n'est pas « ça ». C'est tout.

Joel posa sa tête contre la fenêtre.

— Et si je n'y arrivais pas, Mark ? Si je n'arrivais pas à être père, si je ne savais pas m'y prendre ?

— Tu as toujours réussi ce que tu as entrepris.

— Oui, parce que je peux me contrôler. On ne peut pas contrôler un enfant.

— Il en connaît déjà un rayon en éducation, commenta Marsha, mais Mark la fit taire.

Il y eut un blanc.

— Quoi qu'il en soit, le bébé ne compte pas, reprit Mark.

Joel, abasourdi, retira ses lunettes pour les frotter.

— Quoi ?

— Le bébé ne compte pas.

— Mais qu'est-ce que tu racontes ? Rien d'autre ne compte.

— Pas aujourd'hui. Le bébé n'est pas encore là. Tout ce qui compte aujourd'hui, c'est ta petite amie.

Joel marqua un temps d'arrêt.

— Joel, dis-moi que tu la considères comme ta petite amie, au moins ?

Marsha poussa un petit grognement.

— Eh bien. Enfin…

— Je te l'ai déjà dit, l'interrompit Mark. Et je t'aime, mais, parfois, j'ai peur que tu ne la mérites pas…

Il y eut un long blanc.

— Je le désire plus que tout, finit par dire Joel.

— C'est bien. Écoute, Joel. Tu peux t'en sortir tout seul. Je te le promets. Ne te précipite pas. Réfléchis à toutes les décisions qui doivent être prises. Aujourd'hui, tout ce que tu as, c'est une petite amie. Qui a besoin de soin et d'attention. Procède par étapes… une à la fois. Un jour après l'autre ; une respiration après l'autre. C'est comme ça que tout le monde fait pour s'en sortir, d'accord ? Et appelle-moi dans la matinée. La matinée ici, pas chez toi.

Joel répondit d'un bruit évasif, puis raccrocha. C'était étrange : ils ne semblaient pas du tout surpris, ils étaient aussitôt partis du principe que tout finirait par s'arranger, que Flora et lui garderaient même le bébé, que tout se passerait bien. Il n'avait jamais envisagé les choses sous cet angle.

Chapitre vingt-neuf

Flora n'avait vraiment aucune envie de recevoir un inconnu chez elle. D'un autre côté, cela l'aiderait un peu. Sinon, que ferait-elle ? S'enfermer dans sa chambre pour pleurer ?

Agot était debout devant son père, mutine.

— LUI PAS COW-BOY, FLOLA, disait-elle avec colère.

— Je ne crois pas l'avoir entendu dire qu'il en était un, répondit Flora avec douceur en se dirigeant vers la cuisinière.

Dieu merci, Fintan (qui ne supportait pas les aliments frits) lui avait bel et bien cuisiné un bon petit plat : le bœuf Stroganov sentait divinement bon, et la petite merveille qu'était le riz cuit au micro-ondes avait enfin fait son apparition sur Mure. Ils mangeraient des blettes en guise de légumes, même si Agot faisait la fine bouche, faisant expressément remarquer, à plusieurs reprises, que les blettes étaient « POUR LES CHEVALS, TATA FLOLA, PAS LES GENS ».

Tripp restait planté là, tripotant son chapeau d'un air malheureux, comme Flora passait à côté de lui.

Eck, assis au coin du feu où il avait piqué du nez en lisant les résultats des courses, releva la tête. Il ne faisait jamais vraiment attention à qui se trouvait dans sa cuisine.

— V'nez vous asseoir, dit-il à Tripp en lui faisant un signe de tête. Flora, va chercher un autre verre, s'il te plaît.

Flora s'exécuta de mauvaise grâce, puis versa un whisky à Tripp sans lui proposer d'y ajouter de l'eau, ce qui lui convenait parfaitement, en réalité.

— Comment est-ce que ça s'est passé avec Colton ? finit-elle par lui demander, ne supportant plus l'atmosphère qui régnait dans la pièce.

Fintan, qui s'apprêtait à partir, dressa l'oreille.

— Oh. Eh bien… enfin…, répondit Tripp en haussant les épaules.

— Pourquoi êtes-vous là ?

— Eh bien, il est de la famille, rétorqua-t-il, étonné. Enfin, on ne l'a pas beaucoup vu ces dernières années…

Flora eut un petit reniflement sarcastique, ce fut plus fort qu'elle. Agot essaya aussitôt de l'imiter.

— … mais on le suivait de loin. Dans les journaux, tout ça. Et quand on a vu… qu'il n'était plus trop dans les parages…

— Vous êtes venu chercher l'argent, lança Fintan avec brusquerie en mettant son écharpe et ses gants.

Tripp posa son verre.

— Oui, en partie. Mais sa mère veut savoir… elle veut juste savoir qu'il va bien.

— Eh bien, ce n'est pas le cas, répondit sèchement Fintan.

— Je peux partir demain, mon vieux, dit Tripp.

Fintan poussa un profond soupir.

— Non, vous n'êtes pas obligé.

Il y eut un long silence, seulement rompu par Agot qui s'exerçait à faire son reniflement hautain, ce qui allait à l'évidence devenir une de ses mimiques favorites.

— C'est juste…

— Quoi ? l'interrogea Fintan en le regardant avec des yeux pleins de reproches et d'espoir à la fois.

Tripp haussa les épaules.

— Je me disais… si c'était possible. Je crois que maman… Enfin, papa ne comprend plus vraiment ce qui se passe. Et Colton et lui, ils n'ont jamais été sur la même longueur d'onde. Mais maman… enfin. Elle était plutôt…

Ces mots étaient difficiles à prononcer pour Tripp.

— Je veux dire. Papa avait un caractère bien trempé, vous savez ? Il aimait faire les choses à sa manière. Et Colton, mon vieux… Colton n'en a toujours fait qu'à sa tête.

Ces mots arrachèrent un demi-sourire à Fintan : c'était tellement vrai.

— Et maman… elle s'est contentée d'abonder dans son sens. Même si… Même si elle n'aurait peut-être pas dû, ajouta-il d'une voix moins audible.

Il leva la tête.

— Je me dis… je me dis qu'elle aimerait sans doute le voir, une dernière fois ? Sur Skype, peut-être ? Ou par téléphone ?

— Eh bien, il faudra demander à Colt, rétorqua Fintan d'un air de défi.

— Mais il me dira d'aller me faire voir.

— Et cela ne le fera pas changer d'avis concernant son argent, si c'est votre plan.

— Allez, intervint Flora. Tout le monde à table.

— C'EST POUR LES CHEVALS, TATA FLOLA.

— Innes, dis à Agot de venir à table.

— Elle a déjà mangé des frites, répondit ce dernier, visiblement mal à l'aise.

— Eh bien, bravo.

— Je ne pensais pas que tu serais là ce soir !

— Hé, je cuisine, moi aussi ! protesta Fintan.

— Agot, si tu ne viens pas à table, pas de crèche vivante, menaça Innes avec un soupir.

La petite se leva d'un bond, comme outrée, et courut jusqu'à sa chaise.

— Mais elle ne participe pas à la crèche vivante ! s'indigna Flora. Attends une seconde, elle y participe ?

— Chut, elle le croit, répondit Innes. J'ai récupéré le costume d'ange, et tout. Je la laisserai s'asseoir près de la scène et mimer les gestes. Je suis sûre que Lorna acceptera.

— Mais ça ne me semble pas acceptable du tout ! Et si elle monte sur scène ?

— MOI ANZE DANS KÈCHE VIVANTE, affirma Agot avec vigueur.

— Et alors, est-ce que ça serait un problème ? demanda Innes sans conviction.

— Oui ! Pour tous les autres parents qui essaieront d'apercevoir leur enfant chéri interpréter le rôle qu'il a vraiment dans la crèche vivante pendant qu'un petit singe tout brillant lui grimpera dessus !

— Est-ce qu'on organise toujours la fête ici ?

Même si c'était la dernière chose que Flora souhaitait cette année, la fête de Noël se tenait tous les ans chez les MacKenzie depuis des temps immémoriaux, et elle ne voulait pas en priver a) tous les petits îliens (les familles avec de jeunes enfants assuraient la survie de la *Seaside Kitchen* en hiver), et b) Lorna, qui, sinon, devrait l'organiser dans le gymnase de l'école, puis passer une petite vingtaine d'heures à tout ranger.

— Oui, répondit Flora, maussade. Et je vais avoir besoin que tout le monde mette la main à la pâte.

— Je serai chez Colton, se hâta de préciser Fintan.

— Eh bien, quand il fera sa sieste, tu viendras faire des friands à la saucisse. Hamish, toi, tu t'occuperas des boissons. Et ne corse pas trop le vin chaud, sinon les adultes oublient qu'ils ont des enfants et on les retrouve tous en train de dormir dans la grange.

L'un d'eux disait cela chaque année, en vain. Les Muriens travaillaient dur ; nombre d'entre eux occupaient deux ou trois emplois pour assurer le bon fonctionnement de l'île. Tourisme, pêche, secours, agriculture : il fallait couvrir tous ces secteurs, et l'île ne comptait pas assez d'âmes pour faire tourner la machine. De fait, quand ils avaient l'occasion de prendre un peu de bon temps, ils la saisissaient à pleines mains.

— D'accord, d'accord, ronchonna Fintan.

— Je peux peut-être vous aider, proposa Tripp.

— Oui, vous pouvez peut-être empoisonner l'esprit des enfants, asséna Fintan d'un ton brusque.

— Ça suffit ! lança Flora. On est à table.

— Je ne lui ai pas demandé de rester ! se récria Fintan, prêt à passer la porte.

Eck s'éclaircit alors la voix. C'était inhabituel : cela signifiait qu'il avait quelque chose à dire. Eck restait attaché à ses vieilles habitudes. Ses ancêtres avaient mangé leurs repas simples dans un silence tout presbytérien, l'église se défiant de toute forme de plaisir, même dans les circonstances les plus favorables. C'était l'une des nombreuses choses qu'il adorait chez la mère de Flora – la joie qu'elle prenait à cuisiner, à passer du temps avec sa famille, autour d'un bon repas, à rire, tout ce dont il estimait avoir manqué dans son éducation. Malgré tout, il n'était toujours pas très bavard.

Tous se tournèrent donc automatiquement vers lui, comme il poussait un soupir en caressant la tête toute douce de Bramble.

— Argh, v'là ce que j'en dis, commença-t-il.

Tripp grimaça, essayant de le comprendre.

— Colton est de not' famille main'nant.

Ils acquiescèrent tous avec enthousiasme. Que son cadet épouse un homme n'avait pas été facile pour Eck, mais il s'y était vite fait, contre toute attente.

— Nous respectons donc ses volontés. Mais…

Flora et Fintan échangèrent un regard.

— J'crois pas que vot' mère aurait tourné le dos à son frère.

Flora se retrouva tout à coup à fixer son assiette. Quand sa mère était morte, elle ne l'avait pas supporté ; elle avait voulu quitter l'île, ne plus rien à voir avec elle, ni avec ses habitants, puis l'avait profondément regretté.

— Voilà, conclut-il.

Puis il se leva de table et recula de quelques pas pour s'installer dans son fauteuil près du feu, Bramble le suivant de bon cœur sur cette courte distance, avant de retrouver sa place, s'écroulant, comme épuisé, sur les pantoufles de son maître, qui se saisit à nouveau de son verre de whisky.

— Qu'est-ce que ça veut dire ? demanda Tripp à Flora dans un murmure.

— Que vous pouvez dormir sur le canapé, apparemment.

— AGOT PAS DÔMIR ! lança Agot de sa petite voix, après une énième tentative infructueuse de faire manger ses légumes à Bramble sous la table.

Chapitre trente

Quand le jour de la crèche vivante fut enfin venu (un manteau de neige recouvrait le sol, il faisait froid, mais le soleil brillait), Saif ne remarqua pas tout de suite les murmures.

Il trouva une place à côté de Jeannie, dont les enfants ne participaient plus à la représentation, mais qui aimait y assister malgré tout. En regardant autour de lui, il constata que tous les habitants de l'île étaient là, qu'ils aient des enfants ou non. Flora organisait une fête à la ferme après ; sa mère avait l'habitude de le faire, lui avait-on dit, à l'époque où Flora et les garçons étaient à l'école (Hamish incarnait toujours l'âne et portait volontiers la fille qui jouait Marie, dont le rôle avait échu, au grand dam de Flora, à Lorna une année et à une fille qui s'appelait vraiment Mary la suivante. Elle pouvait pardonner à Lorna, qui était absolument ravissante dans sa jolie robe bleue, mais Mary MacArthur ne le méritait pas, point final. Comme Flora aimait mener son monde à la baguette, elle contait en général l'histoire, ce qui ne lui plaisait pas non plus. Fintan, lui, interprétait toujours l'ange Gabriel ; Innes, l'aubergiste).

Saif salua Flora de la tête (elle était assise juste devant lui), se demandant, comme souvent, comment il était possible que sa grossesse ne saute pas aux yeux de tous. Elle s'était élargie, ses seins avaient grossi et son ventre s'était arrondi. En général, les gens ne remarquaient jamais l'évidence. Il se demanda où était Joel. À côté de Flora se trouvait Agot, manifestement furieuse de ne pas prendre part aux festivités. Affublée d'une étrange tenue (le vieux costume d'ange de Fintan, en réalité), elle fredonnait « Bâbâbâbâbâbâ, bâbâbâbâbâbâ, bâbâbâbâbâ-bâton » d'une voix suffisamment forte pour être agaçante, mais juste assez basse pour s'en sortir impunément.

— Qu'est-ce qui se passe exactement ? demanda Saif à Flora, tout bas.

— Ça va être bizarre d'essayer d'expliquer le concept. Bon. D'accord. Alors, tu sais que Marie était vierge… Oh là là, ça a vraiment l'air bizarre. Eh bien, Joseph et Marie devaient se rendre à Bethléem pour se faire recenser, ou quelque chose comme ça, mais ils ne trouvèrent pas d'hôtel. Du coup, ils ont eu un bébé dans une mangeoire, dans une étable. Et puis, à cause d'une histoire d'étoile, des bergers et des rois sont venus leur rendre visite.

Saif opina du chef. Jusque-là, il connaissait.

— Et c'est ce que vous faites ? Vous jouez cette histoire ?

— Euh. Oui. C'est sympa.

Un petit enfant qui pleurait à chaudes larmes, habillé en mouton, passa à côté d'eux avec un nez noir et un rouleau de papier-toilette rempli de coton en guise de queue. Saif en resta éberlué.

— Il y a aussi des bergers, lui expliqua Flora.

— Ah.

Quand Lorna parut sur l'estrade, Saif croisa machinalement les bras sur sa poitrine. Flora le regarda. Il n'avait absolument pas conscience de son geste, elle en était persuadée. C'était sa manière à lui de se protéger ; de ne pas trahir ce qu'il ressentait vraiment. Flora regarda la scène. Sans surprise, son amie fit ce qu'elle faisait toujours : elle jeta un œil à la ronde pour voir où il se trouvait dans la pièce (dans n'importe quelle pièce), puis se dépêcha de détourner le regard pour ne pas se trahir ou, du moins, pas plus que ne le faisait le rose qui lui montait aux joues. *Sans blague*, songea Flora. Ces deux-là. Puis elle se souvint de ne pas s'endormir ; la préparation de la fête l'avait laissée sur les rotules. Bien que les garçons l'aient aidée. Un peu.

— Bonjour à tous et à toutes, dit Lorna. Et merci d'être venus. Vous savez que nous vous en sommes très reconnaissants.

Tout le monde s'offusqua gentiment. Il était de notoriété publique que la crèche vivante était une véritable escroquerie : cinq livres, l'entrée ! Et, une fois à l'intérieur, une livre pour un petit gobelet en plastique de jus d'orange dilué, une livre pour un biscuit tout simple, et quatre livres pour un verre de vin chaud vraiment peu corsé. C'était la principale collecte de fonds de l'année, et l'école avait besoin de chaque penny.

— Les enfants ont travaillé très, très dur, alors j'espère que le spectacle vous plaira. Joyeux Noël à tous !

Les applaudissements retentirent au moment où Mme Cook entamait, du mieux possible, *Mon beau sapin* au piano, accompagnée par une flûte à bec un brin risquée et des cloches qui tintaient avec beaucoup d'enthousiasme, mais qu'on fit rapidement taire car elles étaient en avance.

Puis deux petites silhouettes montèrent sur scène. Hamish se serait sans doute fait une joie d'incarner l'âne à nouveau, mais cette époque était révolue. À présent, la minuscule Alice-Elizabeth MacKay (qui avait des liens de parenté avec quatre-vingt-dix pour cent des habitants du village, qui l'acclamèrent tous bruyamment quand elle parut dans une robe de bal blanc et bleu parfaitement ridicule, commandée sur l'île principale pour l'occasion) suivait un âne en peluche. Derrière eux se trouvait Ibrahim – le silence s'abattit aussitôt sur la salle : il marchait lentement, pieds nus, la tête baissée.

Bien qu'il soit toujours petit pour son âge, on ne voyait que lui à côté de la fluette Alice-Elizabeth MacKay. Et il portait – que portait-il ?

Saif se pencha en avant, effaré, alors que tous les autres faisaient semblant de ne pas le regarder, guettant sa réaction. Ib avait un drôle de torchon sur la tête et… était-ce censé être une *dishdasha* ? Était-ce la vision qu'ils en avaient ?

Le sang lui monta au visage. En Syrie, ils avaient plein de tuniques différentes. Pour les grands événements comme les mariages, les garçons portaient d'élégantes *dishdashas*, de beaux vêtements brodés qu'Amena choisissait avec sa mère ou qu'ils avaient reçus en héritage.

Pas… pas cette espèce de blouse ridicule qui ressemblait à un sac à patates. Saif sentit que le sang lui montait encore plus au visage, tant il était furieux : sa peau le démangeait de partout. Était-ce ce qu'ils pensaient de ses enfants venus du Moyen-Orient ?

Ib refusait de croiser son regard. Il devait se rappeler, lui aussi : à la maison, les grandes occasions en tenue de cérémonie. Pas cette… cette… mascarade.

Les enfants réalisèrent tout à coup que l'ambiance dans la salle n'était pas normale. Lorna, qui s'était tant tracassée, avait travaillé si dur pour déterminer ce qu'elle devait faire, se rendit aussi subitement compte que, malgré ses sentiments pour Saif, malgré le fait que le voir lui soit difficile, elle aurait dû aller au plus simple : lui poser la question. Elle pensa à l'e-mail qu'elle n'avait jamais envoyé, se maudissant intérieurement.

Elle fixa son visage affligé, sans pouvoir croiser son regard. Pendant ce temps-là, Ib, sur scène, son accent toujours prononcé, se força à dire, d'un air impassible :

— Aidez-moi, s'il vous plaît. Ma femme va avoir un bébé. Avez-vous une chambre ?

L'âne sur roulettes sortit de scène, et Saif remarqua que la minuscule fillette incarnant Marie avait un coussin sous sa robe pour faire croire qu'elle était enceinte. Il en eut le souffle coupé. C'était grotesque.

Si son fils n'avait pas été sur l'estrade et que tous les yeux n'avaient pas été braqués sur lui pour jauger sa réaction, il se serait levé, aurait attrapé ses garçons et serait sorti.

Le pire restait pourtant à venir. Ash, parfaitement adorable (du moins, pour la majorité du public) avec ses yeux immenses, son corps frêle et ses jambes encore maigrichonnes, entra en claudiquant, dans la peau de l'aubergiste.

Ayant oublié sa réplique, il fixa le public, croisa le regard de son père, qui ne se rendait pas compte de la sévérité de son expression, regarda son frère, qui avait toujours la tête baissée, et parut soudain sur le point d'éclater en sanglots. Lorna restait en retrait, prête à voler à son secours s'il y avait lieu. D'habitude, quand un enfant avait un trou de mémoire, la foule indulgente riait, mais pas aujourd'hui ; aujourd'hui, on entendait les mouches voler. Quelqu'un pouffa, et Saif sentit tout son corps se raidir.

Tout à coup, avant que Flora ne puisse l'en empêcher, Agot se leva dans le public et cria :

— MON AUBEGE EST PLEINE !

Les deux copains avaient répété les répliques d'Ash avec beaucoup de sérieux les dernières fois où ils s'étaient vus.

Le visage du petit s'illumina.

— MON AUBEGE EST PLEINE ! s'exclama-t-il avec son drôle de petit accent, mi-syrien, mi-écossais.

Toute la salle applaudit, rit, s'extasia, mais Saif resta assis, bouillant de colère, furieux, pendant que les autres traitaient sa famille avec condescendance. Mais qu'avaient-ils cru ? Qu'avaient-ils cru ?

*

Même vingt bouts de chou en train de chanter *Douce nuit, sainte nuit* avec un cheveu sur la langue (ce qui, en temps normal, aurait tiré les larmes à n'importe qui) ne réussirent pas à attendrir Saif, qui ne connaissait pas ce chant et avait du mal à suivre les paroles en anglais, si bien qu'il n'écoutait pas vraiment. Il restait simplement assis là, les oreilles toutes rouges.

Au départ, il n'avait pas vraiment prêté attention à l'endroit où on l'envoyait. N'importe où, cela lui était égal. N'importe où, tant qu'il pouvait mettre sa famille à l'abri. Tant qu'il pourrait coucher ses enfants le soir sans avoir peur d'être réveillé en pleine nuit par le bruit des bombes et que sa maison n'explose. À ses yeux, les deux camps étaient tout aussi incompréhensibles ; les enjeux, inextricables. De fait, quand le gouvernement britannique l'avait accepté, il en avait été reconnaissant, mais de façon abstraite : son pays d'accueil lui importait peu. Tout ce qui lui importait, c'était de réunir sa famille. Angleterre, France, c'était du pareil au même.

Malgré tout, avec le temps (après n'avoir rien remarqué de spécial au début, si ce n'était la ribambelle de vieilles dames qui se ressemblaient beaucoup et le consultaient toutes pour des petits bobos dont il n'était pas certain qu'ils nécessitaient son expertise), il avait peu à peu commencé à s'ouvrir à la réalité du monde qui était désormais le sien. Sa beauté, la vitesse ahurissante à laquelle la météo changeait, la manière que les nuages avaient de danser à l'horizon, l'odeur fraîche de la mer, l'eau glaciale, saisissante – la plus agréable qu'il ait jamais goûtée.

Et puis, il y avait la gentillesse et la loquacité des habitants, qui lui rappelaient son pays ; leur chaleur et leur hospitalité, qu'il acceptait rarement, mais qui le rassurait. Et, bien sûr, l'amitié de Lorna, qui l'avait amené à apprécier la communauté dans laquelle il vivait et travaillait.

Il avait baissé sa garde. Il le savait. C'en était la preuve. Ils n'étaient pas des leurs. Ils étaient toujours des étrangers, objets de moquerie.

Il resta assis sur son siège, un sourire forcé scotché aux lèvres ; le public s'était dispersé. Flora lui jeta un regard inquiet.

— Les garçons étaient super, murmura-t-elle.

Il ne parut pas l'entendre, mais elle dut le quitter pour courir après Agot, qui, à la seconde où Lorna était descendue de l'estrade, avait sauté dessus, semblant sur le point d'entraîner tout le monde dans une danse collective.

*

En coulisses, Ib était vert de rage.

— Ils se moquent de nous ! Ils pensent qu'on porte des torchons sur la tête ! hurlait-il en arabe.

Les autres enfants prenaient soin de l'éviter. Saif était allé le retrouver quand les gens avaient commencé à l'aborder ; en voyant son expression, ils s'étaient dépêchés de battre en retraite.

— Ça va, répondit Saif en anglais. Ce n'est qu'une histoire.

— C'EST PAS UNE HISTOIRE ! intervint Ash. C'EST VRAI ! BÉBÉ JÉSUS EST NÉ.

Saif fronça les sourcils, puis se frotta les yeux. Ash était fou de joie.

— J'étais bien, *abba* ? lui demanda Ash.

— C'était débile, lança Ib avec amertume.

Saif prit son cadet dans ses bras ; Ib, lui, resta à distance, ayant ôté le torchon de sa tête et l'ayant jeté au sol, comme les autres enfants se précipitaient dans les bras de leur famille, en adoration devant eux, Caméscope à la main.

— Tu étais très bien, répondit-il, et Ash sourit de toutes ses dents.

— C'était DÉBILE, s'écria Ib d'une voix dangereusement forte. Et toi, tu n'es qu'un bébé débile !

Le visage d'Ash se décomposa. Heureusement, Agot arriva juste au bon moment.

— ASH ! ASH ! FÊTE !

Comme tout enfant de six ans, Ash changea aussitôt d'état d'esprit.

— Fête ?!

— FÊTE MAINTENANT !

Il se tourna vers son père.

— Je vais fête, dit-il en hochant la tête énergiquement pour tenter de pousser son père à en faire de même, avant de lui prendre la main de manière possessive.

— FÊTE CHEZ MOI.

Saif cligna des yeux. Ash était… il était heureux. Ib… pas vraiment.

— Ib, va avec Ash. Accompagne-le jusqu'à la ferme.

— Je n'ai pas envie d'aller à une fête débile avec des bébés débiles.

— Vas-y. Je vous rejoins dans un instant.

En réalité, il voulait laisser les enfants s'amuser pendant qu'il disait ses quatre vérités au personnel enseignant. Il passerait les prendre plus tard. Les enfants n'avaient pas à voir cela. Pas plus qu'il ne pouvait refuser à Ash ce qu'il désirait le plus au monde : être normal. Faire comme les autres. Sa colère, sa peine n'avaient aucun sens aux yeux d'un enfant de six ans à qui l'on proposait une part de gâteau et un verre de soda, et, même hors de lui, pour rien au monde, il ne l'en aurait privé.

*

La plupart des spectateurs étaient partis, se frottant les mains à l'idée de la petite sauterie chez les MacKenzie. C'était extra en général. Des cris, des rires et des enfants surexcités, shootés à l'adrénaline, qui galopaient en tous sens et dévalaient la colline en courant. Il faisait déjà nuit noire à quatre heures de l'après-midi. Comme toujours, le conseil municipal s'était exprimé contre l'installation d'un grand sapin de Noël dans le village, préférant utiliser l'argent pour éclairer le chemin des enfants quand ils rentraient chez eux. En décembre, même au beau milieu de l'après-midi, on voyait difficilement où l'on posait les pieds, et la colline était escarpée : des lanternes et des ampoules étaient donc suspendues aux branches, scintillant gaiement, tel un collier de perles tendu d'arbre en arbre. Les enfants les adoraient.

Quelques parents étaient restés pour donner un coup de main (ranger les chaises, ramasser les bouts de costumes et les livres qui traînaient), aussi Saif s'efforça-t-il de ne pas se faire remarquer, même si, blessé, en colère, il bouillait toujours intérieurement.

Chapitre trente et un

Lorna le trouva dans le gymnase, le regard noir.

Les personnes restées pour ranger finirent par partir, succombant aux lumières chaleureuses et aux premières notes de musique qui s'élevaient de la ferme, en contrebas. Saif, étant du genre consciencieux, entreposait les dernières chaises dans un coin du gymnase (qui faisait aussi office de cantine), quand Lorna fit le tour pour éteindre les lumières. Elle éteignit celles du gymnase par inadvertance, ne se rendant pas compte que Saif était toujours à l'intérieur, jusqu'à ce qu'il l'interpelle.

— Lorenah ?

Le clair de lune inondait la pièce, transformant la vieille salle poussiéreuse en un lieu scintillant, magique, même quand les guirlandes argentées, le ciel étoilé de la crèche vivante et toutes les décorations brillantes qu'avaient faites les enfants, suspendues au plafond, chatoyaient sous les jeux de lumière.

Pour une raison qu'elle ignorait, Lorna attendit avant de rallumer. Elle fit un pas dans la pièce, des papillons dans le ventre. C'était plus fort qu'elle.

— Il y a quelqu'un ? dit-elle, comme si elle ne savait pas qui était là.

Comme si elle n'était pas consciente, à chaque instant, de l'endroit où il se trouvait exactement. Comme si elle ne connaissait pas les heures d'ouvertures du cabinet ni le moment précis où sa tête brune, échevelée, apparaissait au sommet de la colline le matin, accompagnée de ses deux petits bouts.

Elle prit une profonde inspiration, puis pénétra dans la pièce. Elle lui devait des excuses. Son choix avait été maladroit, inconsidéré. Elle s'était dit que cela plairait aux garçons, mais elle voyait bien que Saif avait trouvé cela déplacé. Le vexer était la dernière chose qu'elle souhaitait. Au contraire, elle avait espéré que voir ses fils jouer, constater qu'ils étaient essentiels pour le spectacle et pour l'école, lui ferait plaisir et qu'il… qu'il lui en serait reconnaissant. Elle était gênée de sa naïveté.

— Saif, je suis sincèrement désolée, dit-elle. Je pensais que les garçons aimeraient jouer dans la pièce.

Il se tourna vers elle.

— Qu'est-ce… qu'est-ce que tu croyais ? Qu'ils feraient de parfaits petits basanés ? Est-ce que c'est ce que tu pensais ? Qu'ils avaient la tête de l'emploi ? Qu'ils seraient de bons chrétiens ? Parce que c'est toi qui es responsable de ce que mes fils pensent maintenant ! Tu es responsable de ce qu'ils croient ! Est-ce ta façon de faire ? Est-ce que c'est ce que tu veux ?

Lorna recula d'un pas, blessée, même si elle se doutait que les choses prendraient une telle tournure.

Mais elle sentait, tout au fond d'elle, que cette colère n'était pas seulement liée aux garçons. Son cœur se mit à battre, trahissant la joie terrible qu'elle éprouvait d'avoir son attention, même s'il enrageait contre elle. Ben oui. La haine était une émotion, non ? La seule chose qu'elle redoutait de la part de Saif était l'indifférence totale.

Elle leva les yeux vers lui.

— Je suis désolée. J'ai eu tort. Vraiment tort. J'aurais dû t'en parler.

— Tu aurais dû, oui. Tu aurais dû.

— Je sais. Je… Je le voulais. Je n'ai pas pu.

Il la fusilla du regard.

— Et pourquoi ça ?

À cet instant précis, ils surent tous les deux qu'ils étaient allés trop loin. Saif fit un pas en arrière avant de pousser un long et profond soupir.

Il resta immobile dans le clair de lune. Lorna n'avait toujours pas rallumé la lumière, même si, à ce stade, elle aurait été incapable de dire pourquoi.

Saif recula encore, puis essaya de changer de sujet.

— Ash, finit-il par dire, s'efforçant de dédramatiser la situation. Je crois qu'il était très content.

Lorna cligna des yeux.

— Je le crois aussi.

— Il est si heureux ici. J'ai peur… j'ai peur qu'il oublie que ce n'est pas sa vraie vie.

Il y eut un long blanc. Puis :

— Es-tu sûr ? répondit Lorna d'une voix douce. Es-tu sûr que ce n'est pas votre vraie vie ?

*

À leur décharge, la soirée était vraiment très belle : un épais manteau de neige recouvrait le toit de la vieille école ; les étoiles brillaient vivement dans l'air glacial. C'était bientôt la nuit la plus longue de l'année, ce qui n'y fut pas pour rien, si vous voulez mon avis. Le cœur de l'hiver ; le passage millénaire au Nouvel An ; l'instant où tout bascule.

Sur Mure, on célébrait le solstice d'hiver bien avant l'arrivée des chrétiens dans les terres du nord ; depuis que les hommes peuplaient l'île, ils avaient marqué la position des corps célestes, la ronde des saisons et la nuit la plus sombre avec des pierres levées.

Le solstice d'hiver était imprégné d'une magie plus profonde, plus sauvage, que Noël. Il existait avant les divisions religieuses ; avant la religion elle-même, avant les crèches vivantes et autres représentations. Il s'enracinait dans la terre et dans le corps de l'homme, pas dans les cieux et l'âme humaine.

Lorna avança alors d'un autre pas, dans le noir. Saif ne bougea pas ; il resta près des chaises.

Il ne se dirigea pas vers l'interrupteur, ne blagua pas, ne fit rien de ce que ferait quelqu'un dans des circonstances normales. Parce que, à cet instant, les circonstances n'étaient plus normales. Un rayon de lune illumina ses cheveux noirs, brillants ; ses mains tremblantes.

Il resta immobile. C'était le clair de lune, songea Lorna, sentant sa respiration s'accélérer. Pour une raison ou une autre, il rendit les choses possibles. Dans le clair de lune, plus rien d'autre ne comptait.

Elle ouvrit la bouche, mais se ravisa. Elle sentit soudain un enchantement mystérieux dans la pièce, et elle ne voulait pas le rompre, elle ne voulait pas qu'il se dissipe et…

Tout à coup, elle fut comme contrainte de bouger : elle réalisa que, si elle attendait, elle se remettrait à réfléchir, changerait d'avis et ne saurait jamais.

Sans crier gare, et sans attentes, un jour qui avait commencé comme tous les autres – à savoir, dans le cas de Lorna, à se consumer d'amour pour un homme qu'elle pensait ne jamais pouvoir avoir –, soudain, sans préambule, elle se surprit à traverser le gymnase en courant pour se jeter dans ses bras. Et il l'accueillit, la saisissant avec fougue, posant ses bras sur les siens, l'agrippant fort de ses doigts puis, sans ménagements, il posa sa bouche sur la sienne pour l'embrasser enfin, assouvissant la passion qu'il contenait depuis une éternité, lui semblait-il ; elle l'embrassa en retour, n'ayant pas conscience que des larmes lui roulaient sur les joues, parce qu'ils étaient enfin réunis. Il lui caressa la figure, les cheveux, tout en l'embrassant, puis prit tendrement son visage entre ses mains. Il laissa glisser un doigt sur son front, comme si elle était la perfection incarnée. Cela la submergea : ne pouvant plus se retenir, elle se pressa contre lui, sans vergogne, folle de désir, et se mit aussitôt à tirer sur les boutons de sa chemise, mourant d'envie de sentir son torse contre le sien.

Le grotesque du décor, le caractère profondément inapproprié de la situation ne les arrêtèrent pas. Rien ne le pouvait.

Sauf une pile de tapis de gym.

Quand ils s'écroulèrent dessus, Lorna poussa un petit cri de surprise, puis éclata de rire, mais elle s'interrompit vite, remarquant que Saif ne riait déjà plus : il la dévisageait, sérieux, assis sur les genoux, comme s'il n'avait pas remarqué leur chute. Elle aurait pu se noyer dans ces yeux noirs, y rester pour toujours. Elle se leva, sans qu'il détache ses yeux avides d'elle, et elle lui attrapa la main pour l'aider à se lever à son tour.

— Suis-moi, lui dit-elle d'un ton pressant, à voix basse.

Dehors, la nuit était si claire, si calme. Il gelait, il devait faire un ou deux bons degrés en dessous de zéro. L'endroit était désert. Tâtonnant pour trouver les serrures, Lorna ferma l'école aussi vite que possible, consciente que le temps leur était compté, que, s'ils s'arrêtaient trop longtemps, l'un d'eux reprendrait ses esprits ; Saif se mettrait à culpabiliser ou quelque chose tournerait mal.

Elle le poussa presque à l'intérieur de sa petite voiture rouge. Le trajet jusque chez elle n'était pas long, mais elle trimballait en général des tonnes de copies et de matériel, lourds à porter, et le chemin était souvent boueux. Il n'y avait pas âme qui vive alentour et, naturellement, bien qu'il ne soit que quatre heures de l'après-midi, le ciel était déjà d'un noir d'encre.

Aucun d'eux ne parla, leur souffle formant comme des nuages de fumée dans l'air givré. Pantelante, Lorna mit le contact, et la radio s'alluma aussitôt : la BBC nan Gàidheal passait *Òganaich Uir a Rinn M'Fhàgail*, une complainte pleurant un amour perdu, qui s'avérait aussi être l'un des morceaux les plus érotiques de tout le canon celtique.

Saif ne comprendrait pas les paroles, se dit-elle en jetant un coup d'œil à son beau profil puissant, mais la signification de cette mélodie implorante, ascendante, avec ses cordes entraînantes et son rythme endiablé, syncopé, ne pouvait échapper à personne : elle était universelle. Elle tendit la main pour éteindre la radio, mais Saif la retira, et ils laissèrent la musique. Dans la pénombre de la voiture, il lui caressa doucement le visage, et elle posa sa tête dans sa main, grande et forte, avec ses doigts longs ; puis, comme la voiture commençait à avancer et que Lorna tentait désespérément de se concentrer sur la route, il laissa lentement glisser sa main vers le bas, jusqu'à lui effleurer la courbe des seins à travers sa robe. Elle se mit à trembler encore plus ; elle sentait les battements sourds de son cœur dans tout son corps. Elle s'empara de sa main, qui était glacée, pour la poser directement sur sa poitrine, qui ne l'était pas. Ils laissèrent échapper tous deux un petit halètement.

— Je vais emboutir la voiture, murmura-t-elle.

— Je la réparerai.

Elle le regarda et vit la lueur dans ses yeux – le côté rieur, taquin, malicieux de cet homme très sérieux, que très peu de gens connaissaient. Alors qu'elle ne pensait pas cela possible, elle le désira encore plus : elle se surprit (cela ne lui ressemblait pas du tout) à lui attraper à nouveau la main pour la guider vers le bas, là où c'était encore plus chaud, sous sa jupe, en haut de ses cuisses, et, comme il ne perdait pas une minute, l'empoignant avec douceur, mais fermeté, elle ferma les yeux et manqua bel et bien emboutir la voiture.

Ils déboulèrent dans son petit appartement, collés l'un à l'autre. Le lieu était si cosy, si chaleureux : les guirlandes lumineuses étaient allumées, le feu se remit à crépiter quand Lorna l'eut ravivé, et les rideaux étaient fermés, Milou faisait un petit somme. Le parfum de Lorna flottait dans l'air, faisant complètement perdre la tête à Saif, et, même si la partie rationnelle du cerveau de Lorna lui disait d'attendre, de ralentir, c'était au-dessus de ses forces. Bien au-dessus. Alors, au diable.

Elle ne pouvait plus attendre, ne pouvait plus s'arrêter – il était enfin là, chez elle, dans le lit vide où elle désirait le voir depuis si longtemps ; elle pouvait enfin faire ce qu'elle brûlait de faire depuis qu'il était descendu du bateau, abattu, les cheveux trop longs, avec les yeux les plus tristes qu'elle ait jamais vus. Il fallait qu'elle retire la cravate du médecin, qu'elle déboutonne sa chemise blanche toute propre pour dévoiler le torse doré recouvert de poils noirs dont elle avait si souvent rêvé. Lui, à son tour, l'embrassa avec passion, enfouit sa tête dans son cou, enfonça ses doigts dans son épaisse chevelure rousse, et, sans même s'en rendre compte, ou presque, ils se retrouvèrent dans la chambre de Lorna, sur son lit.

Elle s'attendait à ce que les choses continuent à aller très vite, tant leur émoi était grand. Elle avait réussi à se rendre tant bien que mal dans la salle de bains pour mettre son diaphragme, mais elle voyait flou et son cœur battait la chamade. Or, quand elle revint dans la chambre, quand elle fut enfin allongée sous lui, complètement nue, tout changea.

Il se leva sur un coude, recouvrant Lorna de son ombre, maître de soi. Ils n'entendaient que leur respiration saccadée et le crépitement des bûches dans la pièce voisine. De sa main gauche, qu'ils ne quittèrent pas des yeux, il se mit à caresser son corps pâle, terriblement lentement, en suivant la ligne de ses courbes. Puis il prit sa main dans la sienne et passa leurs doigts entremêlés sur tout son corps, la laissant haletante, frissonnante.

Elle mourait d'envie de passer aux choses sérieuses, mais, un petit sourire aux coins des lèvres, Saif secoua légèrement la tête et continua sur sa lancée, laissant sa main aller où elle voulait – parfois de manière appuyée, parfois moins, parfois avec la bouche –, jusqu'à avoir le plaisir de voir Lorna se tortiller sous lui, démunie, incapable de se concentrer, ivre de plaisir contenu. Lorna elle-même n'en revenait pas, il la tenait si facilement en son pouvoir. Il continua, précis, tranquille, alors même que sa respiration à lui aussi devenait plus lourde, plus irrégulière, et que Lorna haletait, commençant à pousser de petits cris perçants qui menaçaient de se transformer en hurlements, comme il ne cessait ses caresses infernales.

Elle cambra le dos vers lui, et, sans se précipiter, il se déplaça jusqu'à être allongé sur elle. Il lui prit alors doucement les poignets pour les placer au-dessus de sa tête ; il posa sa bouche, sa barbe, sur son cou, et descendit ; il pressa son torse contre le sien ; le temps qu'il se soulève enfin pour entrer en elle, elle se trouvait dans un tel état d'excitation qu'à la seconde où elle sentit qu'il se frayait un chemin entre ses cuisses humides, elle était déjà au bord de la jouissance – et puis, quand elle le sentit en elle pour de bon, elle jouit aussitôt, à une vitesse folle, avec une force incroyable : elle hurla de plaisir. Elle n'avait jamais rien ressenti de tel, avec personne, et encore moins la première fois… Elle s'effondra à nouveau sur le lit, bouleversée, les larmes aux yeux, et il éclata de rire, heureux, stupéfait. Mais il ne faisait que commencer et ne comptait pas en rester là. Il la souleva à nouveau, ne cessant de susurrer à son oreille des mots doux, des encouragements dans sa langue natale, et son prénom, encore et encore.

Elle se retrouva, sur lui, assise en tailleur, les genoux croisés derrière son dos : il la sentait encore mieux et la serrait si fort que, comme ils allaient et venaient, en rythme, elle sentit qu'elle allait jouir à nouveau – c'était sans précédent. De plus en plus rouge, poussant de petits grognements, elle avait mal partout et, en même temps, était en extase, le corps tremblant, en sueur, alors qu'il la faisait monter et descendre avec fougue. Saif avait l'impression de s'être fondu sous sa peau ; sa chevelure rousse flamboyante, ses ongles pointus plantés dans son dos puissant, le rendaient fou. Tout à coup, il rugit comme un fauve et l'attira tout contre lui. Elle ferma les yeux, jouissant à nouveau, puis l'accompagna en poussant de petits cris perçants et des gémissements. Le temps qu'elle reprenne ses esprits, le lit était sens dessus dessous ; son souffle, un sanglot irrégulier. Ils se retrouvèrent à se regarder dans les yeux, comme si aucun d'eux ne pouvait croire que l'autre était réel, et le monde s'embrasa de rose et de doré.

Chapitre trente-deux

Il n'était que dix-huit heures, c'était impensable. De sa vie, Lorna n'avait jamais autant eu envie de ne plus bouger ; de rester lovée, à l'abri, dans les bras forts de Saif. Aucun d'eux ne pouvait parler : ce qu'ils venaient de vivre avait été si intense que cela leur semblait trop lourd à porter.

Elle aurait voulu que plus rien d'autre n'existe ; rester sous les couvertures, bien au chaud dans son sanctuaire, à se construire un petit univers avec lui, un nid rien qu'à eux, pour toujours ; y demeurer jusqu'à la fin des temps ; l'embrasser jusqu'à en être lassée, même si elle savait qu'elle ne s'en lasserait jamais – et lui non plus d'ailleurs, elle le voyait sous les couvertures. Sentant qu'il durcissait à nouveau, elle se tourna vers lui : il la regardait avec des yeux fous de désir. Elle s'approcha pour l'embrasser, sentant le délicieux picotement de ses petits poils de barbe sur ses lèvres délicates…

Mais le monde extérieur n'était pas près de disparaître.

— Il faut que j'y aille, dit-il d'une voix pleine de regrets. Les garçons… Oh, ma chérie…

Il l'embrassa à nouveau, et elle se pressa contre lui, consciente, tout au fond d'elle, qu'on remarquerait bientôt son absence à elle aussi ; que leur monde pouvait s'écrouler – qu'il s'écroulerait – puisque ce qu'ils faisaient était, au mieux, totalement inapproprié.

Oh, c'était insupportable ! Elle ne pouvait s'arracher à l'étreinte la plus douce qu'elle ait imaginée.

Ils restèrent cramponnés l'un à l'autre sans rien dire et, juste au moment où les choses recommençaient à déraper, à devenir incontrôlables, le téléphone de Saif se mit à sonner avec insistance dans la pièce voisine. Il dut sortir du lit ; elle le vécut comme une déchirure.

Un mot, elle le savait, suffirait à rompre le charme. Elle se redressa, sachant qu'elle ne pouvait lui poser la question qui lui brûlait les lèvres : pourrait-il ? Pourraient-ils… ?

Il s'adossa à la porte, sa longue silhouette se détachant dans l'embrasure, et la regarda avec des yeux émus. Il était la plus belle chose du monde, debout, là, son téléphone à la main.

Elle inclina la tête, lui faisant signe de partir. Il s'approcha, déposa un baiser appuyé sur ses lèvres, puis se détourna pour enfiler sa chemise. Le regarder s'habiller fut une véritable torture. Elle avait envie de lui tirer sur la manche, de lui enlever cette chemise pour découvrir ses bras, de remonter le temps, l'étreindre à nouveau, ne plus bouger…

— Il faut…

— Chut, fit-elle.

Elle faisait un rêve, décréta-t-elle. Un rêve magique, merveilleux, et leurs mots allaient le briser, d'une façon ou d'une autre. Il l'embrassa une dernière fois, puis partit, et elle pleura de bonheur, mais de peur aussi. Que se passerait-il maintenant ?

*

À son arrivée, la fête, bien sûr, battait son plein. Toutes les familles du village étaient là, ainsi que bon nombre des agriculteurs sans enfants que Flora invitait toujours, puisqu'il n'y avait aucune raison qu'ils ne s'amusent pas, eux aussi. Ce n'était pas leur faute si un si grand nombre de Muriennes partaient s'installer sur l'île principale pour ne pas avoir à devenir femme de fermiers. Personne ne prétendait que la vie était facile ici.

Lors des soirées comme celle-ci, en revanche… Dans les champs, les sillons étaient recouverts de gel ; les étoiles brillaient, haut dans le ciel ; la ferme, éclairée de mille feux, était un refuge chaleureux, d'où s'élevaient des odeurs de nourriture, de la musique et un esprit de camaraderie ; Noël approchait, et le travail allait s'arrêter pour quelques jours… Mais, bien sûr, on pouvait aussi se sentir comme Flora, qui cherchait Joel du regard, les yeux pleins d'espoir. Naturellement, il n'était pas là. Elle n'avait plus eu de ses nouvelles depuis le bouquet de fleurs. Il devait être au *Rock*, tout seul, à ruminer, ce qui la rendait encore plus furieuse.

Saif se confondit en excuses pour avoir été appelé et lui avoir confié ses fils, mais elle l'arrêta d'un geste. Les enfants de l'île étaient les enfants de tous, après tout ; il n'était jamais question de rendre service ni la pareille, jamais. Il était même étrange qu'il lui présente ses excuses.

Dix minutes plus tard, elle vit une Lorna à l'air troublé et aux joues affreusement roses se faufiler discrètement à l'intérieur. Et avant même de vérifier la tête que faisait Saif – qui lui jeta un regard terrifié en biais, mais ne se retourna pas, là où, en temps normal, bien sûr, il aurait salué la femme qui faisait classe à ses enfants –, elle comprit.

Gardant un sourire courtois aux lèvres, elle dit au médecin de se servir un punch, concept qu'il trouva à la fois étrange et choquant, puis prit congé pour filer rejoindre son amie.

— Alors, où est-ce que tu étais passée, toi ? l'interrogea-t-elle en lui tendant un verre de prosecco, un sourire conspirateur aux lèvres.

— Je rangeais juste l'école, bredouilla Lorna. Il y avait un tel bazar après la crèche vivante ! Des serpentins dans tous les coins ! Et des tas de neige artificielle ! Ça avait bien besoin d'un bon nettoyage ! Ça m'a pris un temps fou, tu sais ce que c'est…

Lorna ne s'était même pas douchée. L'idée de se laver, de ne plus sentir son odeur sur sa peau… elle ne le ferait jamais. Ne voulait jamais le faire.

— Et sinon, est-ce que tu viens juste de t'envoyer en l'air avec Saif ?

— QUOI ?

Flora crut que la tête de Lorna allait exploser. Son amie lui attrapa alors la main, avec un petit côté maîtresse d'école, pour la conduire dehors, dans l'air glacé. Le froid les saisit toutes les deux.

— Qu'est-ce que tu viens de dire ?

— Oh, juste quelque chose que ta réaction vient de me confirmer, une intuition que j'avais, puisque vous étiez les deux seules personnes du village à ne pas être là, que vous arrivez en retard, à deux minutes d'intervalle, tous les deux rouge vif. Sans oublier que vous êtes amoureux l'un de l'autre, répondit Flora avec un sourire, joyeuse pour une fois, pleine d'espièglerie, ses soucis disparaissant un instant.

À vrai dire, elle ressentait un profond soulagement : les problèmes de son amie lui permettaient d'oublier un peu les siens. Elle lui prit le bras.

— Qu'est-ce qui s'est passé ?

— Je croyais que tu savais tout ?

— C'était juste une supposition. Mais tu aurais vu ta tête !

— Oh là là, répondit Lorna, paniquée. Je pourrais perdre mon travail. Lui aussi. Mon Dieu, Flora, s'il te plaît.

Flora secoua la tête.

— Je n'ai fait que deviner. Je suis désolée. Intuition de femme enceinte, sans doute. Rien à voir avec le fait que tous les autres ont réussi à être complètement cuits en une demi-heure et que je suis la seule à avoir encore l'esprit clair.

Sur ce, comme pour prouver ses dires, le père de Ranald MacRanald, Ranald, arriva en titubant. Il serra la main de Lorna en la secouant de haut en bas, à plusieurs reprises, lui disant qu'elle était la meilleure institutrice au monde (sur les deux qu'il n'avait jamais rencontrées, étant un Murien pur sucre), avant de rentrer d'un pas chancelant.

Les filles se dévisagèrent, la bonne humeur de Flora s'envolant quand elle vit la tête de sa copine.

— Ça ne va pas ?

— Mon Dieu, fit Lorna en virant au rose vif et en s'efforçant de ne pas pleurer. Mon Dieu, Flora, tu ne peux pas imaginer. C'était incroyable, extraordinaire. C'était… C'était différent de tout ce que j'ai connu… C'est inexplicable.

Flora pensa à Joel, à sa fougue, son corps tendu au lit, et se dit qu'elle comprenait.

— Quel est le problème, alors ? Les gens se feront à l'idée. Je veux dire, ce sera bizarre, au début, mais…

Lorna secoua la tête.

— Mon Dieu, je ne sais pas. Je ne sais vraiment pas. Je ne sais pas s'il… si je…

Flora la prit dans ses bras.

— Est-ce que ça valait le coup ? lui murmura-t-elle à l'oreille.

— Oh que oui, répondit Lorna avec ferveur.

— Dans ce cas…

Elles retournèrent à l'intérieur, à l'abri du froid, où Lorna, ayant repris contenance, comptait dire rapidement au revoir aux autres parents avant de rentrer chez elle – seule, supposait-elle, mais qui savait ?

Au lieu de cela, elle tomba sur Ash, sa meilleure amie, Agot, sur ses talons.

— MAÎTESSE ! l'interpella-t-il avec entrain.

Son cœur s'arrêta. *Mon Dieu.* Ce qu'elle venait de faire avec son père… Elle jeta un regard à la ronde. Sans surprise, Saif était là, adossé à la porte du cellier, plus ou moins en train de discuter avec Clark, le policier de l'île, et Alan, qui dirigeait la RNLI, l'Institution royale nationale des bateaux de sauvetage. Ils discutaient des exercices de survie en hiver. Sauf que, manifestement, il ne les écoutait pas. Il la fixait avec des yeux fous de désir, qui l'embrasaient. Elle avait l'impression qu'une chaleur torride émanait d'eux. Tout le monde devait s'en rendre compte, se dit-elle. Quand elle croisa son regard brûlant, elle rougit, et eut aussitôt envie de l'entraîner dans la chambre la plus proche et…

— MAÎTESSE LORNA !

— Oui, Ash, répondit-elle à contrecœur avant de s'agenouiller.

Le petit avait les yeux écarquillés ; il était à l'évidence toujours surexcité par la crèche vivante et toutes les festivités de fin d'année qui avaient cours autour de lui. Elle savait que Mme Cook avait essayé, en douceur, d'amener Ib à lui dire où ils se trouvaient le Noël précédent, sans grand succès jusqu'à présent. Il lui semblait si mal de parler à l'enfant de l'homme avec lequel elle avait été nue quelques instants auparavant, sans aucune pudeur. Sans compter que, si elle discutait avec Ash, Saif était sans doute en train de les observer. Elle se sentit virer au rose vif. Saif le remarqua et faillit jurer : il la désirait tant. Il avait envie de traverser la pièce en courant, de l'éloigner d'Ash, de la kidnapper… Ces pensées étaient honteuses, il le savait. Mais il les nourrissait quand même.

— Donc, si on a besoin d'un homme en plus…, dit Alan avec espoir.

Saif opina légèrement du chef, et Alan comprit qu'il acceptait de faire ce dont il parlait depuis une demi-heure – à savoir que Saif rejoindrait l'équipe de la RNLI, ce qui le prendrait totalement au dépourvu quand il commencerait à recevoir des courriers à ce sujet, étant donné qu'il ne se rappellerait pas un mot de cette conversation.

Il suivrait pourtant la formation, passerait le brevet, rejoindrait les sauveteurs locaux et s'avérerait être un membre loyal et courageux de l'équipe aussi longtemps qu'il vivrait là, sans jamais avouer à quiconque qu'il n'avait jamais eu envie de le faire. Ce qui montrait bien le genre d'homme qu'il était.

— Ils ont un arbre à l'intérieur ! chuchota Ash à l'oreille de Lorna.

Lorna ne comprit pas tout de suite ce qu'il voulait dire. Elle regarda autour d'elle. Bien sûr, il devait parler du sapin. Les Muriens les faisaient venir de Norvège tous les ans, sans faute, par les bateaux de nuit. Il trônait dans la cuisine, occupant la moitié de l'espace, bien trop gros pour la pièce, mais était malgré tout magnifique (le sapin de Lorna était petit, mais chic, décoré de mandarines et de vraies bougies). Pas d'inepties de designer pour l'arbre des MacKenzie. Il était recouvert de boules et d'anges affreux, tout vieux, à l'évidence fabriqués par les enfants de la famille au fil des ans (dont aucun n'était connu pour être gêné par le talent), de guirlandes lumineuses multicolores que Lorna était certaine d'avoir vues dans les années 1990, de quelques bibelots – des bateaux sculptés en bois flotté et des symboles celtiques datant de Mathusalem – et de monceaux de guirlandes criardes.

— Des tas de gens en ont, Ash.

— C'est trop beau ! s'extasia-t-il avec de grands yeux.

— C'est vrai, répondit-elle en souriant.

Il se tourna vers elle.

— Je croyais que les arbres, c'était pour l'école. Et à la télé.

— Tu n'as pas de sapin… ? l'interrogea-t-elle, étonnée.

Mais elle réalisa aussitôt à quel point sa question était ridicule, indélicate. Pourquoi auraient-ils un sapin ? Cela lui fit mal au cœur.

— Eh bien, certaines personnes aiment avoir un arbre de Noël chez elles, lui expliqua-t-elle en prenant la main qu'il lui tendait.

— J'aimerais arbre chez moi, dit-il d'un air songeur.

— Eh bien, parles-en à ton père.

Ash se tourna alors pour faire signe à son père, qui ne les quittait pas des yeux, et Lorna sentit son cœur bondir dans sa poitrine. C'était plus fort qu'elle. Il fallait qu'elle se débarrasse d'Ash. Juste un instant. Elle ne pouvait s'occuper de lui maintenant, aussi adorable soit-il.

— Viens là, lui dit-elle, comme il portait de nouveau son attention sur le sapin, le regardant comme s'il n'en revenait pas que cela existe.

— MOI VENIR, hurla Agot en se saisissant de l'autre main de Lorna.

La jeune femme les conduisit tous les deux près de l'arbre.

— Maintenant, allongez-vous sur le dos et mettez votre tête sous les branches.

Les deux enfants obéirent sans se poser de questions, leurs petits pieds dépassant des branches tandis qu'ils regardaient vers le haut, à travers le feuillage épais du sapin, éblouis par les lumières scintillantes. Elle comprit à leurs « oooh ! » et leurs « aaah ! » qu'elle avait eu une bonne idée et les laissa là, de plus en plus de minots se joignant à eux pour les imiter, jusqu'à ce que toute une rangée de minuscules bottes, formant un cercle parfait, sorte de l'arbre, tout comme bon nombre de gloussements et de chuchotements. Lorna commença à avoir peur qu'ils ne le renversent, même si le vieux Eck, assis au coin du feu, les surveillait, un sourire béat aux lèvres.

Puis, le cœur battant, elle releva la tête. Elle réalisa qu'elle s'était menti à elle-même : elle s'était juré que, si elle avait une chance avec lui, rien qu'une heure dans ses bras, cela lui irait ; que cela lui suffirait, tant bien que mal. Qu'elle pourrait se le sortir de la tête ; tourner la page.

Elle comprenait à présent que c'était vraiment n'importe quoi. Que, maintenant qu'elle y avait goûté, elle en voulait plus.

Flora la rejoignit, prétextant vouloir lui remplir son verre, mais, en réalité, elle voulait lui parler.

— Je voulais juste… Ne le prends pas mal, mais je voulais juste te dire que si vous voulez garder ça secret, vous devriez arrêter d'ignorer les autres et de vous dévorer des yeux. Je veux dire, franchement, c'est dégoûtant. Ça dissuade les gens de manger leurs tartelettes.

Lorna acquiesça.

— Ça grouille de parents ici, et je ne te dis ça que par gentillesse, mais je crois qu'ils aimeraient tous que tu ailles leur dire combien leur enfant était génial en mouton.

Lorna poussa un soupir.

— Je sais.

— Mon Dieu ! s'écria Flora.

— Je sais. Je me suis mise dans une telle galère. Mais une galère magnifique.

— Oh, non, répondit Flora. Je me disais juste que, d'ici quelques années, je serais l'une d'eux.

*

Flora parcourut la pièce du regard. C'était vrai : les villageois avaient l'air heureux. Tout le monde était là. Enfin, presque tout le monde. Jan était assise dans un coin, se caressant le ventre avec ostentation, entourée d'une cour de vieilles dames. Comme toujours, Hamish essayait de lancer une chenille. Même Tripp était présent ; il s'excusait vivement auprès d'Inge-Britt qui, Flora le savait, serait incapable de lui en vouloir longtemps : certains hommes avaient déjà été bannis du *Harbour's Rest* au moins cinq ou six fois. Fintan avait fait un saut, mais était vite reparti. Si seulement il n'était pas aussi préoccupé, se dit-elle égoïstement, l'espace d'une seconde. Ils avaient presque le même âge, et elle aurait aimé avoir son avis sur la situation. Ou celui de sa mère, bien sûr… Elle se dépêcha d'attraper un autre plat de vol-au-vent pour les proposer aux invités. Tripp fondit alors sur elle pour le lui ôter des mains.

— Vous n'êtes pas obligé de faire ça.

— Oh, non, ça ne me dérange pas. C'est une bonne manière de faire la connaissance de tout le monde.

Flora le considéra, les yeux plissés. Il devait essayer de leur passer de la pommade pour tenter d'influencer Colton. Eh bien, cela ne marcherait pas avec elle.

— Merci, répondit-elle malgré tout avant de se retourner.

*

Lorna réussit de justesse à faire le tour de tous les parents. La fête tirait à sa fin : les tout-petits, surexcités par tout ce sucre, devenaient grognons, et les gens commencèrent à partir. Ash, bien sûr, refusait de quitter Agot, qui restait sur place, et tous deux se retrouvèrent vite confortablement installés devant *Vaiana, la légende du bout du monde*, à plein volume, car, apparemment, ils avaient décrété que *La Reine des neiges*, c'était pour les bébés.

Lorna savait qu'elle ferait mieux de partir. Elle ne supportait pas l'idée de rentrer seule, mais n'avait pas le choix. Elle regarda Saif qui essayait de pousser Ash vers la sortie, et eut envie d'aller le retrouver… mais quelques parents étaient encore là. D'un côté, il était parfaitement naturel de bavarder avec les parents d'élèves. Mais, d'un autre, comment pourrait-elle résister à l'envie de lui sauter dessus… ? Il était certes normal que le médecin et l'institutrice du village discutent de ce qui se passait dans leur communauté, mais elle n'était pas sûre d'elle : comment s'empêcher de lui tomber dans les bras ? Être si près de lui sans perdre la tête ?

Elle fit un câlin à Flora, évita gentiment de lui demander où était Joel, comme l'avaient fait tous les autres invités, et n'eut donc pas à l'écouter lui mentir, prétextant qu'il travaillait, puis se rendit à sa voiture. Elle ne pouvait pas être avec lui, mais elle n'avait envie d'être avec personne d'autre, elle en était certaine. Elle allait rentrer, se pelotonner dans le lit qu'ils avaient partagé et serrer les draps dans lesquels il l'avait étreinte, espérant, rêvant, que cela se reproduirait. Parce que cela se reproduirait, non ? Il ne pouvait en être autrement, non ?

L'air était si froid qu'il en était douloureux : le temps qu'elle rejoigne sa voiture à tâtons, il s'infiltra jusque dans ses poumons. Saif la rattrapa juste à temps.

— Lorenah.

Il avait toujours écorché son prénom. Elle se remémora soudain la toute première fois où elle l'avait vu. Il ne lui était pas venu à l'esprit qu'il était séduisant – il était si maigre, avec ses cheveux trop longs ; si brisé, si timide. Elle lui avait dit : « Bonjour, je m'appelle Lorna », et il n'avait pas réussi à prononcer son prénom, ce qui était un brin ironique, compte tenu de la quantité d'Eilidh et de Tadg qu'il s'apprêtait à rencontrer. Il avait tenté un « Lorenah ? ». Et elle avait été si gênée, si désolée pour lui, qu'elle n'avait pas eu le cœur de le corriger. Alors, elle avait souri et répondu : « Oui, c'est ça », et, depuis ce jour, il l'avait toujours appelée ainsi. Désormais, pour rien au monde, elle n'aurait voulu qu'il l'appelle autrement.

Elle fit volte-face ; il était tout près d'elle, contre la voiture. Elle se retint de l'attirer contre elle, ici même, alors que la maison était pleine. Mais ce fut dur.

— Oui ?

— Je dois… je ne sais pas…

Son trouble était si évident qu'elle se sentit aussitôt mieux : elle n'était pas la seule à être bouleversée par toute cette histoire. Elle n'était pas qu'une passade.

— Est-ce que tu peux… ? commença-t-elle d'un ton pressant.

— Je vais…

Elle jeta un œil alentour.

— Est-ce que tu peux venir… ?

— Pas ce soir, répondit-il, navré. Mais je vais trouver…

Les difficultés d'organisation, grotesques, menacèrent d'accabler Lorna, mais son soulagement était trop grand : il avait hâte de la revoir. Ils parleraient plus tard.

— Embrasse-moi, dit-elle, haletante.

— Je ne peux pas. Parce que si je commence…

— Commence !

C'était un ordre.

Il s'approcha, mais le téléphone de Lorna se mit à sonner. Elle y jeta un œil. C'était Flora, et elle n'eut pas besoin de décrocher pour savoir ce que son amie allait lui dire.

— File, dit Saif.

Elle acquiesça. Une seconde, juste une seconde, il prit ses doigts glacés dans sa main et les porta à sa bouche. Cela suffit à lui donner un frisson. Elle mourait d'envie de s'attarder, mais savait qu'elle ne le pouvait pas : elle le laissa donc lui ouvrir la portière de sa voiture, à regret.

— Rentre, souffla-t-elle. Quelqu'un va nous voir. Et tu vas attraper froid.

— Tu peux me réchauffer.

— Oh oui ! répondit-elle.

Avant de ne plus pouvoir résister, elle monta dans sa voiture et partit en direction du petit appartement avec les draps froissés qu'elle ne put se résoudre à changer. À la place, elle s'entortilla dedans, y sentant encore sa présence, profondément heureuse, puis se laissa gagner par le sommeil en essayant de se convaincre qu'il serait là à son réveil.

*

De retour à l'ancien presbytère, Ash regarda son père, qui avait la tête ailleurs.

— *Abba* ?

— Mmm ? répondit Saif, toujours stupéfait, sincèrement, de la tournure qu'avait prise cette soirée.

Cela faisait si longtemps… si longtemps… que cela en avait presque été trop pour lui, trop intense ; elle était trop éclatante. Et un autre sentiment s'insinuait peu à peu en lui : une profonde culpabilité, qu'il refusait de laisser s'installer. Certes, il ne pensait pas que l'univers pourrait lui refuser un peu de bonheur, mais c'était si égoïste. Il poussa un soupir. Amena n'était pas la seule femme avec laquelle il avait couché. Mais il s'était marié à vingt-deux ans ; si jeune. Maintenant qu'il était un homme, qu'il avait de l'expérience et après tout ce qu'il avait traversé…

Il espérait de tout son cœur qu'elle avait pris autant de plaisir que lui. Puis il se rappela la petite traînée de sueur qui avait coulé dans son cou, glissant entre ses seins, jusqu'à son ventre. Les larmes dans ses yeux ; sa peau empourprée.

Non, cela n'avait pas été catastrophique. Mais… mais… comment ? Comment pourrait-il concilier une histoire d'amour avec tout ce qu'il avait à faire ? Tout ce qu'il devait faire ? Et avec le fait, indéniable, qu'il était toujours marié à une femme qu'il aimait énormément.

Mon Dieu.

— *Abba* ! répéta Ash avec plus d'insistance. Je veux un arbre.

— Quel genre d'arbre ? l'interrogea son père, perplexe.

Il n'y avait presque pas d'arbres sur Mure : le vent ne leur laissait aucune chance de pousser. Saif était complètement déboussolé.

— Un arbre de Noël ! répliqua le petit en levant les yeux au ciel.

Saif comprit qu'il parlait de ces machins qu'on voyait apparaître un peu partout, mais ne savait pas du tout comment s'en procurer un.

— D'accord, d'accord, répondit-il pour qu'Ash se calme. Maintenant, au lit, s'il te plaît.

Pour une fois, les deux garçons filèrent au lit sans faire d'histoires, épuisés par la journée, la représentation, les couacs de celle-ci, et la fête, qui avait en grande partie, mais pas complètement, rattrapé le coup.

Saif était épuisé lui aussi, mais il savait qu'il n'avait aucune chance de dormir. Il déambula jusqu'à l'avant de la maison, envisageant de regarder par la fenêtre pour voir si, en tendant le cou, il pouvait apercevoir le petit appartement de Lorna, dans le bas du village. Mais, bien sûr, c'était impossible ; il le savait. Il était ridicule. Mais là-bas… il avait été si heureux ; plus heureux qu'il ne l'avait été depuis… eh bien, depuis très, très longtemps. Il avait envie d'y retourner. Plus que tout. Quand il fermait les yeux, il revoyait ses cheveux chatoyer à la lueur des flammes, lui tombant en cascade dans le dos.

Il consulta son téléphone. Il n'était pas de garde cette nuit – c'était le tour du vieux Dr MacAllister –, mais la soirée s'annonçait calme : pas de bébé attendu, pas de complications pour le vieux Félix, dans le nord de l'île, qui se remettait bien de son opération du cœur.

Il n'était plus aussi bravache que tout à l'heure. Il savait que les doutes, les regrets, la tristesse n'étaient pas loin, tapis dans l'ombre, prêts à l'assaillir chaque fois qu'il n'arrivait pas à dormir.

Mais il ne les laisserait pas faire. Pas encore. Il se délecterait encore un peu du souvenir de Lorna ; des sensations inimaginables qu'il avait éprouvées avec elle ; du moment extraordinaire qu'ils avaient passé ensemble ; de la splendeur de son corps, chaque centimètre de sa peau, alors qu'elle était allongée sous lui.

La culpabilité pouvait attendre. Mais il savait qu'elle guettait, attendant de bondir dans la nuit. Qu'il avait trahi sa femme ; ses fils, sa famille, son mariage – tout ce pour quoi il pensait se battre depuis toujours.

Il se rebellait, était énervé et, pour la première fois en quinze ans, eut envie d'une cigarette. Pourquoi les choses étaient-elles toujours plus compliquées pour lui ?

Puis, réalisant qu'il s'apitoyait sur son sort, il décida d'aller se coucher.

Il devait prendre la vie comme elle venait, comme il le faisait depuis cinq ans : ne s'attendre à rien en se levant le matin, il était impossible de savoir ce que chaque jour nous réservait. Grappiller un peu de bonheur s'il le pouvait. Tenir bon. Essayer de ne jamais se laisser surprendre.

Sur ce dernier point, il s'apprêtait à découvrir qu'il avait échoué. Lamentablement.

Chapitre trente-trois

Ce coup de fil n'avait rien d'extraordinaire. Saif ne s'était même pas rendu compte que, depuis qu'ils avaient retrouvé ses fils, il avait cessé de bondir dès que le téléphone sonnait. Bien sûr, cela lui trottait toujours dans un coin de la tête. Mais, curieusement, il n'était plus aussi désespéré, plus aussi pressé de répondre ; il ne décrochait plus aussi vite. Il avait baissé la garde.

Et il n'aurait pas dû.

— *Abba* très heureux, aujourd'hui, fit observer Ash au petit déjeuner.

Saif avait réchauffé le porridge dont les garçons raffolaient et, comme toujours, essayait de rationner le sirop d'érable, sans grand succès, puisque Ash finissait en général par lécher ses petites mains toutes collantes, tel un ourson.

Ib leva le nez de la bande dessinée qu'il était en train de lire.

— Je suis heureux tous les jours, répondit Saif en vidant sa tasse de café.

Mais c'était vrai : il avait un petit sourire aux coins des lèvres, dont il semblait incapable de se départir, comme un tic.

— Et puis, papa Noël, poursuivit Ash. J'ai une lettre pour lui.

— Tu ne sais pas écrire ! releva méchamment Ib.

— SI, JE SAIS !

Ash se leva d'un bond pour aller chercher une feuille de papier un peu sale, pliée en deux, dans son cartable. Des lettres étaient inscrites dessus. Elles étaient parfaitement incompréhensibles et la plupart allaient de la gauche vers la droite, mais elles étaient là, ce que Saif prit pour un genre de progrès – d'autant que Lorna avait dit dans sa dernière évaluation qu'il n'était pas spécialement en retard par rapport à certains enfants de l'île. Repenser à Lorna lui rappela soudain l'expression sur son visage alors qu'elle était allongée sur le lit, étendue sous lui, et le rouge lui monta aux joues. Il se concentra sur la feuille.

— Qu'est-ce que ça dit ? Peux-tu la lire pour moi ?

— *Abba* ne sait pas lire, déclara Ash avec assurance.

— Personne n'est capable de lire ces bêtises, espèce de bébé, lança Ib.

— Ibrahim ! Ça suffit ! lui ordonna Saif. Ash fait des efforts, et j'espère que tu en fais, toi aussi.

Ib répondit d'un haussement d'épaules. Il comprenait tout en classe et était très bon en maths et en sciences – comme son père avant lui. Mais en ce qui concernait l'anglais et l'écriture, il ne montrait aucun intérêt ni aucune motivation ; son orthographe et sa grammaire étaient épouvantables et, pour tout dire, il ne se débrouillait pas beaucoup mieux qu'Ash, même s'il savait lire en anglais à présent.

— Qu'est-ce que ça peut faire ?

— C'est très important, répondit son père.

L'année suivante, s'ils vivaient encore sur Mure, Ib devrait aller au collège sur l'île principale et y être interne pendant la semaine. Saif redoutait cette perspective : l'idée d'être séparé de son fils alors qu'il venait tout juste de le retrouver lui était insupportable. En réalité, il projetait de le garder avec lui encore un an, mais ne savait pas vraiment comment lui annoncer cette nouvelle.

— Si tu n'apprends pas à écrire correctement, tu ne pourras pas passer dans la classe supérieure, le prévint-il.

Ibrahim haussa les épaules, l'air d'en avoir rien à faire, ce qui rassura un peu son père. Le garder un an de plus auprès de lui repousserait un peu le problème ; sans compter qu'il était toujours petit, comparé aux autres garçons.

Il se disait qu'il devrait en parler avec Neda, leur assistante sociale sur l'île principale, quand son téléphone sonna : c'était elle, justement. Ravi, il décrocha et la salua d'une voix joyeuse, mais Neda était grave.

— Est-ce que vous pouvez vous isoler ? lui demanda-t-elle.

Saif regarda les garçons en fronçant les sourcils, car ils se donnaient des coups de pied sous la table, puis se rendit dans la pièce voisine, son cœur se mettant subitement à battre la chamade.

— Quoi ?

Quand il était nerveux, il pouvait devenir brusque, sans s'en rendre compte.

— Il faut que vous veniez à Glasgow.

— Quoi ? Pourquoi ?

— J'ai bien peur de ne rien pouvoir vous dire par téléphone.

— C'est Amena ? Est-ce que cela concerne Amena ?

Il se remémora la dernière fois. C'était le ministère de l'Intérieur qui l'avait contacté, pas les services sociaux, même s'il avait renoncé depuis longtemps à essayer de décrypter les excentricités des différents services gouvernementaux britanniques. Il leur était reconnaissant, voilà tout, et il avait le sentiment qu'ils lui étaient eux aussi reconnaissants de fournir un service utile sur Mure. Rien d'autre ne comptait.

— Vous devez me dire ce qui se passe.

— Je ne peux pas, je suis désolée.

— Est-ce que je peux emmener les garçons ?

Il y eut un long blanc.

— Il ne vaut mieux pas.

Chapitre trente-quatre

Par chance, Mme Laird était là, toujours prête à intervenir, tout comme Jeannie, la seule personne à laquelle il put parler ce matin-là, pour lui expliquer qu'il devait se rendre à Glasgow de toute urgence. Jeannie, comprenant qu'il s'agissait d'une démarche gouvernementale, se contenta d'opiner du chef, inquiète pour le médecin timide et dévoué auquel elle s'était beaucoup attachée. Puis elle entreprit de trouver un remplaçant qui accepterait de tout plaquer en pleine semaine de Noël et de venir sur une île isolée pour une durée indéterminée, même si c'était mission impossible, ou presque.

Heureusement, le cabinet était calme pendant la période des fêtes. Jeannie avait son avis sur la question : les gens se sentaient bien mieux quand ils étaient occupés, quand ils n'avaient pas le temps de rester à rien faire, à se tracasser pour un rien, et d'aller chez le médecin toutes les cinq minutes. Bien sûr, ils reviendraient tous en début d'année pour se plaindre de maux de ventre, même si leur origine ne ferait pas grand mystère : ils auraient été incapables de résister aux tartelettes de Noël.

Jeannie pensait aussi que les gens n'étaient pas très gentils avec les secrétaires médicales, et ce de manière injustifiée.

Saif embrassa ses fils, qui finissaient leur petit déjeuner, puis leur expliqua qu'il avait des choses à régler sur l'île principale.

— Est-ce que tu vas voir le saint Noël ? l'interrogea Ash, qui se mélangeait un peu les pinceaux.

— Il n'existe pas, répondit sèchement Ibrahim.

Cette annonce ne bouleversa pas son frère outre mesure, puisqu'il ne croyait au Père Noël que depuis cinq semaines.

— Ramène un arbre, ordonna-t-il à son père d'un ton péremptoire.

Saif l'embrassa à nouveau sur la tête, les somma de finir leur porridge, puis partit en direction du port pour prendre le premier ferry de la journée. Il avait deux minutes pour passer prendre un café à la *Seaside Kitchen*. Une fois sur place, il ne put s'empêcher de fixer le ventre de Flora.

— Arrête ! siffla-t-elle.

— Je ne fais rien, protesta-t-il.

— Si ! Et c'est un secret.

— On n'est que tous les deux. Et il faut que tu fasses une échographie. On a l'appareil au cabinet.

Flora blêmit. Elle n'y avait pas pensé. Mon Dieu, il fallait qu'elle s'occupe de ça en plus.

— Est-ce que tu peux le faire ici ? Dans la cuisine ?

— Non, grogna-t-il. Je ne me balade pas dans le village avec un échographe. Viens au cabinet.

— Mmm. Où vas-tu ?

Saif ne voulait pas y penser. Depuis le coup de fil de Neda, il s'était imaginé tout et n'importe quoi : cela l'avait rendu fou de terreur. Et fou de joie aussi, parfois. Or, quand ils avaient trouvé les garçons… il avait reçu un e-mail.

Mais il s'agissait d'enfants. Il devrait téléphoner au ministère de l'Intérieur.

Il ne pouvait s'y résoudre. Cette petite lueur d'espoir qui pointait en lui… il ne pouvait se résoudre à l'éteindre. Pas encore.

Et il ne pouvait pas se permettre de penser à Lorna. Sous aucun prétexte.

Chapitre trente-cinq

Neda le retrouva à la porte du centre de rétention austère. Elle lui proposa un café, mais il savait qu'il était infect, et secoua la tête.

Neda mesurait environ un mètre soixante-quinze. Elle avait les cheveux courts, coiffés en brosse ; de grandes boucles en or pendaient à ses oreilles et elle portait un tailleur-pantalon rose vif – en temps normal, elle ne se laissait pas facilement impressionner. Et aux yeux de Saif, son assurance, son franc-parler et ses certitudes avaient toujours été rassurants.

Aujourd'hui, elle paraissait soucieuse, et il commença à se sentir nerveux. Il la suivit jusqu'à son bureau minuscule, plein à craquer d'énormes dossiers, qui semblaient contenir toute la misère du monde, attachés par des ficelles, mais débordant malgré tout, chacun d'eux représentant une famille brisée ; la guerre, la détresse, la séparation. Il s'efforça de détourner le regard.

Puis un homme grand entra dans la pièce. Il se présenta comme étant un agent du ministère de l'Intérieur. Saif fut alors pris d'une telle angoisse qu'il ne retint pas son nom et fut à peine capable de lui serrer la main.

— Bien, dit Neda. Comme vous le savez, il y a eu beaucoup de coupes budgétaires au service des réfugiés, et ils mettent un terme au programme.

Saif était au courant. Il ne pouvait, ne pourrait jamais, comprendre la réticence du gouvernement (en particulier dans des régions à faible densité de population comme l'Écosse, où ils manquaient cruellement de main-d'œuvre) à accueillir des médecins, des ingénieurs, des travailleurs, des familles désespérés qui ne demandaient qu'à contribuer en échange d'un lieu sûr où dormir, sans bombes. Mais il ne s'aventurait jamais à parler politique.

Neda désigna le grand monsieur d'un air confus.

— Ils se sont dit que ce serait plus facile avec quelqu'un que vous connaissez. Désolée.

Elle se tut. Saif se contenta d'acquiescer. *S'il vous plaît, faites qu'on en finisse. S'il vous plaît.*

— Nous avons… Nous avons des images.

Elle le regarda.

— Je dois vous mettre en garde : c'est très perturbant.

Saif se surprit à cligner des yeux à toute vitesse.

— Nous ne pouvons pas… nous ne pouvons pas identifier la personne sur ces images.

Il resta muet.

— Nous pensons qu'il pourrait s'agir de votre femme.

*

Saif se cramponna à l'accoudoir de son fauteuil. À cet instant précis, il aurait voulu être n'importe où, sauf ici. À la maison, avec les garçons allongés sur lui, en train de regarder *Hé, Oua-Oua*. Au cabinet, à écouter Canna Morris lui exposer toute sa théorie sur l'origine de ses hémorroïdes. Chez Lorna… Non.

Il ferma les yeux, fort, puis les rouvrit, l'air affligé.

L'homme s'était avancé, et Saif remarqua qu'un poste de télévision et un vieux magnétoscope avaient été installés dans un coin de la pièce. Quand Neda ferma les stores de son bureau, Saif se mit à trembler de manière incontrôlable.

— Nous n'avons pas de correspondance ADN, lui expliqua cet homme. Mais le pick-up se trouvait près de Yarmouk, et nous pensons que les dates concordent.

Au début de la vidéo, l'image était très floue, il y avait beaucoup de bruit ; elle était datée du mois de novembre. Saif ne comprit pas immédiatement ce qu'il avait sous les yeux ; puis il réalisa qu'il s'agissait d'un mur de pierre, filmé par une caméra attachée au casque d'un homme – un soldat, à l'évidence. Des commandements fusaient, en arabe ; ils semblaient progresser dans une sorte de tunnel. De la poussière tombait du plafond. Quelqu'un donna l'ordre de s'immobiliser, puis ils pénétrèrent dans un petit espace : une cave, sans doute.

Une forme était tapie dans le fond de cette cave. Le cœur de Saif se mit à battre à cent à l'heure. Neda vint s'asseoir à côté de lui, puis lui posa une main sur le bras pour tenter de le rassurer.

Cette forme, recroquevillée sur elle-même, tremblait de peur. Elle était sale, vêtue d'un foulard et d'une robe informe. Saif se pencha en avant. Cette cave obscure n'était éclairée que par la lumière des lampes torches ; les yeux des gens luisaient d'un drôle d'éclat.

Quelqu'un demanda son nom à la forme, mais ne reçut aucune réponse. Quelqu'un d'autre finit par se pencher vers elle, puis lui toucha doucement le bras pour la pousser à se tourner, mais elle tressaillit, tremblant de plus belle.

Les larmes montèrent aux yeux de Saif. Il n'était pas sûr ; il ne voyait rien. Elle faisait la bonne taille, plus ou moins, mais c'était difficile à dire. Il voyait une longue mèche de cheveux bruns dépasser du foulard, mais cela ne lui apprenait rien.

— S'il te plaît, retourne-toi, murmura-t-il tout bas au moment où les soldats, craignant manifestement d'être brusques, lui demandaient de les suivre.

L'un d'eux braqua sa lampe directement sur elle, et la forme recula, puis porta ses mains à son visage, comme si elle avait été aveuglée. Saif se demanda aussitôt combien de temps elle avait passé dans l'obscurité. Ses vêtements étaient vraiment dégoûtants.

— Où est-elle maintenant ?

L'homme parut mal à l'aise.

— Nous avons essayé… nous avons essayé de la ramener. Mais elle s'est enfuie.

Saif se rapprocha encore, jusqu'à avoir pratiquement le nez collé à l'écran. Il leva la main.

— Arrêtez-vous sur cette image, ordonna-t-il.

L'homme obtempéra, cherchant le plus gros plan possible sur le visage. Il faisait si sombre. Saif remarqua alors quelque chose sur la joue de cette femme. Il discerna peu à peu une cicatrice.

Comment pouvait-il ne pas la reconnaître ? Cela ne faisait que trois ans. Il la reconnaîtrait sans doute entre toutes, non ? Non ? Comment pourrait-il oublier ces beaux traits, ce nez long et droit, ce rire perlé ? Comment pouvait-il regarder ce visage sans savoir si c'était celui de son épouse ?

— Avancez, dit-il.

Imaginer qu'Amena, si drôle, si intelligente, ait été réduite à cela… un animal, vivant dans un trou. Cela lui brisait le cœur. Était-ce elle ?

L'homme relança la vidéo.

— Arrêtez encore.

La femme avait tourné la tête, et il suivit son profil du doigt, sourcils froncés. Elle avait la bouche ouverte, et il constata qu'il lui manquait plusieurs dents. Il eut l'impression de recevoir un coup de poing dans le ventre. Il ne voulait pas imaginer comment elle les avait perdues. Son beau sourire. Mais était-ce elle ?

Après tout, on reconnaissait surtout quelqu'un à son port de tête, à sa posture, sa démarche. Et cette personne était toute contorsionnée, sauvage… mais il se cherchait des excuses.

Ils avaient relancé et arrêté la vidéo à plusieurs reprises quand il le vit.

— Arrêtez.

L'image se figea.

— Retournez en arrière. Arrêtez.

Là. C'était juste là. Et il n'était pas sûr de ce que cela lui inspirait.

Chapitre trente-six

— Ce n'est pas grave, on comprend, le rassura Neda d'une voix douce.

Un gobelet du café infect était posé à côté de lui. Ne sachant que faire d'autre, il s'en saisit et le but. Il était vraiment infâme.

L'homme rangeait ses affaires. Aucun d'eux ne mentionna plus ce que Saif avait fait au magnétoscope, après qu'il se fut confondu en excuses, proposant de payer pour les dégâts qu'il avait causés.

C'étaient ses oreilles qui l'avaient trahie : Saif trouvait cela ridicule. Il aurait reconnu les petites oreilles arrondies d'Amena entre toutes ; les garçons avaient exactement les mêmes : de petites coquilles, bien collées au crâne. Elle les trouvait trop petites et portait rarement des boucles d'oreilles ; il les adorait. Cette femme, cette pauvre créature débraillée, avait les oreilles plus décollées ; et elles étaient comme cela de naissance, cela ne pouvait pas résulter d'éventuelles violences.

L'homme avait laissé les images défiler. Elle s'était mise à hurler, et Saif avait attrapé l'appareil pour faire cesser ses cris, puis l'avait jeté par terre.

— Comment osez-vous me montrer une chose pareille ? avait-il hurlé.

— Nous voulions vous aider, avait répondu l'homme avec douceur en ramassant le lourd magnétoscope.

Neda avait fait rasseoir Saif, puis lui avait demandé de respirer profondément jusqu'à ce qu'il soit à peu près calme.

— Qu'est-ce qui lui est arrivé ? demanda-t-il alors en se passant la main dans ses épais cheveux noirs.

— Les soldats l'ont fait sortir de là, répondit l'homme, sans préciser qu'ils l'avaient trouvée enchaînée au mur. Et puis, elle s'est enfuie… Mais nous…

Il se tourna vers Saif.

— Nous essayons de la retrouver. Nous sommes inquiets. Elle correspondait à la description que nous avions enregistrée… et votre épouse a droit à la protection alliée.

Saif releva brusquement la tête, surpris.

— Ce qui signifie que c'est notre boulot de la trouver, précisa l'homme.

Saif secoua la tête.

— Je suis vraiment désolé. Ce n'est pas elle.

L'homme acquiesça.

— Eh bien, je crois qu'ils sont toujours déterminés à la trouver, de toute façon.

— Je suis désolée que vous ayez dû faire tout ce chemin, dit Neda. Je suis désolée de vous avoir fait subir ce choc. Nous ne pouvions pas en parler au téléphone, vous comprenez.

Saif pouvait à peine parler.

— J'espère que vous la trouverez.

L'homme opina du chef, puis sortit. Neda releva les stores.

— Je suis sincèrement désolée, répéta-t-elle. Pour tout.

— Ça va, répondit Saif.

Mais cela n'allait pas du tout. Tout se bousculait dans sa tête, il était prêt à craquer. Et si Amena était soumise à de telles conditions ? Si elle vivait cet enfer, cette torture, au quotidien ? Il eut soudain envie de poser sa tête sur la table, de dormir pendant une bonne centaine d'années.

— N'y pensez plus, lui conseilla Neda. Il y a de grandes chances que…

Ce n'était pas vrai. Il n'y avait aucune chance que sa femme soit en vie, dans des circonstances favorables, et qu'elle ne soit pas partie à leur recherche, aux garçons et à lui. En réalité, le militaire n'avait fait qu'aggraver la situation ; il avait confirmé que, si elle s'était manifestée, le gouvernement britannique en aurait fait une priorité, les aurait aidés à chercher, lui aurait offert une protection. Et il venait de voir une femme, qui était sans doute la mère, l'épouse, la fille ou la sœur de quelqu'un, prisonnière sous terre, comme un animal. Il garderait ces images en tête jusqu'à la fin de ses jours. Il crut qu'il allait vomir.

— Est-ce que vous rentrez aujourd'hui ? lui demanda Neda.

Saif opina du chef. Puis il releva la tête. Il avait pris une décision.

— Avez-vous le temps de déjeuner ?

Elle acquiesça. Naturellement.

*

Le moment venu, Saif n'avait pas d'appétit, aussi s'acheta-t-il un sandwich, qu'il tripotait pendant que Neda buvait davantage de café et picorait une salade, attendant qu'il dise ce qu'il avait à dire.

— Je voulais savoir : serait-il possible de déménager ? l'interrogea-t-il sans détours.

— Que voulez-vous dire ? répondit-elle avec circonspection en posant sa fourchette.

— Quitter l'île. Pour emménager dans une ville comme ici. Glasgow.

— Pourquoi ? lui demanda Neda, interloquée.

— Est-ce possible, oui ou non ?

— Eh bien, on manque cruellement de médecins généralistes…, répondit-elle d'un ton songeur. Mais je dois vous prévenir. Ce serait dans des quartiers très difficiles. Drogue, alcool, enfants maltraités, agressions à l'arme blanche… Tous les endroits où ne veulent pas aller la plupart des médecins. Je sais que vous considérez que le Royaume-Uni est riche, mais il y a des quartiers vraiment pauvres, et on en a pas mal par ici.

— Bien. Au moins, je pourrai être utile.

— Vous êtes utile sur Mure. Très, à en croire les rapports qu'on me fait.

Saif haussa les épaules.

— Tension artérielle, vaccins, points de suture. Rien de bien compliqué.

— Mais c'est bon pour vous, non ?

— Je suis un bon médecin, répondit-il sans fausse modestie.

— Et les garçons… ils s'adaptent bien, non ?

— Oui, mais ici, à Glasgow…

La crèche vivante l'avait profondément vexé. Et il ressentait quelque chose de nouveau : il avait besoin d'être entouré de gens qui le comprendraient. Qui souffraient. Pas des habitants comblés de Mure, qui ne savaient pas grand-chose de ce qui se passait en dehors de leur petit monde. Des gens qui avaient connu la perte, traversé des épreuves. C'était un signe, il en était convaincu, bien qu'il ne soit pas du tout superstitieux. Voir le visage ensauvagé de cette femme était sa punition. Pour avoir osé en aimer une autre.

— Il y aurait plus de garçons comme eux, poursuivit-il. Il y a une mosquée. Des gens qui nous ressemblent.

— Oui, répondit Neda.

C'était incontestable.

— Mais ils se sont fait des amis…

— Ils n'ont pas besoin d'amis. Ils ont besoin de leur famille. Et leur famille, c'est moi, rétorqua-t-il sèchement.

Neda se cala dans son fauteuil, le dévisageant.

— Que se passe-t-il vraiment, Saif ?

Il resta muet. Il n'aimait pas beaucoup ce genre de conversations.

— Vous avez vu ce qui s'est passé là-dedans ?

Neda secoua la tête.

— Non, vous aviez déjà cette idée en tête. Ce n'est pas nouveau.

Elle se pencha en avant.

— Il va me falloir une très bonne raison pour vous faire quitter un endroit où cela se passe aussi bien. Bien sûr, ce n'est pas facile, Saif. Personne ne s'attendait à ce que cela le soit : s'installer dans un endroit si différent de tout ce qui vous est familier ; élever vos garçons seul. Mais changer de décor n'y fera rien.

— Je m'en rends compte.

— Alors, y a-t-il autre chose ?

Saif toussota, et le rose lui monta aux joues. Neda n'en revint pas. Elle comprit aussitôt. Évidemment. C'était sensé. Naturel, même, supposa-t-elle. Il était jeune. Beau. Il ferait des ravages n'importe où. Et à présent, il sentait tout le poids de sa culpabilité sur ses épaules.

— Oh, Saif ! dit-elle avec un soupir. Comment est-elle ?

La mine horrifiée de Saif fut presque comique à voir. Neda se pencha vers lui pour lui tapoter la main.

— Je suis désolée, dit-elle, un sourire s'esquissant sur ses lèvres. Enfin, Saif. Ce n'est pas si surprenant, si ? C'est vous, l'expert en biologie. Franchement. Vous ne devriez pas vous flageller pour ça.

Saif secoua la tête, rouge jusqu'aux oreilles.

— Vous ne comprenez pas. C'est… C'est l'institutrice des garçons.

— Vous êtes sérieux ? rétorqua Neda avec une grimace. Mais enfin ! Il doit y avoir au moins…, commença-t-elle avant de s'interrompre. Bon, au moins une bonne dizaine de filles sur Mure. Neuf, peut-être. Bref. Vous n'avez pas choisi la facilité !

Saif ne pouvait pas parler.

— Franchement.

Neda était vraiment fâchée, mais elle comprenait comment cela s'était passé.

— Elle s'occupe de vos fils jour après jour… Est-ce la jeune femme aux cheveux roux ?

Saif se contenta de faire oui de la tête. Il ne se sentait pas capable de prononcer son prénom.

Neda poussa un soupir.

— Mon Dieu. Est-ce que… c'est sérieux ?

Saif garda les yeux rivés au sol.

— J'imagine que je dois prendre ça pour un oui. Eh bien dites donc, pour un seul homme, vous cumulez les ennuis.

Il ne répondit pas.

— Et vous ne pensez pas pouvoir… mettre un terme à cette histoire et rester sur Mure ?

Il secoua la tête.

— Bien, répondit-elle brusquement. Je peux transférer votre dossier à la bonne personne… mais vous devez être sûr de vous.

Saif releva enfin la tête. Il avait la sensation d'être ballotté par des flots déchaînés. Il ne pouvait vivre ainsi, de cela il était certain. Il ne pouvait être écartelé entre une femme dont il était amoureux, et une autre qu'il adorait depuis ses vingt ans, à laquelle il était marié, avec laquelle il avait une famille et dont il ne savait même pas où elle se trouvait. La vie ne lui laissait pas le choix. La meilleure chose à faire était donc de repartir de zéro, à nouveau.

— Je ne suis sûr de rien, mais cela me semble être la meilleure option.

Neda referma son dossier avec un soupir.

— Je vais devoir venir voir les garçons.

— Mais être dans un environnement plus mixte…

— Oui, vous l'avez déjà dit, l'interrompit-elle d'un ton inhabituellement sec.

Elle avait été si fière de Mure ; si fière de la communauté qui avait accepté la famille ; de cette affectation, qui semblait être un réel succès, tangible. Et si fière de Saif, qui avait si bien rempli son rôle et parfaitement réussi l'intégration de ses petits garçons terrorisés. Ils avaient été un succès. Neda en voyait rarement dans l'exercice de ses fonctions. D'après elle, déménager était une idée épouvantable. Elle considéra le visage de Saif. À l'évidence, il ne partageait pas son analyse.

— Bon… vous feriez sans doute mieux d'y aller. Un long voyage vous attend.

Il opina du chef. Elle avait raison.

Chapitre trente-sept

Lorna faisait répéter un chant de Noël à la classe des petits, espérant faire mieux. Ce n'était que *J'ai vu trois bateaux sur la mer* que tous les enfants aimaient parce qu'il était facile à chanter et très joyeux – sans oublier que le fait que Marie et Joseph se rendent à Bethléem en bateau paraissait tout à fait sensé aux petits îliens, puisque, dans leur monde, on ne se déplaçait qu'en bateau.

Pendant que les bambins s'égosillaient, elle n'avait qu'une chose en tête : où était Saif ? Ash lui avait dit dans la matinée qu'il était parti à « GASGO », et elle avait fini par comprendre qu'il parlait sans doute de Glasgow. Mais pourquoi ? Que se passait-il ? Pourquoi ne pas lui avoir dit où il allait ?

Elle réalisa qu'elle pensait avoir une sorte de droit sur lui, ce qui, bien sûr, était faux, et déjà suffisamment contrariant en soi. Puis une Mme Laird essoufflée fit son apparition en haut de la colline : elle venait chercher les garçons, malgré les nombreuses protestations d'Ibrahim, qui disait ne pas avoir besoin de baby-sitter à onze ans (argument dont Lorna se serait moquée si elle n'avait pas su, bien sûr, que les deux frères, plus que n'importe quels autres enfants, avaient dû apprendre à compter l'un sur l'autre et étaient sans doute parfaitement capables de se débrouiller seuls). Aussi Ib, à son tour, descendit-il la colline en soufflant.

Mme Laird n'en savait pas plus que les garçons : leur père avait été appelé soudainement. Une drôle de sensation étreignit Lorna, la prenant aux tripes. La dernière fois qu'il avait dû se rendre à Glasgow, il était revenu avec ses fils.

Elle se mordit la lèvre, sourit à Mme Laird, puis répéta à Ash pour la quatre-vingt-quinzième fois de s'exercer à prononcer les « b » et les « d ». Comme d'habitude, il lui décocha un sourire éblouissant en répondant :

— VI, MAÎTESSE.

Puis il partit en sautillant, oubliant aussitôt sa consigne.

Ce n'était peut-être rien. De la paperasse. Mais être obligé de s'absenter aussi subitement…

Elle ne devait pas se laisser emporter par son imagination. Et il fallait qu'elle change les draps, elle le savait. Mais elle ne supportait pas cette idée. Chaque heure qu'elle passait loin de lui était une torture. Il lui manquait, comme si on l'avait amputée d'un membre. Au lieu de mettre fin à son rêve, de briser l'image insensée, idéalisée, qu'elle se faisait de lui, telle une ado, passer à l'acte avait fait précisément le contraire. Le moment qu'ils avaient partagé avait dépassé ses espérances les plus folles. N'avait ressemblé à rien de ce qu'elle avait déjà vécu pendant toutes ces années. Elle rougissait chaque fois qu'elle y repensait. Et elle y pensait tout le temps. Elle avait besoin de le voir comme elle avait besoin de respirer. Mais tout ce qu'elle pouvait faire, c'était attendre.

Pourquoi ne lui envoyait-il pas un texto ? Juste pour s'assurer qu'elle allait bien ? Pourquoi ne le faisait-il pas ? Cette question la rongeait. Pourquoi ne lui faisait-il pas signe ?

Elle ne savait pas que Saif n'avait jamais fréquenté de filles. Ses parents connaissaient ceux d'Amena et, bien que, à proprement parler, on ne puisse pas dire que leur mariage ait été arrangé, on les avait vivement encouragés à passer du temps ensemble. Cela n'avait pas dérangé Saif le moins du monde, puisque Amena était belle, intelligente, drôle, et qu'il lui plaisait en retour. Alors, que désirer de plus dans la vie ? Puis, quand les enfants étaient nés, il avait réalisé, presque surpris, qu'il aimait profondément sa femme.

Avant de recevoir ce coup de fil, il ne lui était même pas venu à l'idée d'envoyer un message à Lorna. Non, il avait essayé de ne plus y penser, de repousser son dilemme dans un coin de sa tête – rester un père de famille fidèle ou aimer Lorna – le plus loin possible, dans le mince espoir qu'un jour, quelque part, une solution se présente.

Et cela s'était produit. Mais cela n'allait pas plaire à Lorna.

*

Le plus étrange, songea Saif avec le recul, c'était qu'il était persuadé qu'elle comprendrait. Cela paraissait si limpide dans son esprit. Il avait pensé que la mère des garçons était vivante – personne ne pouvait le contester. Cela s'était révélé faux, mais cela lui avait rappelé ses responsabilités.

Et on avait besoin de lui ailleurs. On l'envoyait dans une autre communauté ; cela ne dépendait pas de lui. Il mentait. Il lui épargnerait au moins cela.

Il resta donc planté là, devant la porte de l'école, pendant que les garçons se lançaient des boules de neige, les joues roses, fous de joie (il avait neigé à Damas une fois, Ash avait solennellement appris à Lorna, mais il n'avait pas de « geants »). Il se tint à bonne distance, comme s'ils avaient une conversation parent-professeur tout à fait normale, et, puisqu'on les voyait de la cour, Lorna ne put absolument rien faire, même si elle avait envie de le frapper et de l'embrasser en même temps, son cœur se brisant, quand il lui annonça la nouvelle.

Il le fit avec une telle froideur. Et, manifestement, il s'attendait à ce qu'elle comprenne. Et elle comprenait. Sans comprendre. Tout son corps avait envie de lui hurler : « NON ! » Au diable, tout ça. La vie était courte, mais le deuil, long, et si on pouvait trouver un peu de bonheur, un tout petit peu, il fallait s'y accrocher comme un noyé à une bouée de sauvetage, parce qu'elle savait – elle savait – qu'elle ne revivrait plus jamais cela et elle avait eu le sentiment… que Saif avait ressenti la même chose.

Si Saif avait eu des doutes sur son choix, ils se dissipèrent quand il vit le visage de Lorna. Elle parut si triste, si déçue. Mais il était au supplice, parce qu'il savait qu'il pourrait tout changer en un instant, en faisant ce qu'il désirait plus que tout : la prendre dans ses bras, l'embrasser, la serrer fort, envoyer balader le reste du monde.

Il avait assez souffert. Cela ne valait pas le coup.

Malgré tout, les yeux fixés au sol, il eut un mal fou à mettre un terme à la conversation. Tout ce qu'il souhaitait, c'était lui parler pour toujours. Et chaque seconde à ses côtés était une torture. *Mon Dieu.*

— Il faut que j'y aille, marmonna-t-il avant d'appeler les garçons, qui firent semblant de ne pas l'entendre.

Lorna, toute raide, opina du chef, essayant de déterminer combien de temps il lui faudrait pour se trouver un coin tranquille où pleurer un bon coup. L'armoire à fournitures, peut-être ? En fermant la porte un petit moment. D'autres parents étaient encore là (il y en avait toujours), mais elle les salua de la tête et prit congé un instant, pour se précipiter à l'intérieur, où elle pleura toutes les larmes de son corps au beau milieu de cahiers d'exercices et de crayons à papier. Elle avait toujours adoré leur odeur, mais, à partir de ce jour-là, ce parfum lui rappellerait de bien mauvais souvenirs.

Elle tomba à genoux, réellement – elle croyait qu'on ne faisait ça que dans les films. Elle s'efforça de ravaler les horribles sanglots qui l'étranglaient, puis fila aux toilettes, où elle s'aspergea le visage d'eau glacée pour essayer de cacher ses pleurs, faillit refondre en larmes, mais réussit à se ressaisir. Elle avait encore des parents à voir et quelques tâches administratives à remplir. Elle jeta un œil par la fenêtre. Tous les parents étaient encore là, c'était curieux. *Oh non.* Que se passait-il ? Quelqu'un était-il tombé ? Y avait-il une bagarre ?

Se frottant toujours frénétiquement le visage, elle essaya d'afficher un sourire forcé en sortant du bâtiment.

Ils piétinaient tous dans le froid, mais parurent ravis de la voir. Gertie s'avança. C'était la maman des petits Ferguson, de vrais sauvageons. La famille était arrivée d'Angleterre avec le projet de laisser les enfants vivre sans entraves dans la nature et de les éduquer à la maison, mais avait vite renoncé. Dès la fin du premier hiver, son mari avait pris la poudre d'escampette, retraversant tout le pays pour retrouver le confort de son pavillon de Guildford, équipé du chauffage central et de fenêtres triple vitrage, laissant Gertie se débrouiller seule. Elle n'avait pas oublié que Lorna l'avait beaucoup aidée lors de son installation sur l'île.

— Euh, nous…, commença-t-elle en désignant les autres parents.

Saif était parti. Bien sûr qu'il était parti, songea Lorna, vindicative. Bien sûr.

— Nous tenions simplement à vous remercier. Pour tout ce que vous faites pour nous.

Lorna était habituée à recevoir un sac contenant divers cadeaux pour Noël : des tas de bricoles et de dessins faits par les enfants, ce qui était gentil, mais pas très utile ; des tonnes de sels de bain (*idem*) et, à l'occasion, une bouteille de pétillant, glissée à l'intérieur par un amour de parent. Or Gertie avait une enveloppe à la main. Lorna s'en empara, sourcils froncés.

— Nous nous sommes dit… Nous nous sommes dit que vous travailliez si dur que cela pourrait vous faire plaisir…

Gertie laissa sa phrase en suspens, et Lorna ouvrit l'enveloppe. Elle contenait un bon pour deux nuits dans un centre de thalassothérapie huppé de l'île principale, connu pour son spa et ses bassins d'eau chaude.

— Oh ! s'exclama Lorna, submergée par l'émotion. Je ne… Je ne… Je veux dire, c'est beaucoup trop !

Gertie fit non de la tête.

— Nous nous sommes cotisés. Vous êtes une super institutrice, expliqua-t-elle.

Sur ce, tous les parents se mirent à l'applaudir, ce qui faillit la refaire pleurer, d'autant que Gertie se pencha vers elle pour lui glisser à l'oreille, sur un ton de confidence :

— Et aussi, l'un des parents, dont je tairai le nom, nous a fait un don vraiment très généreux. Je pense qu'il a un faible pour vous !

Lorna se sentit à nouveau toute chose et en colère. Heureusement, ses larmes passèrent pour des larmes de surprise et de reconnaissance ; elle étreignit tous les parents, ainsi que les enfants, et toutes les personnes dans la cour ressentirent une immense satisfaction, contentes de lui avoir offert un cadeau très désirable, sauf que Lorna, elle, était parfaitement consciente du fait qu'elle venait de perdre la seule chose qu'elle avait jamais désirée et qu'elle ne voulait ni en parler, ni jamais y repenser.

Chapitre trente-huit

Joel continuait de penser qu'une solution finirait forcément par se présenter ; qu'elle se profilait. Comme lors d'une procédure judiciaire complexe, il n'avait qu'à travailler un peu plus dur, se concentrer davantage, et tout s'éclaircirait.

Problème, elle n'arrivait jamais. Parfois, songeait-il, il réussissait à imaginer que tout irait bien – qu'ils s'installeraient dans un chouette endroit, comme l'appartement de Lorna, une petite… créature hurlante… avec eux, de jour comme de nuit… vagissante, exigeant de lui quelque chose qu'il ne savait pas donner…

Comment pourrait-il aimer une si petite chose ? En devenir esclave ? Et si… et s'il lui transmettait tout ce qu'il avait en lui : la peine, l'angoisse, l'inquiétude ?

Elle ressemblerait à Flora, se disait-il. Chaleureuse, sûre, aimante, affectueuse. Puis il se disait qu'elle ressemblerait à ses parents : froide, dépendante, folle, morte.

Il avait beau contempler la mer, il n'y trouvait aucune réponse. Pour la première fois, l'île ne lui donnait plus l'impression d'être un havre de paix, un refuge contre les vicissitudes de la vie, mais une prison.

Il ne pouvait même plus en parler avec Mark et Marsha. Il savait ce qu'ils en pensaient, même s'ils ne voulaient que son bien : leur ton les avait trahis. Il redoutait leur visite, à présent.

Et, bien sûr, se disait-il avec amertume : qui pourrait bien comprendre ? La charmante petite amie, l'île magnifique. De quoi pouvait-il se plaindre ?

Mais il avait trop peur. Bien trop peur.

Il devait aller donner un coup de main à Charlie et Jan à l'association aujourd'hui, avec les garçons qui venaient de l'île principale. Étant lui-même un enfant de l'assistance, il s'y sentait obligé, même si son rôle se limitait à monter des tentes (pas particulièrement bien) et à faire cuire des saucisses. Mais, apparemment, il était très utile.

Le visage large de Jan était inhabituellement rayonnant.

— Alors, elle t'a annoncé la nouvelle ? l'interrogea-t-elle quand il eut gravi la colline pour rejoindre leur campement.

Les garçons, originaires d'une ville nommée Giffnock, portaient tous les vêtements d'hiver possibles et imaginables. Ils n'étaient plus que de petites paires d'yeux, qui sortaient de grosses cagoules. Joel s'efforça d'afficher son plus beau sourire. Comparé au temps froid et venteux de la veille, il faisait plutôt beau, en réalité : un grand ciel bleu et une petite brise mordante, qui soulevait la fine couche de neige jusqu'à ce que les flocons donnent l'impression de danser. Au moins, après sa mauvaise nuit, escalader la colline l'avait réveillé. L'air glacial était si pur qu'il donnait le sentiment d'assainir tout l'organisme, de nettoyer les poumons. Joel se sentait toujours mal, mais revigoré, c'était déjà ça. Il dévisagea Jan, perplexe.

— Euh, salut ? répondit-il en essuyant ses lunettes pleines de condensation.

— Est-ce qu'elle t'a annoncé la nouvelle ? répéta Jan en jubilant, avant de voir son visage. Ooh, elle ne t'a rien dit. Je me demande si elle est jalouse. Elle est toujours très jalouse de moi, Flora.

— Est-ce que je mets la bouilloire sur le feu ? l'interrogea Joel, toujours perplexe, espérant une bonne tasse de café. Salut, les garçons.

Les petits se rassemblèrent autour de lui, comme ils le faisaient souvent, surtout quand ils découvraient qu'il était américain, ce qui semblait aussi exotique à leurs yeux qu'ils l'étaient aux siens.

— À propos du bébé ! murmura Jan d'un air de conspiratrice.

La mâchoire de Joel se décrocha.

— Mais tout le monde est au courant, ou quoi ? dit-il au bout d'un moment.

— Eh bien, tu connais l'île, répondit Jan en gloussant.

Joel ressentit un nouvel accès de colère contre sa petite amie et sa prétendue incapacité à tenir sa langue. Il ne voulait pas la partager avec le monde entier or, pour tous les gens du coin, le monde se résumait bel et bien à Mure.

— Mmm.

— Alors, est-ce que tu es content ? lui demanda Jan, le prenant au dépourvu.

Cela ne la regardait pas. Pas du tout.

— Je veux dire, tu vas avoir plus de travail, du coup, poursuivit-elle.

Il la dévisagea, mais ne répondit rien, préférant aller vérifier si l'eau bouillait.

Charlie sortit d'une des tentes au moment où Joel approchait.

— Argh, euh, salut, dit-il.

Il était toujours un peu timide avec Joel.

Joel, un brin malpoli, répondit d'un grognement, mais le franc-parler de Jan l'avait déconcerté. Flora n'en était qu'au tout début de sa grossesse, après tout : on ne pouvait pas aborder ce genre de sujet avec autant de désinvolture.

— Est-ce que Jan t'a dit… pour le bébé ?

Joel cligna des yeux.

— Pour mon bébé ?

— *Ton* bébé ?

Charlie éclata de rire.

— Non. Bon Dieu, non. Le nôtre. Pourquoi ? Quel bébé ?

— Aucun, se hâta de répondre Joel, n'en revenant pas de s'être mis dans un tel pétrin. Je n'ai pas… Pardon. Il est tôt. Je n'ai pas bien dormi.

Charlie resta planté là, le sourire jusqu'aux oreilles.

— Oh… et félicitations. C'est génial.

Le sourire de Charlie s'épanouit encore davantage.

— Je sais. On est juste… enfin, je sais que c'est dans l'ordre des choses après un mariage…

Sans doute, oui, songea tristement Joel. Pourquoi était-ce aussi simple pour les autres ? Ils étaient tous persuadés que cela ne serait que joie ; une nouvelle vie. Sauf que sa vie à lui, il avait l'impression qu'elle venait tout juste de commencer.

Il sentit soudain quelque chose lui agripper les jambes. Il baissa la tête. C'était un petit garçon aux yeux écarquillés. Il savait que les enfants de ce groupe avaient au moins dix ans, mais ce minot paraissait beaucoup plus jeune. Il avait des cheveux bruns bouclés, l'air réservé.

— Salut, Luke, dit tranquillement Charlie. Bas les pattes, s'il te plaît ! Tu connais les règles.

— Je dis juste bonjour.

— Pas de cette manière. Allez.

Pendant que Charlie le décrochait (ils n'avaient pas vraiment le droit de toucher les petits), Joel lui sourit.

— Salut, toi. Comment ça va ? lui demanda-t-il.

Luke se contenta de le fixer du regard.

— Ne fais pas attention, lui expliqua Charlie. Il est juste… Oh, non, tu n'as pas envie de connaître son histoire.

Joel connaissait toutes les histoires.

— Il a seulement besoin d'affection, mais il ne sait pas trop comment l'obtenir, poursuivit Charlie.

— Mmm. Hé, Luke, il faut que je prépare le déjeuner. Ça te dit de me donner un coup de main ?

— Oui ! Est-ce que vous êtes vraiment américain ?

— Non, je fais semblant. J'ai juste regardé plein de films.

— Oh ! fit le garçonnet avant d'y réfléchir une seconde, puis de faire une très mauvaise imitation de l'accent américain. J'peux l'faire aussi ?

— Bien sûr, répondit Joel.

Il conduisit le petit à ce que Jan appelait la « tente-mess » et, en la croisant, réussit à se rappeler de s'excuser et de la féliciter.

— Pardon, lui dit-il en remontant ses lunettes.

Elle eut un petit sourire suffisant, avant de rétorquer que ce genre de broutilles ne l'atteignait pas car quand on était enceinte, on savait qu'il se passait quelque chose de bien plus important, le laissant une fois de plus profondément perplexe.

Les garçons commençaient des courses de relais sur les prés enneigés, et il fut comme attiré par leurs cris, leur souffle sonore. Une fois le repas organisé, il se joignit donc à eux en qualité de chef d'équipe : il réalisa alors que courir comme un dératé lui rappelait curieusement les horribles salles de gym, stériles, dans lesquelles il avait perdu tant de temps quand il descendait à l'hôtel – elles se ressemblaient toutes, avec les mêmes personnes en train de s'observer dans le miroir, le visage crispé, obsédées par elles-mêmes, par leur apparence sur leurs prochains selfies ou photos Instagram ; froides, égocentriques, sculptant leurs corps, à la recherche de la perfection. Il devait leur ressembler avant, se dit-il. Il repensa au nombre de fois où il avait croisé le regard d'une fille en s'exerçant, puis l'avait invitée au restaurant, où elle n'avait parlé que de régime, de véganisme, de jus et de flocons d'avoine pendant qu'il se demandait comment il allait réussir à coucher avec elle, tous les deux exhibitionnistes, ne cessant de se regarder dans la glace pendant tout le déjeuner.

Il essaya d'imaginer Flora dans une salle de sport, mais cette pensée le fit grimacer. Il en était incapable, tout bonnement ; les deux étaient incompatibles. Flora, avec ses courbes harmonieuses, sa peau si pâle : un élastique lui laisserait des marques, tels des bleus…

Mais courir en plein air, c'était mieux que toutes les salles de sport au monde, à tous les égards : mettre son corps à l'épreuve, les rires des garçons résonnant dans l'air, avec Charlie qui se laissait distancer, capitulant avec bonhomie – cet homme n'avait pas une once de méchanceté, pas une once d'ambiguïté en lui, s'était souvent dit Joel. Flora aurait pu finir avec lui et en aurait été parfaitement heureuse.

Elle aurait peut-être dû. Cela aurait peut-être dû être le bébé de Charlie – ou de Teàrlach, comme elle l'appelait, dans cette langue étrange. Ce n'était pas Jan qui devrait être en train de sourire comme un clown. C'était Flora qui devrait être heureuse.

Il savait qu'elle ne devrait pas être en train de pleurer toute seule chez elle. Il le savait très bien. Vraiment. Mais il ne le pouvait pas. Il en était incapable. Il courut donc de plus en plus vite dans l'air glacial, qui lui brûlait les poumons – de façon agréable –, alors que les garçons de l'équipe adverse le huaient parce qu'il ne leur laissait aucune chance, ses propres équipiers sautant de joie. Il aurait continué à courir par-delà le campement s'il l'avait pu, jusqu'au sommet de la colline, puis aurait sauté d'un bond jusqu'aux îles voisines, ou jusqu'à l'île principale ; il aurait sauté de colline en colline, parce que quelque chose le pourchassait, depuis toujours, et qu'il ne savait pas ce que c'était ni comment l'arrêter.

Ainsi s'écoula la journée. Le soleil d'hiver se couchait déjà. Il regarda autour de lui. Luke, le petit aux cheveux bruns, était debout, immobile, le regardant plonger derrière l'horizon, l'air en paix.

Chapitre trente-neuf

Lorna et Flora commençaient à ressembler à deux survivantes.

Flora, remarqua son amie, paraissait très fatiguée. Vraiment épuisée, en réalité : des cernes apparaissaient facilement sur sa peau pâle, mais, là, la couleur sous ses yeux était sombre, violette, ses magnifiques cheveux clairs étaient secs, fins et clairsemés, et sa taille continuait à s'épaissir sous son tablier.

— Flo ! s'écria-t-elle en la prenant dans ses bras, profondément inquiète. Les garçons n'ont toujours rien remarqué ? Vraiment ?

— Tu les connais, répondit Flora avec lassitude.

Les deux copines se remontaient mutuellement le moral au *Harbour's Rest*, où Lorna avait insisté pour que Flora prenne un bol de soupe, même si celle qu'ils préparaient à la *Seaside Kitchen* était succulente, bien sûr – un *cock-a-leekie*, une bonne soupe bien copieuse aux poireaux et au poulet. Or elle savait qu'Inge-Britt achetait sa soupe en gros et qu'elle serait déshydratée, mais, parfois, un bon bol de soupe Heinz à la tomate pouvait faire un bien fou. De toute façon, elle en avait envie.

— Fintan a la tête ailleurs, et Innes essaie de trouver une solution… Enfin, je crois qu'Eilidh vient pour Noël.

— Ooooh ! fit Lorna, surprise.

L'ex-femme d'Innes avait détesté vivre sur l'île, raison pour laquelle ils s'étaient séparés. Elle était alors repartie, attirée par les lumières d'Inverness.

— Est-ce que tu crois… ?

— Je crois qu'Agot veut à tout prix revenir vivre sur Mure, répondit Flora. Est-ce que tu imagines comme elle doit être pénible chez sa mère ?

— Oh non. Tu sais, chaque fois que je la vois, elle me dit : « BONYOUR, MAÎTESSE LONA, J'AI FAIT MES DEVOIS POUR MON ÉCOLE. »

L'imitation de Lorna était si juste que Flora éclata de rire.

— Et qu'est-ce qu'elle avait fait ?

Lorna leva les yeux au ciel.

— Une fois, elle m'a apporté une abeille morte.

— Quelle bonne élève ! répondit machinalement Flora.

— Est-ce que… Est-ce que ça va ? l'interrogea Lorna, ne souhaitant pas aller droit au but si son amie n'avait pas envie d'aborder le sujet.

— Parlons d'autre chose, si tu veux bien. Parce que je suis de plus en plus enceinte à chaque minute qui passe, qu'on ne s'adresse toujours pas la parole et que je ne le supporte pas.

— Ah.

— Mais toi ! Tu t'envoies en l'air avec le deuxième plus beau mec de l'île et, comme le premier est un trouduc, tu gagnes haut la main !

Lorna fit aussitôt ce qu'elle s'était promis de ne pas faire : elle éclata en sanglots.

— Oh, mais c'est pas vrai, commenta Flora. C'est pire que l'année dernière, quand on était seules et fauchées. Maintenant qu'on a trouvé l'amour, c'est encore pire.

Lorna secoua la tête.

— Flora… ne… Tu ne peux le dire à personne, mais…

— Quoi ?

— Il part, répondit-elle, la gorge serrée.

— Qu'est-ce que tu veux dire, il part ? Il ne peut pas partir ! Il a été envoyé ici !

— Non, il a été envoyé en Écosse. Il y a plus d'endroits où il sera utile sur l'île principale. Ils manquent de médecins dans tout le pays. Ils l'envoient ailleurs.

— Je ne comprends pas, dit Flora en secouant la tête. On a quand même besoin d'un médecin, ici. S'ils l'envoient ailleurs, c'est nous qui en manquerons.

Les deux filles se regardèrent, et Lorna comprit, horrifiée, le cœur lourd, que Saif lui avait menti.

— Oh non, dit-elle. Oh non, il m'a dit… il m'a dit qu'il devait partir.

— C'est peut-être vrai, la rassura Flora en lui prenant le bras.

Lorna se frotta la tête.

— Écoute, reprit Flora. Tu as vu ce qui s'est passé à la crèche vivante. Ce n'est peut-être pas à cause de toi. Peut-être qu'il pense… qu'il pense que ce n'est pas le meilleur environnement pour les garçons.

— Quoi ? Mais c'est l'environnement parfait pour eux !

— Il veut peut-être un endroit… où il y a une mosquée. Plus d'enfants du Moyen-Orient.

— Il y a une mosquée sur l'île de Bute, répondit tristement Lorna. Enfin, elle est toute petite, je crois.

Flora regarda son amie.

— Je croyais que les garçons étaient heureux ici. Ash est tout le temps fourré à la ferme.

— Je ne crois pas que ce soit à cause des garçons, répondit Lorna d'un air malheureux. Si ?

Flora secoua la tête.

— Ça craint. Je suis sincèrement désolée.

Lorna laissa couler ses larmes.

— Toi, au moins, tu as un bébé, dit-elle en sanglotant dans son verre. L'homme le plus parfait, le plus beau que j'aie jamais rencontré… va partir. Et moi, je serai coincée ici. Pour toujours. Toute seule. À vieillir, à grisonner, de plus en plus esclave de mes habitudes. Et je saurai que mon homme idéal était tout près et… et…

De la morve coulait de son nez à présent. Flora plongea la main dans la poche de sa copine, puis lui tendit ses mouchoirs.

— Tiens.

— Mon Dieu, mais regarde-nous, dit-elle après s'être mouchée. C'est quoi notre problème ?

— J'ai toujours voulu tomber amoureuse, abonda Flora. Mais, maintenant que c'est le cas, c'est vraiment complètement nul.

Elles s'étreignirent.

— Je ne sais pas quoi dire, dit Flora.

— Je sais. Je crois qu'il n'y a rien à dire.

Flora la serra fort.

— Mais moi, je serai toujours là pour toi.

— Et moi, pour toi.

— Super ! s'exclama Flora. Tu pourras faire la baby-sitter alors ?

Chapitre quarante

— Alors, quels sont vos projets pour Noël, docteur Hassan ?

Mme Laird lui parlait, mais Saif ne l'écoutait pas. Il regardait fixement par la fenêtre. Il avait reçu un e-mail le matin même, dans lequel on lui demandait de venir pour un entretien dans un grand cabinet de médecins généralistes de Glasgow, mentionnant qu'ils avaient des postes à pourvoir, mais aussi plein de locuteurs arabes parmi leurs patients qui se porteraient bien mieux si un de leurs praticiens parlait leur langue.

Bien. C'était peut-être la solution. Il était incapable de gérer ce qui était en train de se passer ; les hauts et les bas d'une vie affective. La nuit, il faisait de tels cauchemars qu'il était terrifié à l'idée de s'endormir. Une Lorna sublime, frémissante, se métamorphosait pour prendre la forme horrible, pathétique de la femme de la vidéo, puis celle d'Amena : il se réveillait alors en sursaut, en nage, puis attirait Ash contre lui, se servant de son fils comme source de réconfort, alors même que le petit bout dormait dans son lit parce qu'il avait désespérément besoin d'être rassuré, de sentir qu'un de ses parents était toujours là.

Ce n'était pas bien, cela ne durerait pas et cela lui faisait du mal. Un nouveau départ, voilà ce dont il avait besoin. Il n'était pas resté sur ses gardes, ici. Cela ne lui était même jamais venu à l'idée, après tout ce qu'il avait traversé pour essayer d'aider et de protéger sa famille, tous ces kilomètres, toutes les épreuves, la terreur du bateau, les postes de contrôle, la Méditerranée, les gardes, les chiens, les inspections.

Il avait réfléchi, planifié, travaillé ; il avait fait le voyage, trouvé un emploi. Il avait fait tout ce qu'il avait prévu. Puis était arrivée la seule chose qu'il n'avait pas anticipée, qu'il ne pouvait pas anticiper : il était tombé amoureux.

— Les garçons doivent être impatients, non ?

Jeannie lui avait dit la même chose au cabinet, et Saif n'y avait pas vraiment prêté attention non plus. Cela n'était pas passé inaperçu, tout comme le fait qu'il n'y avait pas de sapin à la fenêtre ni de couronne sur la porte. Les avis sur la question étaient partagés : était-il approprié d'en parler ? Tout le monde ne fêtait pas Noël, après tout. Mais, d'un autre côté, il était évident que les garçons s'attendaient à le célébrer. Or Saif ne répondit rien. Mme Laird fit la moue avant de vaquer à ses occupations. Elle achèterait des cadeaux aux garçons, même s'il n'était pas d'accord. Elle prétendrait les avoir achetés pour une autre occasion.

— Mmm. Est-ce que vous pouvez vous occuper des garçons jeudi ? Je dois aller à Glasgow.

— Encore ?

— C'est une période chargée.

— Dans ce cas, assurez-vous de passer dans un magasin de jouets, lui suggéra Mme Laird, mais son conseil tomba dans l'oreille d'un sourd.

Chapitre quarante et un

Le Dr Mehta considérait le nouveau membre potentiel du cabinet avec attention. En lisant son dossier, elle avait été impressionnée par ce qu'il avait réussi à accomplir depuis son arrivée au Royaume-Uni. Ses propres grands-parents avaient fui la partition de l'Inde, et elle était donc consciente de ce qu'il en coûtait sur le plan émotionnel. Elle se pencha vers lui.

— Vous savez, nous avons beaucoup de problèmes dans la région. Des familles séparées, brisées. Des difficultés sociales. En avez-vous beaucoup sur Mure ?

Saif secoua de la tête.

— Non. On a beaucoup de moutons.

Le Dr Mehta opina du chef.

— Vous sentez-vous… Pardonnez-moi si c'est un sujet délicat, mais… vous sentez-vous armé sur le plan émotionnel pour avoir à faire à, disons, des enfants maltraités ?

— Comme tout le monde, répondit-il, interloqué. Mieux, peut-être.

Le Dr Mehta acquiesça.

— Et pourquoi quittez-vous Mure ?

Pour la première fois, il hésita. La vérité… la vérité semblait si lâche. Si pathétique. Il prit une profonde inspiration.

— Je me suis simplement dit que mes compétences pourraient être plus utiles ailleurs.

— Hmm, fit le Dr Mehta en notant quelque chose sur un bout de papier.

— Et je me suis dit que mes fils s'intégreraient mieux dans une ville comme Glasgow.

À ces mots, elle ôta ses lunettes.

— Est-ce vraiment le terme approprié ? Sont-ils exclus sur Mure ?

Saif parut de nouveau interloqué.

— Non. Je veux dire qu'ils rencontreraient plus de gens comme eux.

— Je vois.

— Est-ce une bonne chose ?

— Bien sûr.

En partant, Saif n'avait aucune idée de comment s'était passé l'entretien. Le Dr Mehta, elle, passa le reste de la matinée à résoudre un cas de conscience. Elle avait le sentiment que l'île avait plus besoin de Saif qu'il ne le soupçonnait. Et que c'était sans doute le meilleur endroit où élever sa famille ; ici, ils avaient des problèmes de gangs, des tensions intercommunautaires. Si ses fils souffraient encore d'un trouble de stress post-traumatique (ses notes n'en faisaient pas mention, mais rares étaient ceux qui fuyaient une guerre civile sans y laisser des plumes, et Dieu savait ce que les garçons avaient enduré), cette situation pourrait être un élément déclencheur.

D’un autre côté, un bon médecin, cela ne se refusait pas, quelles que soient ses motivations. Et il en était manifestement un. Elle poussa un soupir.

Chapitre quarante-deux

Même en première classe avec une simple escale à Reykjavik, à un saut de puce de Mure, le voyage était fatigant, aussi Mark et Marsha étaient-ils tous les deux déphasés, pleins d'appréhension, à leur arrivée sur l'île. Mark était embêté, il craignait que Joel ne fasse un faux pas ; Marsha se montrait plus optimiste, Mark pouvait tout régler, d'après elle ; tous deux mouraient d'envie de voir « leur » garçon.

Il n'y avait aucune trace de Flora au minuscule abri qui faisait office d'aérogare. Le vol avait été mouvementé, et ils descendirent de l'appareil dans le noir complet, la tempête faisant rage autour d'eux.

— C'est génial, non ? s'exclama Mark.

Marsha fit de son mieux pour en convenir, même si elle avait l'impression d'être plongée en plein univers tolkienien et d'avoir débarqué au Mordor.

Joel semblait à nouveau amaigri, constata Mark avec inquiétude. C'était toujours mauvais signe. Il s'efforça pourtant de sourire en les voyant. Marsha, elle, remarqua qu'il portait une chemise bleue et un épais manteau Burberry en sergé, ce qui n'était pas du tout son genre.

— Mon chéri, dit-elle en ouvrant les bras, ravie de le voir, en dépit de sa fatigue.

Joel avait beau faire près de deux fois sa taille, il mourait d'envie qu'elle l'étreigne ; il eut un peu honte de le montrer.

— Salut, Marsha. Joyeux Noël !

— Et patati et patata. On est ici pour régler tes problèmes.

— Marsha ! la reprit Mark avec colère, en serrant fort la main de Joel entre les siennes. Personne ne peut régler les problèmes des autres. C'est une règle de base. Pardon, Joel.

— Ce n'est pas grave.

— Elle n'est pas… ? commença Mark en regardant autour de lui.

Joel vira au rouge vif.

— Je n'ai pas…

Marsha leva les yeux au ciel.

— Bon, eh bien, est-ce que je peux juste aller me coucher, s'il vous plaît ? dit-elle. Je suis épuisée.

Joel les conduisit au *Rock*, même s'il redoutait un peu que Colton ne le jette dehors dès qu'il aurait vent de la manière dont il traitait Flora. Mais des feux flambaient dans les cheminées et un en-cas les attendait. Dans le petit salon, l'ambiance était si agréable, si feutrée avec ses beaux tartans et ses rouges profonds, que même Marsha se laissa séduire.

— Alors, qu'as-tu décidé ? l'interrogea-t-elle après avoir bu un thé.

La détresse se lut sur le visage de Joel.

— Marsha, je ne suis pas prêt, c'est tout.

— On n'est jamais prêt, répondit Mark.

— Alors, c'est pire, commenta Joel. Je veux dire, bien sûr, je subviendrai à ses besoins. Tout ce que voudra Flora… Elle n'aura plus à travailler si elle veut.

— Mais elle adore son travail ! se récria Marsha.

— Eh bien, tout… tout ce dont elle aura besoin. Mais je crois… Je crois qu'ils se porteront mieux sans moi. Elle a tous ses frères et, enfin, toute une île avec elle. Je pourrai faire des allers-retours. Je pense que ce sera mieux comme ça, vous n'êtes pas d'accord ?

Il regarda ses amis avec espoir, ressemblant au petit garçon anxieux qu'il était à douze ans, il y avait si longtemps de cela.

Mark posa une main sur son épaule.

— Je crois que tu es capable de bien plus, déclara-t-il gravement. Je crois que tu peux être un homme et assumer tes responsabilités. Je crois que tu as cela en toi. Je crois même que ça pourrait te plaire.

— Mais à quoi bon, si c'est pour être plein d'amertume et de ressentiment, parce que je n'ai pas eu le choix ?

Chapitre quarante-trois

Après la fête, Flora organisait le repas de Noël de très, très mauvaise grâce.

Fintan serait chez lui, bien sûr, mais ils ne pouvaient pas tous y aller : cela fatiguerait trop Colton. À l'évidence, ses frères pensaient qu'elle était contente de s'en charger, puisqu'elle passait toutes ses journées aux fourneaux. Eilidh se joignait à eux pour qu'Agot puisse passer Noël avec son papa, ce qui était adorable, mais compliquait encore un peu plus les choses, puisque Innes avait présumé que Flora serait au *Rock* avec Joel et avait donc réquisitionné sa chambre pour son ex-femme. Évidemment, elle comptait Mark et Marsha parmi les convives, mais en excluait Joel. Qui avait choisi de s'exclure tout seul, bien sûr. Il pouvait aller où bon lui semblerait. Soit chez Jan et Charlie, sans doute, ce qui l'agaçait d'autant plus.

Seraient donc présents : elle, Lorna et son frère, Iain, qui revenait rarement des plateformes pétrolières et n'avait nulle part où aller, Innes, Eilidh et Agot, Hamish, la petite amie de Hamish (qui changeait d'une semaine à l'autre), Eck, peut-être Fintan, mais il ne savait pas à quelle heure, Mark et Marsha, qui ne mangeaient ni bacon ni saucisses, ce qui posait un léger problème pour la farce et les chipolatas, et Saif, qu'elle avait invité, mais qui n'avait pas donné suite (en réalité, ce dernier avait été convié à neuf déjeuners différents le jour de Noël, mais, ne sachant que faire de toutes ces invitations, les avait toutes ignorées). Cela l'inquiétait désormais, parce qu'elle avait convié le médecin avant de savoir pour Lorna et lui : elle aurait bien retiré son invitation, mais se disait qu'elle ne pouvait pas le faire, puisqu'il n'y avait pas répondu. Du coup, rien ne garantissait qu'il ne ferait pas tout simplement son apparition. (Lorna ne pouvait pas l'aider sur ce point, étant elle-même partagée : elle mourait d'envie de le voir – espérant sans doute que l'esprit de Noël et de camaraderie le ferait changer d'avis sur son départ –, mais cette perspective lui donnait envie de fondre en larmes.)

Par-dessus le marché, Flora avait la désagréable impression qu'elle allait aussi devoir accueillir cette horreur de Tripp, qui semblait n'avoir aucune intention de partir et pourrait se mettre à parler de politique américaine, auquel cas ils seraient vraiment dans le pétrin. Donc, entre onze et seize personnes, en fonction. Et une place vide. Un trou béant au milieu. Enfin, deux places vides, parce que, même si elle s'asseyait à celle de sa mère à présent, cela ne la remplaçait pas. Elle n'avait jamais été si peu pressée de fêter Noël.

Elle chercha une recette de farce végétarienne en poussant un soupir. Elle ne se sentait pas dans son assiette. Jusque-là, elle s'en était plutôt bien tirée (elle n'avait pas eu de nausées), mais, aujourd'hui, elle se sentait terriblement mal. La *Seaside Kitchen* avait été prise d'assaut toute la journée ; une chorale était même passée chanter *L'Enfant de Bethléem*, en donnant une interprétation si divine qu'elle avait sangloté tout du long, puis les avait couverts de gâteaux, ce qui était très gentil, mais n'arrangeait pas ses finances.

Chapitre quarante-quatre

Entendons-nous bien, Tripp ne s'attendait pas du tout à ce que les choses se passent ainsi. Au Texas, les gens se montraient respectueux, mais restaient sur leurs gardes. Ils savaient qu'il venait d'une famille importante, et sa richesse (relative) et son mauvais caractère (notoire) les impressionnaient. Ils ne fourraient pas leur nez dans les affaires des autres.

Ici, il ne pouvait pas faire un pas sans que des petites mamies viennent lui demander des nouvelles de Colton ou lui mettent des boîtes de sablés dans les mains : les Muriens lui accordaient le bénéfice du doute, parce qu'ils connaissaient tous Colton et Fintan et que l'horreur de la situation leur apparaissait à tous. Flora ne l'aimait pas beaucoup, mais tous les autres se montraient incroyablement accueillants.

Jour après jour, en déambulant dans les rues, il voyait des preuves de l'estime que l'on portait à son frère. Ces gens se fichaient pas mal de savoir si Colton aimait les garçons ou les filles – ou s'il avait de l'argent. Il était l'un des leurs, voilà tout : il était arrivé sur l'île, s'était joint à eux, et rien d'autre n'avait d'importance.

Et chaque jour, quand il envisageait de s'en aller, de rentrer chez lui, il renonçait. Avec le temps, il en était venu à comprendre que cela aiderait sa mère – beaucoup, sentait-il – de savoir que Colton ne vivait pas avec des étrangers. Qu'il était aimé, même si Tripp ne pensait pas beaucoup au mot « amour » habituellement.

En outre, le village était féerique en ce moment, ce qui facilitait les choses. Au plus profond de l'hiver, alors que le jour se levait à peine (au point de se demander comment les gens pouvaient le supporter), tout était illuminé : de grandes guirlandes de lumières couraient le long des façades, des ampoules étaient suspendues entre chaque pignon de toit, et d'immenses sapins, brillant de mille feux, luisaient à chaque fenêtre. Au cœur des ténèbres, la petite île s'était transformée en havre de joie et de lumière – un îlot de gloire et de courage au milieu d'une mer d'un noir d'encre.

Il ne faisait jamais vraiment froid à Noël, au Texas. Le temps restait le même toute l'année : chaud en hiver, affreusement chaud en été. Le soleil se levait et se couchait plus ou moins à la même heure chaque jour. Ce monde sidérant, règne du froid et de l'obscurité, était très étrange à ses yeux.

Et il fallait bien avouer qu'il commençait à lui plaire.

*

Innes essayait de siroter tranquillement une pinte, ce qui, en toute franchise, n'était jamais facile sur Mure, surtout à l'approche des fêtes. Les journées des agriculteurs étaient plus courtes à cette époque de l'année, si bien qu'on les trouvait souvent au *Harbour's Rest*, où ils venaient chercher un peu de chaleur, un sourire avenant d'Inge-Britt et un mot de réconfort. Ils se souciaient moins de la propreté de la moquette que de la chaleur de l'accueil.

Ce soir, il essayait d'avoir quelques minutes de tranquillité pour penser à son ex-femme, qu'il avait à nouveau eue au téléphone. Bien sûr, Flora et les garçons espéraient qu'ils se remettent ensemble ; quant à Agot, elle insistait lourdement sur ce point, comme si cela relevait de l'évidence. Et maintenant, Eilidh… Enfin, il n'était pas sûr… Il avait demandé son avis à Hamish, qui n'avait pas été d'une grande aide. Mais il avait l'impression qu'elle lui suggérait presque de se remettre ensemble.

Pour autant, il ne pouvait oublier ses plaintes ; qu'elle détestait la ferme, pleine de courants d'air ; que l'absence de cinéma ou de magasins décents lui avait de plus en plus souvent donné envie de se rendre sur l'île principale, jusqu'à ce qu'elle finisse par ne jamais en revenir. Cette trajectoire n'avait rien d'inhabituel pour une fille de l'île.

S'ils en avaient les moyens, ils pourraient peut-être prendre un petit appartement à Inverness (on pouvait difficilement faire plus cosmopolite comme ville, dans son esprit)… Il poussa un soupir. Si seulement ce fichu hôtel pouvait finir par ouvrir…

Perdu dans ses pensées, il ne vit pas Tripp arriver. Trop tard. Ce dernier frappa à la fenêtre, juste au-dessus de lui, l'air transi de froid.

Charitable, Innes passa la tête à la porte.

— À tout hasard, pourriez-vous demander à la charmante jeune femme au bar de me laisser entrer pour que je puisse me reposer un moment ? lui demanda humblement Tripp.

Inge-Britt les fixait du regard. Comme Innes répondait d'un haussement d'épaules, elle leva les yeux au ciel.

— Est-ce qu'il va bien se tenir ou se comporter comme un gros blaireau ? demanda-t-elle sèchement.

— Je ne vais pas me comporter comme un blaireau… En tout cas, je ferai de mon mieux, répondit la voix plaintive, tremblotante, de l'autre côté de la porte.

— Est-ce que tu te portes garant pour lui ? demanda-t-elle à Innes.

— Non, mais je t'aiderai à le mettre dehors s'il recommence à mal se comporter.

Le silence se fit dans la salle, tandis que Tripp attendait dehors, croisant les doigts. La lourde porte noire à clous finit par s'ouvrir d'un coup.

— Un faux pas…, le prévint Inge-Britt.

— Merci, madame, répondit-il. Euh, est-ce que je peux offrir ma tournée ?

Ce geste d'excuse fut plutôt bien accueilli, et il paya ses bières d'un air circonspect, avec cette monnaie aux couleurs étranges qu'ils insistaient pour utiliser ici ; Inge-Britt les lui factura juste un peu plus que nécessaire, puis fut presque gênée, presque, quand il lui donna malgré tout un pourboire. Puis tout le monde leva son verre en criant :

— Joyeux Noël ! *Slàinte mhath !*

Tripp se surprit à faire de même, même la partie bizarre.

Il rejoignit ensuite Innes, qui s'efforça de ne pas soupirer en posant son téléphone : il avait entrepris de noter le pour et le contre de la venue d'Eilidh pour Noël, n'étant pas vraiment parvenu à dépasser le fait qu'Agot serait là ; or, pour lui, Agot était la lune, le soleil et les étoiles, et rien d'autre n'avait d'importance.

Sans compter qu'un Noël sans enfants dans un foyer sans mère, c'était bien triste, tout le monde le savait, surtout avec Colton qui allait si mal et Flora qui se morfondait pour une raison mystérieuse, enflée comme une baudruche.

— Comment va Colton ? lui demanda Innes.

C'était la première question que tout le monde posait à Tripp. Il fit un petit bruit sarcastique.

— Eh bien, on ne peut pas dire qu'il soit ravi de me voir.

Il sirota une gorgée de sa bière. Elle était dégoûtante. Il essaya à nouveau, pour voir. *Mouais. Peut-être.*

— C'est peut-être une bonne chose.

Tripp haussa les épaules.

— Voilà le truc… Je me demandais si… peut-être…

Et il détailla son plan à Innes, qui pinça les lèvres, s'efforçant de rester évasif sur le sujet, mais échouant lamentablement, jusqu'à ce que Mme Laird les interrompe. Elle leur secoua une boîte en fer sous le nez, d'une manière un tantinet agressive.

— C'est pour quoi ? l'interrogea Innes.

Il y avait toujours quelque chose : le toit de l'école, la salle paroissiale, la représentation théâtrale. Traditionnellement, cela se passait ainsi : tout le monde donnait dix pence, puis Colton payait la différence en faisant un énorme chèque, et ils profitaient tous de ses largesses, puisqu'il mettait facilement la main à la poche.

— C'est pour notre bon docteur. Je crois qu'il ne va pas fêter Noël, répondit Mme Laird avec une petite moue.

— Eh bien, ce n'est pas grave, si ?

— Oh non, sauf que j'ai de la peine pour les petits gars. Ce n'est pas leur faute si les choses sont différentes ici. Et ils ont tout préparé à l'école. Et après ce qu'ils ont traversé… Je crois qu'on n'a pas besoin de leur dire que ce sont des cadeaux de Noël. On pourrait juste dire que ce sont des cadeaux de bienvenue, et ça irait, non ?

Avant de venir sur Mure, réalisa Tripp, il aurait eu des mots bien choisis à l'égard des personnes d'autres confessions. Non pas qu'il en ait rencontré beaucoup. À présent, il observait Innes, qui réfléchissait sérieusement à la question.

— Vous pourriez sans doute dire que c'est une sorte de coutume, hasarda-t-il. Quelque chose qu'on fait pour tous les nouveaux enfants du village ?

— Oui ! C'est une excellente idée. On va dire que c'est une tradition ! Une chose qu'on fait pour le plaisir, mais sans se montrer irrespectueux de leurs croyances…

— Juste pour le plaisir, approuva Innes. Génial, on fait comme ça, alors. Qu'allez-vous leur acheter ?

— Les gens se montrent très généreux, répondit-elle. On pourrait récolter assez d'argent pour une PlayStation.

— Ce sera parfait, je crois, répondit Innes avec un sourire en lui tendant de la monnaie. C'est super. Et adorable de votre part d'y avoir pensé.

Mme Laird lui sourit en retour avant de passer à la table suivante.

— Hé, attendez, lança subitement Tripp.

Elle s'arrêta, étonnée, mais polie. Elle savait qui était Tripp, mais avait aussi entendu dire qu'il n'était pas très sympathique.

Il fouilla dans sa poche.

— Euh, je ne comprends pas bien votre monnaie, dit-il en présentant un énorme billet rouge de cinquante livres. Est-ce que cela convient ?

— Oh, vous n'êtes pas…, commença Innes.

— Ça me fait plaisir, l'interrompit Tripp, rosissant de colère. On a de l'argent. On n'est pas là pour prendre celui de Colton, peu importe ce qu'on vous a dit.

— Euh, bien sûr, répondit Innes en se calant dans sa chaise et en levant les mains. Bien sûr.

Mme Laird accepta son argent bien volontiers.

— Avec ça, on va pouvoir leur acheter des jeux, en plus ! commenta-t-elle.

— Je ne vous aurais pas imaginée amatrice de jeux vidéo, madame Laird, répondit Innes d'un ton badin.

— Je joue à *Soldiers of Fortune* pendant que mon pain lève, rétorqua-t-elle avec impertinence.

Innes la considéra.

— Ah, alors, comme ça, c'est vous qui piquez tout le réseau internet !

Elle répondit d'un grand sourire, avant de reprendre sa ronde.

Chapitre quarante-cinq

— Est-ce que cette ordure de Tripp passe aujourd'hui ?

Le visage de Colton était crispé ; de la sueur perlait à son front. Fintan grimaça. La veille, il lui avait répondu que non, Tripp n'était pas disponible, et Colton s'était détendu, avait pris ses médicaments et avait sombré dans un sommeil médicamenteux, ce qui était de loin, Fintan le savait, le mieux pour lui.

Alors Fintan avait arpenté les couloirs et les pièces vides de l'immense demeure, le personnel se dispersant discrètement à son passage, l'épaisse moquette étouffant ses pas, et s'était dit : *C'est à ça que ma vie va ressembler. C'est à ça que ma vie va ressembler, quand Colton sera mort.*

De fait, par égoïsme, quand Colton se réveilla et demanda si Tripp venait, Fintan lui répondit que oui, il passerait sans doute dans la journée, sachant que cela le ferait râler, mais aussi que cela le stimulerait et qu'il prendrait moins de médicaments pour se forcer à être plus alerte, plus présent au monde, même si le simple fait que Fintan le touche le faisait beaucoup souffrir désormais.

Mais Fintan pouvait s'asseoir à côté de lui sur le lit – l'y sentir présent, tout près –, pendant que Colton enrageait contre son frère, un peu délirant. Il acquiesçait, abondait dans son sens, même si, tout au fond de lui, il savait que c'était vain ; cruel, même. Il appela donc Innes pour lui dire de faire venir Tripp.

Toutefois, quand Tripp arriva, il semblait presque honteux.

— J'ai une idée, grommela-t-il en fixant le plancher.

— Tu n'as jamais eu une idée de ta vie, répliqua Colton. Enfin, pas une que tu n'aies pas entendue sur Fox News et qui ne soit pas un ramassis d'âneries.

Il fut pris d'une crise de toux, qui ne semblait pas près de s'arrêter. Fintan lui donna un mouchoir.

— Non, écoute-moi, insista Tripp.

Colton regarda Fintan, qui haussa les épaules. Fintan s'était fait un avis. Il pensait que Tripp avait raison.

*

Ce fut donc décidé. Joel se joignit à eux : il allait devoir superviser certains points. Fintan était là, naturellement. Saif, au cas où on aurait besoin de lui. Et Tripp. Il y avait donc beaucoup de testostérone dans la pièce.

Colton possédait tous les nouveaux modèles d'ordinateurs : il suffit donc d'en sortir un de sa boîte et de l'installer. Désespéré par l'accès internet de l'île, il avait aussi fait poser une grande antenne parabolique chez lui, de façon à avoir son propre réseau. Du coup, plein de gens s'étaient mis à traîner près de sa propriété pour essayer de télécharger des vidéos à la demande, alors il avait demandé à Joel de régler le problème dans le village aussi. Ce dernier s'en occupait donc. Même si, en toute franchise, il ne se pressait pas. Il avait la forte impression que sa capacité à abattre une énorme quantité de travail et à être joignable à toute heure du jour, disponible pour se déplacer dans le monde entier, était largement surfaite, et n'y avait donc pas vraiment mis beaucoup d'énergie.

Sans compter qu'il avait d'autres chats à fouetter : il se débattait entre le fait d'être un « trou de balle égoïste » (pour reprendre les mots de Marsha après deux whiskys) et un « père froid, distant, mais inoffensif » (selon lui-même, à quatre heures du matin, en regardant par la fenêtre), et Flora lui manquait cruellement, constamment, à chaque seconde. Mais la Flora qui l'aimait, pas celle qui était en colère contre lui. Comment pouvait-il être aussi lâche ?

Ne tenant pas en place, Joel arriva le premier. Il s'assit sur le lit de Colton. Fintan s'occupait des branchements ; Tripp, nerveux, faisait les cent pas dans le couloir.

— Ne… ne dis rien à Fintan au sujet du bébé, dit-il d'entrée à Colton.

— Euh, oui, comme tu veux, mon vieux, répondit Colton avec mauvaise humeur.

— As-tu besoin de quelque chose ?

— De toute la morphine du monde et d'une cuve de Drambuie, ronchonna Colton.

Joel s'approcha de lui.

— Ça empire ?

— À chaque fichue seconde.

Ils se dévisagèrent un instant.

— Oh, ça le rend heureux, lança Colton, en parlant de Fintan, bien sûr. Tous les fichus matins. Si je suis capable de lui dire bonjour, il sautille comme un agneau de printemps toute la journée. C'est pour ça que mon frère est dans les parages. Ça me donne l'énergie d'être éveillé pour détester cette ENFLURE.

— Je croyais que tu ne voulais pas te battre contre la maladie, rétorqua Joel, étonné.

Colton grimaça à nouveau.

— Je sais. Je sais.

Joel essaya de déterminer s'il serait capable d'endurer de telles souffrances par amour pour Flora.

Oui, il en serait capable. Il le savait. Il fallait juste qu'il démêle la suite des événements. Il fallait qu'il y arrive.

Sans s'en rendre compte, il poussa un profond soupir.

— Hé, qu'est-ce qui se passe ? Tu as des problèmes ? l'interrogea Colton en regardant du coin de l'œil le document comportant trente options possibles que Joel lui avait apporté.

— Pardon, mon vieux. C'est bête.

— Non, vraiment. Aide-moi à penser à autre chose. Il faut que je sois conscient, mais je n'ai pas envie d'y penser.

En parler constituerait un grand soulagement, réalisa Joel.

— Le bébé de Flora…

Colton grimaça, puis fit signe à Joel de lui verser un peu de whisky et de l'aider à boire. Joel s'exécuta ; Colton avala son verre d'un trait. Il fit la moue, mais, une seconde ou deux plus tard, parut un peu mieux.

— Donc, un bébé. Quel est le problème ? Je ne te paie pas assez, c'est ça ?

Joel haussa les épaules.

— Non, ce n'est pas ça. C'est juste… je veux dire… c'est juste que ça m'a fait un choc, c'est tout. Je crois que je ne gère pas très bien.

Il s'interrompit.

— Non, c'est sûr, je ne gère pas bien du tout. C'est juste… ça m'a donné un tel choc.

— Quel âge as-tu ?

— Trente-six ans.

— Et quand pensais-tu que ce serait le bon moment, exactement ?

— Je n'y ai jamais pensé… Es-tu en train de me conseiller, là ?

Colton fit un effort pour relever un peu la tête, puis s'éclaircit la voix, faisant un bruit qui aurait pu être un rire.

— Non, mon vieux. Non.

— Dans ce cas, est-ce que tu le pourrais ?

Colton regarda sa main gauche tout atrophiée. Elle tremblait de manière incontrôlable.

— J'aurais adoré avoir un enfant, dit-il. Qui aurait ressemblé à Fintan, mais aurait eu mon intelligence. J'aurais adoré ça.

Joel resta assis sans rien dire.

— Je peux te dire que les gens disent pas mal d'âneries sur le fait de profiter du moment présent, Joel. Je n'ai jamais entendu autant de foutaises que ces derniers mois. La vache. Si je revois cette homéopathe, je la flingue. Comme monsieur les-bananes-ont-guéri-mon-petit-cousin. J'ai eu droit à tous les conseils les plus pourris au monde et, au bout du compte, crois-moi, ils sont tous nuls.

Joel sourit tristement.

— Mais, poursuivit Colton, la voix cassée, douloureuse, comme s'il la traînait sur du gravier. Si tu ne peux pas te réjouir d'avoir un foutu bébé avec la foutue femme que tu aimes, va te faire voir, mon garçon. Je répète : va te faire voir.

À court d'énergie, il s'effondra à nouveau sur son oreiller, respirant difficilement, couvert de sueur. Puis il se tourna vers Joel.

— Oh, et vous devez venir vivre ici. Fintan déteste cette maison. Il veut rentrer chez lui, dans cette ferme toute crasseuse. J'ai oublié ce point. Note-le.

— Quoi ? l'interrogea Joel, mais Colton fut pris d'une violente quinte de toux qu'il semblait incapable de réfréner. Qu'est-ce que je peux faire ? lui demanda-t-il en se précipitant à son chevet, cherchant l'infirmière du regard.

— Rien, répondit Colton d'un air sombre, quand il eut réussi à se contrôler. Si je reprends de la morphine, je pique du nez et, apparemment, on a des trucs à faire aujourd'hui, et Fintan ferait sa tête de chien battu…

Joel posa une main sur son bras.

— Je te le dis en tant qu'avocat, mais aussi en tant qu'ami, commença-t-il avant de marquer un temps d'arrêt. Tu peux choisir quand tu veux partir.

Colton ferma les yeux, mais ne dit rien. Puis :

— Tu crois ?

— Je crois que Fintan détesterait savoir ce que ça te coûte vraiment.

— Hum.

— Ne… Ne lui mens pas au sujet de la douleur. Parle-lui-en. Tu n'as rien à gagner à taire ta douleur, ajouta-t-il, l'air contrit.

— Hum, répéta Colton.

Puis il essaya de lever une main flétrie pour donner une petite tape à Joel, mais n'y parvint pas.

— Je vais chercher l'infirmière. Veux-tu que je fasse venir Saif aussi ?

Colton fit un geste de la main qui aurait pu vouloir dire n'importe quoi. Joel fit quelques pas en direction de la porte pour appeler les autres, puis se retourna.

— On ne l'appellera pas Colton, dit-il.

Il y eut un blanc.

— Bien, grogna-t-il d'une voix étranglée. C'est naze comme prénom.

Sur ce, Joel fit entrer Tripp et Fintan, puis recula dans un coin de la pièce.

*

Joel poussa un soupir. Puis se fit une promesse. Oui. Il le ferait. Il irait la voir. Juste après ce qu'il avait à faire ici, il irait la voir. Il le ferait. Il passerait la prendre, l'entraînerait hors du café… et puis non, il lui ferait fermer ce satané café. Il se mettrait à genoux, la supplierait de lui pardonner d'avoir été un tel imbécile. Espérerait, contre tout espoir, qu'elle comprendrait pourquoi il avait eu besoin de temps ; pourquoi cela lui avait fait un tel choc. Il lui apparut alors que cela avait dû lui faire un choc à elle aussi et culpabilisa aussitôt de ne pas avoir été là pour elle ; de ne pas avoir su la rendre heureuse dès le départ.

Ils prendraient ce minuscule appartement et construiraient leur vie ensemble.

Enfin, si elle voulait encore de lui ; si elle avait encore du temps à lui consacrer (ce qu'il ne méritait pas vraiment, il en était bien conscient), il passerait le restant de ses jours à essayer de se rattraper. De réparer. Il s'empara de son téléphone pour lui envoyer un message.

Mais, pile au même moment, Tripp se mit debout au pied du lit, les joues rouges, l'air grave.

*

La grande demeure, comme d'habitude, était silencieuse. Fintan, amaigri lui aussi, assis sur le lit, tenait la main de Colton, qui semblait souffrir le martyre – la douleur lui tordait le visage, crevassait sa peau fine comme du papier, mais, chaque fois que Saif lui demandait s'il pouvait l'aider, il secouait la tête, très légèrement.

Fintan tremblait ; il faisait pourtant bien chaud dans la pièce, les moquettes étaient épaisses et une belle flambée brûlait dans l'âtre ; la maison était si bien isolée qu'on n'entendait même pas le vent lourd de neige dehors. Le grand sapin de Noël était plus beau que jamais. Mais aucun d'eux ne l'avait remarqué.

— Bien, dit Tripp avant de s'éclaircir la voix et de jeter un œil à son téléphone. Bon, je crois… j'ai tout organisé avec ma sœur, d'accord ? Elle… maman… n'est pas au courant. D'accord ?

Colton agita la main. Son cœur battait la chamade, Fintan le sentait.

— Si elle ne… je veux dire… enfin. Elle devrait…, poursuivit Tripp. Oublie papa une minute, tu veux bien ? Il ne comprendrait pas. On a demandé à son aide à domicile de l'emmener au restaurant.

Colton opina du chef.

Puis Tripp alluma Skype et, le temps de la connexion, tous retinrent leur souffle.

*

Ils entendirent de la friture, puis l'image apparut à l'écran : une pièce à la décoration démodée, avec un papier peint à motifs colorés et des bibelots partout. Dehors brillait un soleil aveuglant.

Une femme entre deux âges tripotait l'ordinateur. Elle ressemblait surtout à Tripp, pas à Colton, mais, quand l'image changea pour montrer une vieille dame assise sur le canapé, Fintan vit aussitôt la ressemblance avec son mari. Tripp devait ressembler à leur père ; Colton, avec ses traits fins et son front haut, ressemblait à sa mère. Elle avait dû être belle autrefois, songea-t-il. Belle, jeune, avec un bébé… Pourquoi les choses avaient-elles si mal tourné ?

— Allô ? Allô ? Qui est-ce ? demanda la vieille dame en clignant des yeux.

L'autre femme (Janey, la sœur de Tripp et de Colton) prit la parole.

— Mets tes lunettes, maman.

La vieille dame s'exécuta (elle les avait autour du cou), puis se pencha en avant, regardant dans l'objectif de la caméra d'une manière déconcertante.

— Maman ! lança une voix tonitruante, très forte dans le calme de la pièce. C'est moi, Tripp.

— Tripp ? répondit sa mère, d'une voix faible, nerveuse.

— Oui, maman, c'est moi !

— Où es-tu, mon fils ?

— En Écosse, maman. Tu te rappelles ? Je t'ai appelée hier.

La vieille femme parut étonnée.

— Oh. Vraiment ? Vraiment ? Oui. C'est vrai. C'est vrai, Tripp.

Le cœur de Fintan se serra. Cette femme avait à moitié perdu la tête. Et Colton n'était pas vraiment en état de lui parler. Il aurait peut-être mieux valu laisser le passé où il était, en fin de compte.

Tripp parlait toujours, réalisa-t-il. Et, soudain, il ressentit curieusement une sorte de respect pour cet homme qui avait fait tout ce chemin pour retrouver sa famille, quelles que soient ses raisons.

— Maman, il y a quelqu'un ici… il y a quelqu'un qui aimerait te parler.

— Hein ? Quoi ?

Son visage tout ridé touchait presque l'écran à présent.

Tripp s'assit alors à côté de Colton. Il posa l'ordinateur portable en équilibre sur ses genoux, puis le pencha pour le rapprocher du visage de son frère.

— Maman… C'est Colt.

La salle retint son souffle, comme la vieille dame fixait l'objectif en plissant les yeux.

— Bonjour, maman, finit par dire Colton en cherchant à reprendre son vieil accent traînant, nonchalant, sans vraiment y parvenir.

Elle porta une main à sa bouche, et Janey passa aussitôt un bras autour de ses épaules pour la soutenir.

— C'est Colton ? l'entendirent-ils murmurer à des milliers de kilomètres de là. C'est mon Colton ?

Janey, en larmes, opina du chef, puis serra sa mère contre elle. Aucune d'elles ne fit de remarques sur la mine épouvantable de Colton ni sur le pronostic dont Janey, au moins, avait connaissance. Au lieu de cela, la mère de Colton se pencha en avant et prononça deux petits mots :

— Mon bébé.

Chapitre quarante-six

Ensuite, ils ne dirent plus grand-chose. Pas de longue conversation interminable. Pas d'explication.

Tout le monde pensait à sa propre mère. Joel, se sentant superflu, se rendit à la salle de bains, où il s'aspergea le visage d'eau. Saif regardait fixement par la fenêtre, pour une tout autre raison : il se demandait dans combien de temps ses fils retrouveraient leur mère (s'ils avaient cette chance). Même si... il ne serait jamais trop tard. Fintan se disait que sa mère lui manquait terriblement ; il lui était si reconnaissant de l'amour inconditionnel qu'elle lui avait porté toute sa vie, et regrettait de ne pas s'être confié à elle. Il espérait qu'elle savait. Elle savait beaucoup de choses.

Pendant ce temps, la mère de Colton touchait l'écran, comme si cela pouvait les rapprocher, comme si elle pouvait toucher son fils.

— Je vais prendre soin de toi, maman, je te le promets, lui dit Colton. Ne t'inquiète pas.

Comme si c'était elle qui avait besoin d'être rassurée, pas lui. Mais Fintan percevait que, malgré l'effort que cela lui demandait, prononcer ces mots l'aidait à se sentir mieux.

Le simple fait de dire cela à sa mère lui donnait à nouveau l'impression d'être fort, puissant, meilleur que les autres : celui qu'il était autrefois.

— Tu me manques, mon garçon, dit alors sa mère.

Et Colton de répondre à voix basse :

— Je sais.

Fintan, qui le connaissait mieux que personne, réalisa qu'il avait de nouveau l'impression d'être un petit garçon de sept ans.

— Je suis si… Tu sais, je ne voulais pas…

On aurait dit que sa mère s'apprêtait à s'excuser, mais Colton secoua vivement la tête.

— Ça n'a pas d'importance, maman, la coupa-t-il d'une voix rauque. Plus rien n'a d'importance, maintenant. Sauf que tu es ma mère.

— Je t'aime, dit-elle d'un ton geignard.

— Oui, oui, oui, répondit Colton d'une voix râpeuse, avant d'ajouter, tout bas : Moi aussi, maman.

Chapitre quarante-sept

Une fois l'appel fini, un silence pesant s'abattit sur la chambre. Tripp donnait l'impression d'être à l'église. Fintan se tourna vers lui.

— Merci, lui dit-il doucement, avant de se rapprocher de Colton, qui avait les yeux fermés.

— Va chercher Joel, lui demanda son époux, de la sueur lui coulant sur le front.

Joel revint aussitôt dans la chambre. Colton désigna Tripp.

— Modifie mon testament. Assure-toi… assure-toi juste qu'on prenne soin de ma famille.

Tripp secoua la tête.

— Écoute, vieux, je ne… J'y ai réfléchi. Ne fais pas ça. Tu n'as pas besoin de nous donner de l'argent. Oublie ça, mon vieux. On s'en sort.

— C'est juste pour maman et papa… pas pour toi, espèce de vieille enflure.

Or, chose étonnante, il réussit à sourire en prononçant cette phrase. Ses lèvres desséchées se retroussèrent, découvrant ses dents.

— Mais assure-toi que maman va bien. Et qu'on prend soin de papa.

Tripp acquiesça.

— Je vais m'occuper de tout, ne vous inquiétez pas, dit Joel à voix basse.

Puis Saif s'approcha, sortant de l'obscurité près de la fenêtre. Il ressemblait à un ange triste, se dit Fintan, comme un présage des jours à venir, sa longue silhouette se détachant sur les rideaux.

— Fintan…

Fintan regarda le lit où Colton venait de s'écrouler à nouveau sur les coussins, la souffrance se lisant sur son visage, et l'atmosphère dans la chambre changea du tout au tout. Le dénouement était proche : ils le savaient tous.

*

Deux téléphones se mirent alors à sonner. Celui de Saif d'abord, puis celui de Joel. Le bruit fut presque insoutenable dans la pièce silencieuse.

C'était Charlie qui appelait le médecin. Son ton était brusque, grave.

— Est-ce que tu peux venir à la *Seaside Kitchen*, s'il te plaît ? C'est Flora.

La correspondante de Joel fut plus directe. C'était Lorna.

— Ramène-toi, si t'en as quelque chose à faire de Flora.

Sans un mot de plus, elle raccrocha.

Chapitre quarante-huit

La veille de Noël avait été complètement dingue à la *Seaside Kitchen* : tous les Muriens étaient de sortie. Après leurs achats de dernière minute, ils passaient voir Flora pour lui parler de leurs trouvailles et de leurs projets, lui demandant s'ils pouvaient avoir quelques tranches de pudding supplémentaires pour la soirée ou quelques tartelettes à laisser au Père Noël. Flora avait l'impression d'en avoir vendu des centaines. Elle était morte de fatigue, mais savait qu'elle devait encore rentrer chez elle, faire décongeler la dinde, puis préparer le chou rouge, la sauce à la mie de pain et le chevreuil.

Elle était épuisée rien que d'y penser. Les filles faisaient un brin de rangement, excitées comme des puces – le réveillon au *Harbour's Rest* serait une soirée mémorable, et plus vite elles auraient fini de ranger, plus vite elles seraient prêtes. Il fallait ensuite qu'elles se maquillent, qu'elles enfilent une robe de soirée et qu'elles transportent du gui, avant d'aller retrouver en douce leurs copains russes. Flora ne pouvait leur en vouloir : elles avaient travaillé si dur. Avec un sourire, elle leur tendit donc la prime de Noël qu'elle n'avait pas pu leur verser l'année précédente. Les filles sautèrent de joie, la prirent dans leurs bras, puis lui dirent au revoir en lui souhaitant un joyeux Noël, et Flora, amère, songea que, sans son petit problème, elle aurait vraiment passé un bon moment.

Pour autant, elle ne se sentait pas bien du tout. C'était simplement de la fatigue, elle le savait. Du surmenage, après tout ce travail (ce qui était une bonne chose, bien sûr) et tout ce qu'elle devait faire depuis qu'elle jouait officiellement le rôle de « maman » pour tout le monde (ce qui était aussi une bonne chose), sauf que, maintenant, apparemment, elle allait aussi devoir être une vraie maman et…

Tout à coup, elle ressentit une douleur étrange dans le bas-ventre, comme une crampe, et, en même temps, une curieuse sensation de vertige. C'était très bizarre, soudain. Elle eut l'impression que son sang ne circulait plus dans sa tête et eut envie de vomir.

Elle se pencha en avant pour s'appuyer au comptoir, mais le manqua, glissa et se cogna la tête, et puis… plus rien…

*

Ce fut Charlie qui la trouva. Il passait souvent juste après la fermeture, car c'était le meilleur moment pour récupérer des restes, mais il n'était pas accompagné de ses bouts de chou aujourd'hui ; il voulait juste souhaiter un joyeux Noël à Flora et profitait de l'absence de Jan pour le faire. Il n'avait aucune idée de ce qui se passait entre les deux jeunes femmes, mais il sentait bien que cela n'enchantait pas Flora, pas plus que Jan, d'ailleurs, aussi, en temps normal, préférait-il ne pas s'en mêler. Mais il avait envie de lui souhaiter un joyeux Noël, en espérant que tout allait bien avec Joel. Même s'il passait du temps avec lui dans le cadre des « Aventures en plein air », il n'avait pas le sentiment de bien le connaître ; il savait juste qu'il avait l'air encore plus triste et distant que d'habitude et se faisait du souci pour lui.

Charlie était un homme simple, gentil ; il souhaitait seulement que tout le monde soit ami, et allait donc souhaiter un joyeux Noël à tous et…

Les lumières étaient éteintes dans le petit café, mais pas dans la cuisine, où il discernait…

Heureusement, il garda son calme. Il essaya d'ouvrir la porte, mais elle était fermée à clé. Il se dépêcha donc de faire le tour pour passer par la porte de derrière, qui restait presque toujours ouverte. Flora était allongée par terre, inconsciente. Charlie réalisa machinalement les gestes de premiers secours, auxquels il avait été longuement formé. Mais elle était si blême, et il y avait… il y avait du sang sur le sol.

Il sortit son téléphone pour appeler Saif sur-le-champ. Puis, dès qu'il eut raccroché, il passa un coup de fil à Lorna, qui se chargea d'appeler Joel. Il n'avait pas voulu le faire lui-même, mais aurait été bien en peine d'expliquer pourquoi.

Il ôta son manteau pour couvrir Flora et envisageait d'appeler l'ambulance aérienne quand elle commença à reprendre connaissance, battant des paupières, ne sachant où elle était.

— Chut, fit Charlie.

Joel, qui déboula en courant dans le café, précédant Saif, ne put s'empêcher d'avoir l'impression de recevoir un coup de couteau dans le cœur en voyant un autre homme étreindre Flora avec autant de tendresse et de précaution.

Le médecin leur demanda de s'éloigner d'un ton doux, mais ferme.

— Je vais appeler l'ambulance, annonça Joel en sortant son téléphone.

Saif secoua la tête.

— Laisse-moi d'abord l'examiner. Si j'appelle l'ambulance aérienne pour un évanouissement, ils me riront au nez.

À eux trois, ils soulevèrent délicatement Flora, au moment où Lorna arrivait en courant, accompagnée d'Innes, qu'elle avait croisé. Saif n'en revenait pas. D'un instant à l'autre, la moitié du village serait là.

— Emmenez-la chez moi, leur ordonna-t-elle. Il y fait chaud, et c'est juste de l'autre côté de la rue.

C'était sensé ; Flora tenta de protester, mais elle avait toujours le teint blafard, très vert, et, dehors, le blizzard soufflait de plus en plus fort. Des vents venus de Sibérie balayaient l'île, et la tempête n'était pas encore à son paroxysme. Avisant les éléments déchaînés, Joel se dit soudain, gravement, que même s'ils avaient besoin de l'hélicoptère, il ne pourrait pas se poser par un temps pareil.

Puis il lança un regard à Saif.

— Tu sais… tu sais qu'elle est enceinte, dit-il doucement.

Le médecin opina du chef, les lèvres serrées.

— Bien sûr.

*

Tripp arriva à son tour d'un pas lourd. Avec sa carrure imposante, il fut bien utile pour porter Flora. Ensemble, les quatre hommes traversèrent la rue en chancelant, puis installèrent la jeune femme sur le lit de Lorna, que Saif ne put regarder sans avoir de drôles de flash-back. Le simple fait de se retrouver dans cette chambre lui fit subitement prendre conscience de la présence de Lorna, juste derrière lui, et il lui fallut user de tout son professionnalisme pour remettre son masque de médecin et garder la tête froide.

— Maintenant, tout le monde sort, déclara-t-il avant de l'examiner.

Le téléphone de Charlie se mit à sonner ; à l'évidence, il était attendu chez lui, et il partit à contrecœur, suivi de Tripp, qui leur dit qu'il serait en bas s'ils avaient besoin de lui. Tout le monde opina du chef, comme s'il était l'un des leurs depuis une éternité et qu'il était tout à fait normal qu'il soit là.

Joel et Lorna patientèrent dans la cuisine, mal à l'aise ; Innes attendait des nouvelles pour aller prévenir Eck. Ne sachant que faire, Lorna mit l'eau à bouillir. Terrifiée, elle craignait le pire : l'idée que Flora puisse perdre son bébé l'horrifiait tant qu'elle redoutait de renverser la bouilloire sur Joel – malencontreusement, bien sûr.

Quant à lui, il était en état de choc. C'était… c'était un juste retour des choses, il le savait. Juste au moment où il s'était senti prêt ; juste au moment où il avait décidé, avec un peu avec réticence, de faire ce qu'il fallait…

Soudain, un véritable tsunami affectif le submergea. Il voulait ce bébé. Il avait peur, plus qu'il ne pouvait l'imaginer, qu'il n'arrive quelque chose à Flora. Il pourrait la perdre ; il pourrait perdre l'un d'eux ou les perdre tous les deux.

Incapable de parler, il s'assit, puis retira ses lunettes. Lorna, les épaules tendues, finit par se retourner pour le regarder. Il pleurait, qu'il en soit conscient ou non : de grosses larmes lui roulaient sur les joues.

Un peu tard pour s'apitoyer sur son sort, commença-t-elle par penser, peu charitable, mais elle remarqua ensuite que ses mains tremblaient, et son naturel bienveillant reprit le dessus : avec calme, en silence, elle prépara donc une grande théière, puis sortit cinq tasses. Innes lui serra l'épaule. Elle le remercia du regard avant de désigner Joel de la tête. Comme Innes levait les yeux au ciel, elle lui donna un petit coup de coude. Et, pendant qu'elle versait le thé, elle l'observa en train de tapoter timidement l'épaule de son beau-frère.

*

— Je suis si…

Flora essayait d'expliquer à Saif qu'elle était gênée, mais les mots refusaient de sortir. Elle avait l'impression d'avoir une énorme gueule de bois, un mal de tête carabiné et d'être comme détachée du monde.

— Je suis…

— Chut, dit Saif, qui l'examinait avec célérité. Ne t'inquiète pas. Tu vas avoir besoin d'un petit point de suture à la tête. Ça va. Ce n'est pas aussi terrible que ça en a l'air.

— D'accord, oui, répondit Flora en clignant des yeux. Qu'est-ce qui s'est passé ?

— Il faut surveiller une éventuelle commotion cérébrale. Continue à parler.

— Je peux… oui, ça, je peux.

Puis elle ajouta :

— Saif. Je sens quelque chose. Dans mon ventre. J'ai mal au ventre.

Il opina du chef. C'était ce qui l'inquiétait le plus.

— Saif, est-ce que… est-ce que j'ai saigné ?

Elle réalisa tout à coup qu'elle était allongée sur une serviette.

Saif la regarda, l'air préoccupé.

— Un peu.

Flora, le visage toujours couvert de sang, éclata en sanglots.

— Chut. S'il te plaît. Ne te mets pas dans tous tes états. Ça n'aidera pas.

— Est-ce que je vais perdre le bébé ?

Saif se redressa, puis se rendit dans la salle de bains pour se laver les mains. S'ils avaient été plus attentifs, ils auraient remarqué qu'il savait exactement où se trouvaient la salle de bains et les serviettes.

Quand il revint dans la pièce, il resta debout près du lit. Cela faisait partie de son travail, mais ce n'était pas la partie qu'il préférait.

— Peut-être. Il arrive qu'il y ait des saignements pendant une grossesse, Flora. Ce genre de choses arrive, parfois. Souvent. Tu as dit avoir eu mal au ventre ?

Flora acquiesça d'un air malheureux.

— Juste avant de tomber.

— Tu as mal maintenant ?

Flora hocha la tête sans rien dire. La compassion se lut sur le visage du médecin.

— Je crois… Je suis désolé. Tu vas juste devoir attendre que ça passe. J'ai du paracétamol pour toi. Mais…

Flora fondit en pleurs bruyants.

Joel, dans la pièce voisine, ne put en supporter davantage : il ouvrit la porte.

— Qu'est-ce qui se passe ?

— Pardon, mais je vais devoir te demander de…, commença Saif.

Or Joel était déjà près du lit, entourant Flora de ses bras.

— Je suis sincèrement désolé, dit-il en enfouissant sa tête dans le cou de Flora. Je suis sincèrement, sincèrement désolé.

— Oh, ce n'est pas grave, rétorqua-t-elle d'une voix qui ne cachait pas son amertume. C'est ce que tu voulais, non ?

— Non ! Oh non, Flora. Non. Tu n'as pas… Dis-moi que tu n'as pas perdu le bébé ?

— Je crois que je suis en train de le perdre en ce moment, répondit Flora, et sa voix faible se cassa. En ce moment même. C'est ce que je suis en train de vivre.

Joel l'enlaça.

— Je t'aime, lui dit-il pour la première fois depuis longtemps. Et j'aime le bébé. Je t'aime et j'aime le bébé. Ou un autre bébé. Notre bébé. On aura un bébé.

— Mais c'est lui que je voulais, répliqua-t-elle, ses pleurs redoublant.

— Je suis sincèrement, sincèrement désolé.

— Ce n'est la faute de personne, intervint Saif.

Joel le regarda, les yeux noirs de colère. Il savait que ce n'était pas vrai. Si Flora avait dormi un peu plus. Si elle n'avait pas été ébranlée sur le plan affectif. Si elle avait eu un foyer où rentrer le soir. C'était sa faute.

Il enfouit à nouveau sa tête dans son cou.

— Je me rattraperai, lui jura-t-il. Je le ferai. Je te le promets.

— Je m'en fiche.

*

Saif dut faire un petit point de suture à Flora. Au départ, elle voulut refuser l'anesthésique local pour protéger le bébé ; puis elle se rappela. Elle accepta donc les médicaments, mais fit la grimace tout du long. L'anesthésique la rendit un peu somnolente, mais Saif lui fit clairement comprendre qu'il ne fallait en aucun cas qu'elle s'endorme : elle devait rester éveillée afin de s'assurer qu'elle n'était pas commotionnée et qu'elle ne recommençait pas à saigner. Il y avait un risque de grossesse extra-utérine ou d'hémorragie, et si l'une de ces choses se produisait, il faudrait la transporter en hélicoptère sur-le-champ.

Joel insista pour le faire venir dès à présent, mais Saif lui répondit calmement que, par une telle nuit de tempête, il y aurait des arbres renversés, des accidents de voiture et des cas d'hypothermie : personne n'autoriserait un hélicoptère à décoller dans d'aussi mauvaises conditions pour une fausse couche éventuelle, même si c'était très grave à leurs yeux.

Innes entra, serra fort sa sœur, essayant d'enregistrer qu'elle avait été enceinte, mais ne l'était probablement plus, puis partit faire un rapport à la ferme.

Lorna s'occupait dans la cuisine en préparant de la soupe pour tout le monde. Le téléphone de Saif sonna à nouveau.

— Ma vie ne m'appartient pas, ce soir.

— Où vas-tu ? l'interrogea Joel avec colère. On a besoin de toi, ici.

— C'est… C'est Colton, répondit-il d'une voix étranglée. Il faut que j'y retourne.

Flora se mordit la lèvre. Dehors, le vent hurlait. C'était vraiment une nuit épouvantable.

— Mon Dieu. Quelle nuit.

— Je reviens aussi vite que possible.

La gorge de Flora se serra.

— S'il te plaît, vas-y. S'il te plaît. Ça… ça ira pour moi.

Un petit bruit lui échappa, à mi-chemin entre le hoquet et le rire.

— Je ne sais pas comment, mais ça ira. Ça a toujours été, jusque-là.

— Et je suis là, dit Joel, mais elle fit semblant de ne pas l'entendre.

Saif attrapa son sac à contrecœur.

— Je t'appellerai, dit-il à Flora. Laisse ton téléphone allumé, s'il te plaît. Et chargé. Et réponds, s'il te plaît. Quant à toi, commença-t-il en s'adressant à Joel, si son état change, si elle a de la fièvre, tu m'appelles immédiatement. Si elle perd beaucoup de sang, tu appelles les secours. Si elle s'évanouit à nouveau, tu appelles les secours. Est-ce que c'est clair ?

Joel acquiesça.

— Ne quitte pas son chevet.

— Aucun risque.

Lorna croisa Saif au moment où il partait. Elle lui tendit une Thermos de soupe de légumes toute chaude.

Comme chaque fois qu'il était avec elle, tous ses ennuis s'envolèrent sur-le-champ : il ne pensa plus à tout ce qui l'accablait, à tout ce qu'il avait à faire dans la nuit. Ils se fixèrent du regard ; il tendit le bras pour attraper la Thermos, et sa main se retrouva à caresser doucement les joues douces de Lorna, même s'il savait que ce n'était pas juste pour elle. Il avait le cœur lourd, était profondément triste, même s'ils savaient tous les deux qu'il n'y avait rien à ajouter, que retarder l'inévitable n'aidait personne.

— Tu… Tu t'en vas vraiment, alors ? lui demanda-t-elle, la voix tremblante. Après tout ça ?

— Oui, je pars. Je crois que c'est mieux. Tu n'es pas d'accord ?

Lorna n'était pas sûre de pouvoir parler.

— Je ne…

Sa gorge se serra.

— Bonne chance. J'espère que tu la trouveras.

— Merci. Merci pour… pour tout ce que tu as fait pour les garçons.

— C'est normal.

— Appelle-moi si tu as besoin de moi, dit Saif.

Il parlait de Flora, bien sûr, mais Lorna espérait tant qu'il parle d'autre chose.

— Mais ils ont sans doute besoin de passer du temps ensemble, non ? ajouta-t-il en désignant la chambre de la tête.

Lorna acquiesça. Ils restèrent plantés là un moment.

— Allez, prends ta fichue soupe, finit-elle par dire.

Et Saif obtempéra.

Chapitre quarante-neuf

Saif se rendit chez Colton sans se précipiter. Cela lui semblait inconvenant. Il ne servait à rien qu'il coure comme un fou : il ne pourrait pas arriver en héros pour éviter la catastrophe.

Il n'avait toujours pas de nouvelles de Glasgow, mais, Noël étant déjà là, il était tout à fait possible que cet appel soit le dernier qu'il recevrait sur Mure. Cette idée lui faisait tout drôle.

Le soleil s'était à peine levé de la journée. La tempête était montée en intensité ; le vent lui hurlait carrément dans les oreilles à présent. Des flocons dansaient dans le ciel, décrivant des cercles sans se poser sur le sol ; quand ils le faisaient, une violente bourrasque fondait sur eux, les emportant sur son passage, et le cycle recommençait.

Il faisait un froid glacial. Des nuages tumultueux, tout en nuances de gris, roulaient dans le ciel, se pourchassant les uns les autres. Ash les avait contemplés, fasciné, alors qu'il était censé mettre ses chaussures pour aller à l'école, si bien que son père avait dû le presser un peu. Saif se demandait comment il allait leur parler du déménagement. Il leur dirait qu'ils auraient chacun leur chambre, peut-être. Qu'ils auraient l'occasion de rencontrer d'autres enfants parlant arabe, sans aucun doute. Ib serait ravi. Ash s'adapterait, c'était certain. Enfin, ils s'adapteraient tous. Un jour.

Il se rendait peut-être chez Colton pour la dernière fois ; cela l'attristait énormément. Il ne lc connaissait pas très bien, mais avait beaucoup de respect pour lui et, à ses yeux, la manière dont il avait organisé et affronté sa propre mort était profondément courageuse. Il comprenait parfaitement qu'il ait refusé d'aller à l'hôpital : mieux valait éviter d'y aller, quand on le pouvait.

En revanche, il était partagé sur le fait qu'il ait refusé tout traitement. Une partie de lui pouvait comprendre, dans l'abstrait. Mais une autre se disait que, à la place de Fintan, il se serait battu, encore et encore, pour lui faire essayer tous ceux qui existaient. Le dénouement serait pourtant le même, il le savait. Et il avait toujours été franc avec Colton à ce sujet.

Mourir dans une belle maison, en paix avec sa famille, auprès de la personne qu'il aimait, en regardant l'océan.

Oui. Il pouvait comprendre… supposait-il. Il vérifia le contenu de son sac fermé à clé ; il avait le nécessaire, si le moment était venu.

*

Fintan avait le visage grave. La respiration de Colton était superficielle ; Saif n'eut même pas besoin de lui prendre le pouls pour savoir qu'il était très faible.

Colton transpirait ; il souffrait tant qu'il n'arrivait pas à parler.

N'importe quelle dose, Saif le savait. N'importe quelle dose.

Cela se résumait à cela à la fin, les soins palliatifs. Il fallait trouver l'équilibre entre maintenir le patient en vie et éviter qu'il ne souffre. Or, parfois, ces deux objectifs entraient en contradiction. On ne pouvait pas les concilier. Et il fallait choisir.

On pouvait laisser le patient vivre ses dernières heures (sachant que cela pouvait durer plus d'une journée) dans la souffrance indicible d'une maladie aussi cruelle que le cancer, qui vous rongeait de l'intérieur, vous tordait de douleur, vous mettait à terre.

Ou on pouvait lui apporter un soulagement bienvenu, même si on savait que cela le plongerait – non, que cela pouvait le plonger, se reprit sévèrement Saif – dans un sommeil sans douleur, sans souffrance… et sans retour.

Saif en avait vu assez pendant la guerre ; il avait été témoin de choses qui lui avaient fait comprendre qu'il n'existait pas de mort glorieuse. Que souffrir n'avait rien d'honorable ; qu'un être humain réduit à un animal au supplice n'avait rien de digne.

Et pourtant.

— Monsieur MacKenzie, dit-il de sa voix douce en ôtant son long manteau et en posant son sac en cuir noir sur le lit.

La Grande Faucheuse n'aurait pu être plus charmante, se dirait plus tard Fintan.

— Monsieur Rogers. Bonsoir.

*

— Faites que ça cesse, dit Colton en toussant. De grâce. Bon Dieu. Arrêtez ça.

De la salive dégoulina sur les poils gris de son menton.

— Je n'en peux plus. J'en peux plus, je n'en peux plus.

Son ton était implorant. C'était difficile à entendre, même pour quelqu'un d'aussi expérimenté que Saif.

Il se tourna vers Fintan, qui regardait dehors d'un air de défi, les yeux rivés sur les bateaux qui passaient ; il refusait de se retourner. Curieusement, de la musique de Noël s'élevait du rez-de-chaussée.

Le médecin rejoignit Fintan, qui évita de croiser son regard.

— Je vais lui donner un autre sédatif, maintenant, dit-il doucement. C'est la dose adéquate. Mais je dois avoir votre consentement… à tous les deux… car Colton est si affaibli que cela peut… cela peut le plonger dans le sommeil.

Fintan battit des paupières.

— Est-ce que ça va le tuer ?

— Absolument pas, répondit Saif en secouant la tête. C'est le cancer qui va le tuer. Très bientôt. Mais cela garantira qu'il ne souffre pas. C'est la fin, Fintan, quoi qu'on fasse. Et ça l'aidera à dormir.

Fintan se tourna alors vers lui, la détresse se lisant sur son visage.

— Est-ce qu'il se réveillera ?

— Ce n'est pas de notre ressort, répondit Saif à voix basse.

Fintan acquiesça. Il regarda le lit dans lequel était recroquevillé son mari.

— D'accord.

— Y a-t-il quelqu'un à qui il a besoin de dire au revoir ? l'interrogea Saif à voix basse.

Fintan esquissa un petit sourire.

— Il ne fait que ça depuis l'été : une longue fête d'adieu.

Saif opina du chef.

— Je vais juste chercher…

Il n'avait besoin de rien, mais il sentait qu'il devait s'éclipser un petit moment. Fintan fit oui de la tête. Saif quitta la pièce, et ils se retrouvèrent tous les deux.

Chapitre cinquante

Fintan s'assit à côté de Colton, puis passa un bras autour de lui.

— S'il te plaît, l'implora Colton.

Fintan avait préparé un long discours. Il avait beaucoup de choses à lui dire. Qu'il avait été le premier – le seul – homme qu'il n'avait jamais aimé. Qu'il avait cru que cela ne lui arriverait jamais. Et puis il l'avait rencontré. Et leur amour avait été merveilleux, splendide. Tous les instants qu'ils avaient passés ensemble, tous leurs souvenirs…

Mais il comprenait désormais combien il serait égoïste de prolonger les souffrances de la personne qu'il aimait le plus au monde.

— D'accord, répondit-il, et deux grosses larmes roulèrent sur les joues de Colton.

Fintan alla chercher Saif, qui était encore dans le couloir, n'ayant pas eu le temps d'atteindre l'escalier.

Fintan étreignit le corps tremblant de Colton, pendant que Saif insérait d'un geste expert la morphine dans le pousse-seringue déjà installé au-dessus du lit.

Dehors, des oies blanches tournoyaient autour de la maison, entraînées par les rafales de neige, presque impossibles à distinguer.

Dans la chambre, le silence régnait ; on n'entendait que les murmures de Fintan. Colton dans les bras, il répétait avec acharnement à son oreille : « Je t'aime, je t'aime, je t'aime », encore et encore, leurs doigts entremêlés.

Colton leva brièvement son autre main, mais ne parla plus. Peu à peu, sa respiration ralentit, la souffrance quitta ses traits, et son corps commença à se détendre.

— Il dort, expliqua Saif.

— Qu'est-ce qui se passe s'il se réveille ?

— Je ne bouge pas, répondit le médecin en jetant un œil à son téléphone.

Pas de nouvelles de Flora et de Joel, ce qui était sans doute bon signe.

Fintan se dégagea délicatement et embrassa Colton sur le front. Puis il se rendit à la porte pour faire signe d'approcher à la personne qui attendait patiemment dehors : Tripp.

Chapitre cinquante et un

Le mal de crâne de Flora avait commencé à se calmer, mais, bizarrement, elle se sentait de moins en moins bien : les émotions provoquées par son évanouissement et les points de suture étant passées, elle avait le temps de réfléchir.

Joel, assis par terre, lui tenait la main, tel un preux chevalier sur une tombe. Elle finit par se tourner vers lui.

— Tu es ridicule, assis là, dit-elle sévèrement. Est-ce que tu peux aller me chercher du thé ?

Lorna était sortie après avoir vérifié que Flora allait bien, lui avoir fait un énorme câlin et lui avoir murmuré qu'elle la verrait le lendemain et de ne pas s'en faire pour le repas de Noël : elle apporterait des saucisses, cela contenterait tout le monde.

Joel et Flora avaient besoin d'être seuls ; elle en était certaine. Mais les voir dans son appartement lui faisait tout drôle. Elle avait cru qu'elle pourrait le leur louer ; déménager, passer à autre chose.

Mais, curieusement, même si elle ne pouvait pas être avec Saif pour le moment, elle avait le sentiment que c'était leur sanctuaire. Un endroit rien qu'à eux, du moins autrefois. Elle ne voulait plus déménager, mais ne savait pas comment le leur annoncer.

Elle avait besoin d'un verre. Bien corsé. Elle se dirigea donc vers le *Harbour's Rest*. Il faudrait qu'elle se confronte au fait que, très bientôt, elle verrait Saif pour la dernière fois. Elle le regarderait monter dans le ferry en direction de l'île principale pour ne jamais revenir. Et seul un whisky pouvait lui faire oublier ce genre d'image.

Elle s'était dit que l'ambiance au *Harbour's Rest* serait joyeuse le soir du réveillon, et elle l'était, en dépit de la tristesse. Tripp était assis dans un coin : il pleurait, et les gens se montraient incroyablement gentils avec lui, ils lui payaient des verres et lui murmuraient à l'oreille que les choses étaient mieux ainsi, qu'il avait fait ce qu'il fallait. Tripp répondait qu'ils étaient les personnes les plus gentilles que la terre n'avait jamais portées et qu'il allait s'installer ici, bon Dieu, et respecter l'héritage de son frère, ce n'était pas rien, même si rien ne garantissait qu'il s'en souviendrait le lendemain matin. Elle réalisa alors que Colton était mort et eut beaucoup de peine : deux morts sur l'île en un jour.

Elle s'assit au comptoir, où elle commanda un grand whisky ; Inge-Britt lui annonça avec un sourire triste qu'elle pouvait prendre tout ce qu'elle voulait (Colton avait payé sa tournée d'avance), mais, après réflexion, tout bien considéré, Lorna décida d'en rester au whisky. Inge-Britt lui dit de faire comme bon lui semblait, mais qu'elle avait caché deux bouteilles de champagne pour plus tard. N'en revenant pas, Lorna répondit que ce n'était pas vraiment de circonstance, ce à quoi Inge-Britt répliqua, avec un clin d'œil, que cela n'aurait pas dérangé Colton le moins du monde, et Lorna se dit qu'elle avait raison, sans doute pas.

— Comment va Flora ?

Hamish et Innes se précipitèrent aussitôt vers elle.

— Est-ce qu'on peut aller la voir ?

— Sérieusement, à votre place, j'éviterais. Je crois qu'ils ont des choses à régler.

— Oui, fit Innes. Comme lui botter les fesses pour qu'il rentre aux États-Unis. Je vais les aider.

— Ce n'est peut-être pas aussi simple.

— Tout ce qu'il y a de plus simple. La botte de Hamish ; les fesses de Joel. Simple.

— Est-ce que ça va aller, Flora ? demanda Hamish, l'air préoccupé.

— J'en suis sûre, répondit doucement Lorna. Elle sera triste, mais ça va aller. Il faudra être très gentils avec elle.

— Gentils avec elle et avec Fintan, gémit Innes. Bon sang.

Au même moment, toutes les lumières s'éteignirent.

Chapitre cinquante-deux

L'avis de tempête et de neige était émis depuis si longtemps que personne n'en tenait vraiment compte. Les ferrys ne traversaient plus, mais tout le monde avait fait des réserves de nourriture et de farine, et le lait et les œufs étaient produits localement de toute façon, si bien que, tant qu'on n'avait pas une envie subite d'ananas, par exemple, on pouvait s'en sortir.

On passait voir ses voisins ; les vaches étaient à l'abri, bien au chaud dans leur étable. Hamish faisait partie de l'équipe de volontaires qui salaient les routes : il adorait sortir sur l'énorme machine, « Salator », pour s'assurer qu'on pouvait circuler en toute sécurité. Dans l'ensemble, la vie suivait donc son cours.

Or une affreuse bourrasque avait retourné la Land Rover de l'homme chargé de vérifier les convecteurs électriques, ce qui avait provoqué un court-circuit et, comme le vent s'intensifiait et que les éléments semblaient se déchaîner, toute l'île – ce petit havre de lumière et de chaleur humaine au milieu de l'Atlantique nord – fut subitement plongée dans l'obscurité. À des kilomètres à la ronde, la mer était sombre, impénétrable, couverte de vagues écumeuses et froides ; seuls les phares, avec leur générateur de secours, pouvaient désormais envoyer un signal aux bateaux esseulés, ballottés par les flots, pour les prévenir du danger qui les guettait.

*

La chambre de Colton fut elle aussi plongée dans le noir complet.

Fintan ne le remarqua même pas.

Assis près de la fenêtre, il contemplait la mer. L'entrepreneur des pompes funèbres était en route, même par ce temps. Ils organiseraient des obsèques en mer : c'était ce qui se rapprochait le plus des funérailles vikings qu'aurait souhaitées Colton, en réalité. Il faudrait que cela fasse l'affaire. Saif avait signé toutes sortes de documents stipulant qu'une autopsie n'était pas nécessaire : exceptionnellement, le corps n'aurait donc pas à être transféré sur l'île principale. Mais il ne serait pas non plus conservé dans les meilleures conditions, Hector assurant le rôle de croque-mort quand c'est nécessaire, mais dirigeant par ailleurs une petite flottille de pêche.

Fintan s'en fichait. Il savait que Colton était parti exactement comme il le voulait : entouré de personnes qui l'aimaient. Même si, dans le cas de certaines, il avait fallu une vie pour le comprendre.

Il n'entendit pas tout de suite le remue-ménage dans la maison. Quand quelqu'un finit par le rejoindre à l'étage avec des bougies, ils organisèrent une veillée mortuaire dans la chambre, qui se transforma en un lieu paisible, où méditer en silence, et Fintan en fut très heureux.

*

Dans le pub, on poussa des hourras et on alluma aussitôt torches et bougies – ils étaient habitués aux coupures d'électricité, Inge-Britt oubliant toujours de payer la facture ; on alimenta le feu et on but davantage de whisky en levant son verre à Colton, car, c'est bien connu, rien n'est plus agréable par une nuit de tempête qu'être au chaud dans un lieu douillet qui n'a soudain plus d'horaire de fermeture à respecter (non pas que le *Harbour's Rest* soit vraiment concerné).

Seule Lorna s'éclipsa discrètement, ni vue ni connue, pour s'assurer que Flora et Joel allaient bien.

*

Dans le petit appartement de Lorna, Flora cligna des yeux pour s'habituer à l'obscurité, avec un petit sourire.

— Qu'est-ce qu'il y a ?

— Ça doit être le temps, répondit-elle en s'étirant.

— Ne te lève pas, lui dit vivement Joel, en lui tirant doucement sur le bras. S'il te plaît.

Il y eut un blanc.

— Est-ce que tu saignes encore ?

— Je ne sais pas. Il fait trop noir. Et… et je n'ai pas envie de vérifier.

— Est-ce que tu as toujours mal au ventre ?

— Un peu.

— Est-ce que tu veux encore du thé ?

— C'est ce que ça veut dire, une « panne de courant » : plus de thé.

Dans le noir, Joel s'aventura à rapprocher sa tête du ventre de Flora, et elle le laissa faire.

— Est-ce l'appartement où tu pensais qu'on pourrait s'installer ?

— Mmh mmh. C'était une idée débile, je sais.

— Non. Pas du tout. Il est bien. Charmant. Il aurait été parfait.

Il n'évoqua pas le fait que Colton leur proposait sa maison. Cela ne lui semblait pas être le bon moment. Ce n'était le bon moment pour rien.

— Eh bien, ça n'a plus d'importance, maintenant.

— Il est toujours disponible, non ? Je ne peux pas rester au *Rock*, de toute façon ; il est à Fintan, maintenant. Je ne suis qu'un locataire.

— Donc, tu veux emménager avec moi, parce que tu te retrouves à la rue ?

— Non. En réalité, je pourrais aller n'importe où dans le monde. Mais je n'en ai pas envie. J'ai commis une erreur terrible, Flora. Terrible. Penses-tu pouvoir me pardonner un jour ?

— Joel…, répondit-elle, la voix tremblante. Je suis en train de perdre un bébé. Tout ce qui pouvait m'arriver de bien dans la vie est en train de s'effondrer. On est plongés dans le noir. Alors, est-ce que ça t'embêterait que tout ne tourne pas autour de toi, pour une fois ?

Il n'ajouta rien. Il se contenta de rester exactement là où il était.

*

Au *Rock*, où Mark et Marsha étaient en train de se changer, les lumières vacillèrent un instant au moment de la coupure, mais se rallumèrent aussitôt – l'hôtel, bien sûr, était équipé d'un générateur de secours, précisément pour parer à ce genre de situation. Les deux époux se regardèrent avant de jeter un œil par la fenêtre ; la neige tourbillonnait, la visibilité était extrêmement mauvaise, mais la ligne de lumières au bout de l'Infinie avait subitement disparu.

— Mon Dieu, lança Marsha. Sérieusement, qu'est-ce que c'est que cet endroit ?

— Le courant doit être coupé partout. Crois-tu que les gens savent qu'il y a toujours de l'électricité, ici ?

— Ils sont sans doute habitués aux pannes. Qu'est-ce que tu en penses ?

Elle mourait d'envie de manger des moules en dégustant un bon verre de vin dans le charmant restaurant de l'hôtel, mais le visage de Mark arborait une expression qu'elle connaissait bien : il avait quelque chose en tête et, quoi que ce fût, il allait certainement passer à l'acte, qu'elle soit d'accord ou non.

— Je crois qu'on devrait aller donner un coup de main, dit-il. Flora est vulnérable, pour commencer.

— Elle doit être chez elle avec la flopée de frères dont tu m'as parlé.

Mark, sourcils froncés, envoya un texto à Joel pour lui dire qu'il y avait du courant au *Rock* et lui demander s'ils avaient besoin qu'il passe les prendre. La réponse ne tarda pas : un oui enthousiaste.

— Je vais y aller, annonça Mark avec un sourire. Toi, tu restes ici, au chaud.

— Ah, tu crois ça ? répliqua Marsha en levant les sourcils.

Sur ce, elle enfila le gros blouson jaune vif qui lui permettait de survivre aux mois de janvier à New York, qui était un poil trop grand pour elle et lui donnait l'air d'une adolescente (aux yeux de Mark ; à ceux de tous les autres, plutôt d'un pêcheur), puis alla chercher ses bottes.

*

La route qui descendait au village était pleine de nids-de-poule ; Mark roulait extrêmement lentement. Il n'y avait même pas de réverbères pour baliser le chemin ; seuls les pleins phares de la Land Rover que Colton avait mise à leur disposition l'éclairaient. Mark ne se rappellerait que bien plus tard qu'il avait roulé à droite pendant tout le trajet.

— Au moins, ils sont ensemble, dit-il à Marsha pour la rassurer.

— Je pense qu'on devrait le faire maintenant…, dit-elle.

Il acquiesça : il savait exactement ce qu'elle entendait par là.

Ce voyage resterait à jamais gravé dans leur mémoire : interminable, dans la nuit noire, la main de Martha posée sur celle de son mari tandis qu'il manipulait l'étrange levier de vitesse, une obscurité totale les enveloppant, la neige tourbillonnant à toute vitesse autour d'eux. Ils avaient l'impression d'être au bout du monde, à mille lieues de leur vie métropolitaine, cultivée.

Un cerf bondit sur la route, ses yeux rougissant dans les phares de la voiture, pour disparaître aussitôt. L'atmosphère était si lourde de neige qu'on n'y voyait presque rien. Il n'y avait pas un moment de répit : la spirale blanche était incessante, et le vent si violent que les flocons volaient en tous sens sur le paysage miroitant, qui semblait changer à chaque seconde sous leurs yeux.

— On va devoir passer prendre pas mal de monde, fit remarquer Mark.

Marsha acquiesça.

— Et les gens verront qu'il y a de la lumière au *Rock*.

— Oui, répondit-elle en lui caressant la main.

Elle sentait qu'il était tendu.

— Je suis sûre qu'ils vont bien, ajouta-t-elle.

Mark fit la moue.

— Et si ce n'est pas le cas, Marsha ? Comment notre garçon va-t-il le vivre ?

Elle secoua la tête, puis regarda par la fenêtre, même s'il n'y avait absolument rien à voir dehors. Ils savaient tous les deux que c'était la chance de sa vie ; sa plus grande chance de réussir à se débarrasser de sa carapace, à oublier son enfance cruelle. Flora était son seul espoir. Mais en prendrait-il conscience à temps ? Si oui, Flora l'accepterait-elle ?

*

Il faisait toujours chaud dans le petit appartement, qui était facile à trouver, bien que plongé dans le noir complet. Joel et Flora étaient là : elle était allongée sur le lit. En entendant Mark et Marsha frapper à la porte avec entrain, puis s'annoncer, elle se redressa maladroitement et regarda Joel.

— Il y a de l'électricité au *Rock*, lui expliqua-t-il en éclairant la pièce avec son téléphone. Je me suis dit… je me suis dit qu'on ferait peut-être mieux d'y aller. Que ce serait plus sûr.

— Mais je suis censée ne pas bouger, lança Flora.

— Oh oui. Je sais. Désolé. Mais je me suis dit… que peut-être… si on te portait… si tu restais allongée ? Tu serais sans doute mieux installée après. Je n'aurai bientôt plus de batterie, et on n'aura plus rien… et tu pourras boire du thé.

— Mais je suis au lit ! se plaignit-elle.

— Il faudra bien que Lorna se couche, à un moment ou à un autre.

Flora soupira. C'était vrai : il n'était pas juste d'annexer l'appartement de son amie, pas par une nuit pareille. Et elle ne se sentait plus aussi mal que tout à l'heure. Elle était toujours nauséeuse, chancelante, bouleversée, mais ne pensait pas s'évanouir à nouveau. Elle toucha son point de suture.

— C'est comment ?

— Je ne sais pas. Je ne vois rien. Vraiment… superbe.

Flora esquissa un sourire, qui finit en grimace.

— Attendez, qu'est-ce qui se passe ? demanda Mark en les éclairant avec sa lampe de poche.

Quand ils se retournèrent tous deux vers lui, l'air angoissé, Marsha l'attrapa par le bras.

— Il s'est passé quelque chose, expliqua Flora. J'ai eu un accident. Je crois… Je crois qu'on a peut-être…

Marsha la coupa.

— Ramenons-les vite à l'hôtel, murmura-t-elle. Allons-y, vite.

— Attention.

Joel se pencha pour la soulever avec tant de tendresse que Mark et Marsha échangèrent un regard.

— Enroule-toi dans la couverture, poursuivit-il. Je vais t'emmener à la voiture.

— Mais tu ne peux pas me porter !

— Je soulève cent vingt kilos en développé couché, répondit-il mystérieusement. Je ne pense pas avoir de problèmes avec toi.

En effet, il la prit dans ses bras comme si elle ne pesait rien ; elle enfouit alors sa tête dans son cou et, sentant son odeur, se maudit intérieurement d'être si faible, de tant l'aimer et d'être si bien dans ses bras.

La Land Rover remonta en cahotant jusqu'au *Rock*, suivant l'Infinie, mais Joel tint Flora dans ses bras tout du long, fermement, amortissant les chocs avec son propre corps pour essayer de la protéger.

À un moment donné, elle se rendit compte que leurs deux têtes se touchaient et sentit les larmes de Joel lui rouler sur les joues.

— Je suis tellement désolé, ne cessait-il de chuchoter. Je t'aime. Je vous aime tous les deux.

Flora trouvait extrêmement injuste de sa part de lui faire cela alors qu'elle se sentait si faible, si mal en point, mais, d'un autre côté, elle éprouva soudain une profonde gratitude : il était là et il la serrait dans ses bras forts.

— Tais-toi, s'efforça-t-elle de lui dire, mais elle pleurait elle aussi et elle finit par se rendre compte, tandis qu'ils progressaient dans la tempête, qu'il fallait simplement qu'elle tienne le coup.

Chapitre cinquante-trois

En réalité, la plupart des habitants qui ne s'étaient pas enfermés de leur plein gré dans le *Harbour's Rest* s'étaient rendus au *Rock*, attirés par les lumières et souhaitant lever leur verre en l'honneur de Colton une dernière fois. Joel, en voyant la foule, transporta directement Flora dans son cottage. Il n'avait envie de parler à personne.

Mark et Marsha se regardèrent.

— Est-ce que tu crois… ? commença Mark.

— Je crois que ce n'est peut-être pas le meilleur moment, répondit-elle avant de pousser un soupir.

Mark fit la grimace, toujours pas convaincu. Mais Joel se tourna alors vers eux, la tempête faisant rage à l'extérieur.

— Merci, leur dit-il simplement. Merci d'être venus nous chercher. Merci.

Alors, supposant qu'ils feraient tout aussi bien d'en finir, ils décidèrent de le rejoindre dans son cottage après avoir déposé leurs manteaux dans leur propre chambre.

*

Comme toujours, le cottage était impeccable. Du Joel tout craché. La jolie chambre ne reflétait rien, ou presque, de sa personnalité, mais elle était chaleureuse, confortable.

Joel allongea Flora sur le lit avec une infinie tendresse ; elle le regarda. Voilà – voilà l'homme qu'elle avait toujours voulu, rêvé, qu'il soit. Mais était-ce seulement la culpabilité qui le poussait à se comporter de la sorte ? Était-ce lui, le vrai Joel, ou un homme qui se sentait puni, malmené par la vie ?

Elle lui posa donc la question.

Il remonta ses lunettes.

— Je crois qu'il a fallu une tragédie pour que je me rende compte, commença-t-il lentement, l'air sérieux. Pour que je me rende compte de ce que je ressens. Pour l'admettre. Est-ce que ça a du sens ?

— Donc, chaque fois que j'ai besoin de te parler, il faut qu'il m'arrive… quelque chose d'horrible…

Elle éclata à nouveau en sanglots.

— Non. Non, mon amour, non. Ça n'arrivera plus jamais.

Elle le dévisagea, sa gorge se serrant, consciente, de façon absurde, de la tête épouvantable qu'elle devait avoir.

— Comment est-ce que tu viens de m'appeler ?

Chapitre cinquante-quatre

Saif arriva chez lui une heure avant la coupure, totalement exténué – mentalement, spirituellement, tout. Il avait envie de voir ses fils, qu'ils lui grimpent littéralement dessus. Heureusement que Mme Laird était là : Saif prévoyait de lui donner une coquette somme d'argent pour tout ce qu'elle avait fait pour eux. Il avait même pris goût à ses lasagnes.

Oh, il était si las. Il se sentait si vieux. L'idée de faire leurs bagages et de repartir de zéro, dans un autre endroit… eh bien, cela l'épuisait d'avance.

Il ne prit pas la peine de verrouiller les portières (personne ne le faisait sur Mure, lui avait-on dit, et il gardait les médicaments sous clé à la maison). Il tenait à peine debout : manquant se faire renverser par les bourrasques, mort de fatigue, il se recroquevilla pour lutter contre le vent. C'est là qu'il vit la maison.

Ash et Ib étaient à la fenêtre : à l'évidence, ils n'avaient rien fait d'autre que l'attendre depuis… depuis qu'il avait été appelé la première fois, il ne se rappelait même plus quand. Ils sautaient sur place, en pyjama, si beaux, tous les deux. Malgré son épuisement, il ne put s'empêcher de sourire.

Mais qu'y avait-il derrière eux ? Il plissa les yeux. Cela devait être le reflet de la voiture. Cela semblait scintiller.

Il accéléra un peu le pas, impatient de sentir les bras de ses fils autour de lui pour essayer d'oublier la tristesse, le stress de cette journée, et tout le reste. Or, en atteignant la porte, il fut accueilli par une Mme Laird à l'air préoccupé.

Oh non, songea-il. S'il vous plaît. S'il vous plaît, plus de problèmes. S'il vous plaît, faites qu'elle n'ait pas de problème. S'il vous plaît, faites que rien ne soit arrivé.

— Oui ? fit-il, plus brusquement qu'il n'en avait l'intention.

— Oh, docteur Hassan.

Pour rien au monde, elle ne l'aurait appelé autrement.

— Je suis tellement désolée… C'était censé n'être qu'une petite collecte, mais c'est devenu incontrôlable…

À ce moment-là, les garçons arrivèrent en trombe ; même Ib, d'ordinaire réticent, déboula comme une flèche dans son pyjama, les cheveux en bataille.

— *ABBA ! ABBA !* s'exclamèrent-ils en l'entraînant dans le salon.

L'ancien presbytère, d'ordinaire déprimant, était métamorphosé. Un immense sapin scintillait dans un coin, décoré de lumières et, à son pied, se trouvaient des cadeaux, un nombre incalculable de cadeaux, tous emballés dans du papier coloré et ornés de rubans luisants. Saif les regarda, consterné.

— Je suis vraiment désolée, poursuivit Mme Laird d'une voix tremblotante. Je leur ai dit que vous n'aimeriez peut-être pas Noël ou que ce ne serait peut-être pas convenable, etc., etc. Mais les gens n'arrêtaient pas d'amener des choses…

— Pourquoi ? Est-ce qu'ils ont pitié de moi ?

Il se mordit aussitôt la langue. Mme Laird parut profondément déconcertée.

— Non, docteur Hassan… Ils vous aiment.

*

Les garçons étaient parvenus à un tel degré d'excitation que Saif les laissa ouvrir un cadeau chacun : un camion Tonka pour Ash, qui le fit sauter de joie, et un Transformers pour Ib, qui aurait sans doute davantage convenu à un enfant un peu plus jeune, mais Ib l'examina avec un petit sourire timide, ce qui signifiait, Saif le voyait bien, qu'il lui plaisait.

Saif poussa un soupir, puis se cala dans son fauteuil. Mme Laird lui avait gentiment apporté un plateau-repas et une tasse de thé.

— Merci, répéta-t-il. Je ne vous ai pas acheté de cadeau, je suis désolé.

Le lendemain, quand la garde de Saif serait terminée, Mme Laird irait chez sa fille, où elle serait entourée de tous ses petits-enfants, de ses neveux et de ses nièces, et de nombreux autres Laird, qui étaient arrivés en masse juste avant la tempête et la fermeture du minuscule aéroport. Elle recevrait des sels de bain et des pyjamas à ne plus savoir qu'en faire.

— Ne vous inquiétez pas pour ça. Je suis juste contente… que cela ne vous dérange pas.

— C'est extraordinaire, répondit-il en contemplant à nouveau le sapin. Je suis un peu submergé.

— J'avais peur que cela ne vous vexe.

— Eh bien, ce n'est pas le cas, la rassura-t-il en regardant les garçons s'amuser avec leur nouveau jouet.

Pris d'un regain d'énergie, il attrapa subitement ses fils et les serra fort contre son torse, les faisant éclater de rire et crier de joie.

— Je crois que c'est bien, non ? Joyeux Noël ?

— Joyeux Noël ! répondirent les petits en hurlant.

Il s'agenouilla en grognant comme un ours, puis se mit à les chatouiller, les garçons poussant des cris perçants.

Mme Laird secoua la tête.

— Vous nous manquerez quand vous partirez.

Il lui avait expliqué qu'il n'aurait plus besoin de ses services après le Nouvel An.

À ces mots, les garçons se figèrent.

— Quoi ? demanda Ib en arabe.

— On rentre à la maison voir maman ? l'interrogea Ash.

Mme Laird se leva d'un bond.

— Oh non. Je suis désolée. Je n'ai pas… je suis désolée.

Elle était rose vif, catastrophée, mais Saif l'arrêta d'un geste de la main.

— Ce n'est pas grave, répondit-il avec un soupir.

Mon Dieu, ce qu'il était fatigué.

— Ne vous inquiétez pas pour ça, reprit-il. Il fallait qu'on en parle.

Les garçons ouvraient des yeux tout ronds. Il était si tard. Et il devait encore passer voir Flora et Joel. Et maintenant, cela.

— Eh bien… commença-t-il.

Au même moment, le noir se fit dans la pièce.

Chapitre cinquante-cinq

Au *Rock*, on frappa à la porte. Joel alla ouvrir, troublé. C'étaient Mark et Marsha.

— Nous voulions juste savoir comment ça allait ? dit Marsha.

— Oh, eh bien…, répondit Joel en ouvrant les mains, impuissant.

— Et ? demanda Mark, mais Marsha lui jeta un regard.

Ils entrèrent dans la chambre.

— Je voulais te parler de quelque chose, reprit Mark. Avec Marsha, nous en avons discuté… Nous voulions… Je sais que cela peut attendre, mais nous ne pouvons pas… Cela ne te paraîtra sans doute pas être le bon moment, mais nous nous sommes dit que cela pourrait… que cela pourrait être précisément le bon moment, au contraire. Pour que vous sachiez tous les deux… que vous sachiez tous les deux… au cas où ce qui vient de se passer vous pousse à prendre des décisions trop hâtives…

Marsha, debout à ses côtés, lui prit le bras, comme pour le soutenir.

Mark retira ses lunettes, puis prit une profonde inspiration pour se calmer.

— Eh bien, commença-t-il. Et dire que c'est moi qui conseille aux autres d'exprimer leurs émotions…

Il avait la voix tremblante.

— Je vais le faire, intervint Marsha.

— Oui, s'il te plaît, répondit-il en se frottant les yeux.

— Qu'est-ce qu'il y a ? demanda Flora, dans le lit.

— Ne t'en fais pas, lui répondit Marsha.

Elle se tourna alors vers Joel, qui semblait terrifié.

— Il faut que tu saches que nous y pensons depuis longtemps. Nous avons lu ça dans un livre, nous ne savions pas que c'était possible, mais… mais on dirait que vous deux… vous êtes à un moment décisif. Cela nous attriste beaucoup, mais nous ne voulons pas nous en mêler. Malgré tout, si cela pouvait faire pencher la balance ou… enfin… Nous nous sommes dit que cela valait le coup d'essayer.

Elle prit une profonde inspiration.

— Il y a très longtemps, nous avons commis une erreur. Une erreur terrible. Nous avons appris à te connaître… Mark, du moins. Le petit garçon que tu étais. Et nous avons vu ton potentiel ; tu étais spécial à nos yeux et tu avais besoin de quelqu'un… d'une famille. Nous aurions dû te donner cette famille. Nous avons eu tort. Si tort que nous avons l'impression de ne pas avoir le droit de te demander ce que nous nous apprêtons à te demander.

Flora était déboussolée ; Joel, comme pétrifié.

— Nous ne…

À son tour, Marsha fut incapable de parler. Elle se tourna vers son mari, qui lui serrait toujours la main, les articulations toutes blanches, mais il opina du chef et prit le relais. Ils étaient si sympathiques tous les deux, si en phase l'un avec l'autre, se dit Flora pour la énième fois, rêvant du jour où ils leur ressembleraient, avec Joel. Elle lui jeta un regard. Était-ce possible ? L'était-ce ?

— Flora, tu as aussi ton mot à dire, précisa Marsha.

— Si tu voulais bien… nous nous sommes demandé si… Nous avons appris qu'il était possible d'adopter un adulte. Je ne le savais pas. Et nous aimerions t'adopter… et donc, tes enfants, aussi… Nous sommes profondément désolés pour le bébé. Profondément. Mais, un jour. Un bébé. Vos enfants… seraient nos petits-enfants et… nous pourrions faire partie de leur vie comme nous aurions voulu faire partie de la tienne. Et, bien entendu, à notre mort, il y aurait certains avantages… Nous aimerions payer pour leur éducation, et tout ça…

Flora n'écoutait pas. Elle était si stupéfaite qu'elle était littéralement bouche bée. Et elle dévisageait Joel pour voir sa réaction.

Marsha porta une main à sa bouche ; l'autre, celle que serrait Mark, tremblait.

Joel était toujours debout, cloué sur place. Flora lui caressa doucement la main, geste que Marsha et Mark ne manquèrent pas de remarquer.

— Joel ? l'appela-t-elle à voix basse.

Mais il ne répondit pas ; il ne s'en sentait pas capable. Il vacilla légèrement, puis, sans lâcher la main de Flora, se pencha vers eux, passa un bras autour des épaules de Mark et enfouit sa tête dans son cou. Un grand sourire illumina le visage de Marsha.

En quelques secondes, cette dernière se retrouva aussi dans ses bras. Elle invita alors Flora dans leur étreinte, puis lui demanda tout bas si elle était sûre que cela ne la dérangerait pas d'avoir une belle-mère un jour, et la jeune fille, en pleurs, répondit que rien ne pourrait lui faire plus plaisir. Mais, après tout ce qui s'était passé, elle était surtout soulagée pour leur avenir, réalisa-t-elle.

L'homme qu'elle aimait aurait d'autres personnes qui l'aimeraient dans sa vie. Elle ne serait plus la seule. Tout ne reposerait pas sur ses épaules. Elle n'aurait pas à rester aux aguets en permanence ; esclave de son terrible passé.

Sans compter que, franchement, Mark et Joel qui essayaient de faire croire que leur relation était purement professionnelle, cela avait assez duré.

Elle toucha à nouveau son ventre, réalisant soudain combien elle était triste, démunie. Marsha lui passa un bras autour de l'épaule, et elle se blottit contre son aînée.

— Ça va aller, murmura Marsha en lui caressant les cheveux.

Flora savait que ce n'était pas sa mère, tout comme Marsha savait qu'elle n'essayait pas d'en être une pour elle, mais elles avaient toutes les deux besoin de cette affection.

— Oh, et vous n'aurez pas à vous occuper de nous quand nous serons vieux, tout ça, précisa Mark après s'être ressaisi et que Marsha eut sorti une bouteille de champagne du frigo. Nous nous sommes occupés de tout… ne vous en faites pas pour ça.

— Nous irons tous les deux à la *Demeure des vieux grecs éternels*, lança Marsha. Tout est arrangé. Il faut boire beaucoup d'huile d'olive.

— Ou vous pourriez peut-être emménager sur une île avec nous… si on a besoin de baby-sitters un jour, dit Flora avec un sourire.

L'envie se lut sur le visage de Mark. Marsha, elle, regarda par la fenêtre.

— Est-ce qu'il fait toujours un temps pareil ?

— Plus ou moins, répondit Flora.

— Eh bien, on s'en accommodera sans doute.

*

Mark et Marsha les laissèrent dormir, ce qui, bien sûr, n'était pas près d'arriver. Au lieu de cela, ils restèrent cramponnés l'un à l'autre comme deux naufragés, avec leur lit pour radeau.

— Tu… Tu ne te sens pas coupable vis-à-vis de ta famille biologique ? lui demanda-t-elle. Après tout, il doit bien en rester quelques membres, quelque part, non ?

— Je ne peux pas, répondit simplement Joel. Je n'ai jamais eu personne. Jamais.

C'était vrai : sa famille du côté maternel avait renié sa droguée de mère bien avant que son père ne la poignarde devant lui quand il avait quatre ans.

— Personne ne m'a jamais aimé, finit-il par dire tout bas, la tête sous les couvertures. Maintenant, j'ai trois personnes qui m'aiment. Et je n'y renoncerais pour rien au monde. Je te le promets.

On frappa de nouveau à la porte.

— Non mais, on est où là… dans un hall de gare ? ronchonna-t-il.

— C'est peut-être le Père Noël ?

— Parce qu'il frappe ?

Joel se leva. Saif était là, l'air exténué, essuyant la neige de son manteau. Il transportait un engin qui cognait contre les murs en faisant un boucan d'enfer.

— Il faut que je vérifie, leur annonça-t-il d'un air désolé.

— Mais bien sûr, pardon, répondit Flora.

C'était étrange : elle ne se sentait plus aussi mal.

Elle sortit du lit ; Joel lui tendit une chemise de nuit, puis Saif lui prit la température et la tension, lui demandant si elle avait eu d'autres saignements, ce à quoi elle répondit non, et si elle avait toujours mal au ventre, ce dont elle n'était pas sûre. Il lui rappela que la douleur pouvait réapparaître dans les jours suivants, et elle opina du chef.

Puis il tira l'appareil qu'il avait traîné sur tout le chemin depuis le cabinet.

*

À vrai dire, Iona avait à peine remarqué la coupure de courant : elle était très occupée à embrasser Anatoly, qui, avec son mètre quatre-vingt-dix, ses cheveux blonds et ses pommettes hautes, était un vrai beau gosse (et ce, de l'avis de tous, pas seulement de celui des Muriens).

Isla, elle, dansait avec Vlad quand les lumières s'étaient éteintes. Cet ingénieur à la mine sérieuse originaire de Saint-Pétersbourg (un vrai beau gosse lui aussi, signalons-le) avait aussitôt jeté un œil par la fenêtre, vu que toute l'île était plongée dans le noir et passé un coup de fil à ses copains, qui, c'était sûr à cent pour cent, ne se cachaient pas dans un sous-marin nucléaire au fond de la baie. Vlad et Anatoly étaient alors partis les rejoindre au pas de course.

Voilà comment, deux heures plus tard, la lumière était revenue au *Harbour's Rest*. L'ambiance était si joyeuse que les villageois crurent voir double – ou peut-être même quadruple –, quand toute une troupe de jeunes hommes à la peau claire affluèrent dans le pub, puis attaquèrent la vodka en leur apprenant à chanter *Douce nuit, sainte nuit* en russe.

*

Flora fixait la machine, le cœur battant.

— Je croyais t'avoir entendu dire… Non, tu m'as littéralement dit que tu ne te baladais pas dans le village avec un échographe.

— Les gens changent, marmonna-t-il en la regardant.

Joel se leva d'un bond, pas certain de comprendre ce qui se passait. Après s'être lavé les mains, Saif sortit un tube et versa son contenu, un gel bleu et froid, sur le ventre de Flora.

Il n'y avait pas un bruit dans la pièce, les flocons dansant derrière la vitre, jusqu'à ce que l'appareil s'allume et se mette à ronronner doucement. Tous trois retinrent alors leur souffle.

— Ne bouge pas, dit Saif.

Incapable de les regarder dans les yeux, ni l'un ni l'autre, il s'empara de la sonde. Il voulait leur parler, les rassurer sur le fait que ce genre de choses arrivait, mais la sonde effleura le gel et, alors que l'écran n'était pas encore bien net, il sentit quelque chose au bout de ses doigts. Il appuya plus fort. Comme il se devait, Flora et Joel ne pouvaient pas voir l'écran. Il attendait d'être sûr.

Puis il le tourna. Et il activa le son, pour qu'ils puissent entendre un tap-poum, tap-poum, rapide, fort, réel.

— Quelqu'un est en train de s'accrocher, on dirait, commenta-t-il.

C'était vrai : le bébé s'accrochait. Mais cette nuit-là, dans cette pièce, tous eurent le sentiment que cela valait pour eux aussi. Et, sans doute, pour le monde entier.

Chapitre cinquante-six

Saif sortit dans l'obscurité. Les rues gelées étaient désertes, bien que la tempête se soit calmée. Il voulait prendre un peu l'air avant de rentrer – à son départ, les garçons étaient blottis devant le feu ; il avait réussi à les convaincre qu'une panne de courant était une aventure, même si cela leur rappelait une époque lointaine. Ils avaient fini par s'endormir, Ash serrant fort un énorme tigre en peluche (cette histoire d'ouverture de cadeaux avait complètement dérapé), et Ib stupéfait que quelqu'un ait pensé à eux, allant jusqu'à leur acheter une PlayStation, son rêve de toujours. Il n'en revenait pas. Saif avait vu dans les yeux de son fils qu'il commençait à comprendre que les gens tenaient à lui malgré sa colère et son mauvais caractère.

Il se dirigea vers la digue, où il s'attarda. Minuit sonnait : Noël était arrivé. Soudain, le vent tomba, le silence se fit, et les étoiles apparurent au-dessus de lui en clignotant. Alors qu'il les contemplait, son téléphone vibra dans sa poche. Il n'avait plus de batterie depuis le début de la soirée, mais l'avait branché un moment dans la voiture. Il fixa un e-mail qu'il n'avait pas encore ouvert, l'air étonné.

Il ne se doutait pas que Neda était infatigable et qu'elle avait œuvré en coulisses. Elle connaissait le Dr Mehta, bien sûr. Elle connaissait tout le monde.

Et elle savait reconnaître une bonne affectation quand elle en voyait une.

« Cher Dr Hassan, disait l'e-mail. Nous avons le regret de vous informer que votre candidature n'a pas été retenue pour ce poste… »

Il n'alla pas plus loin. Il resta simplement là, étonné, les yeux fixés sur la mer.

*

Lorna rentra du *Harbour's Rest* d'un pas mal assuré. Elle avait reçu un texto confus de Flora, qui lui disait que tout n'était pas perdu et d'apporter les chipolatas. Le sourire aux lèvres, secouant la tête, elle avançait avec prudence dans les rues sombres, ses talons claquant très légèrement sur les pavés enneigés.

Quand elle aperçut la silhouette sombre au loin, elle commença par avoir un peu peur : elle était si immobile, debout près du port, à contempler la mer noire.

Puis elle réalisa que c'était lui.

Épilogue

Bramble était perturbé, à son échelle de chien. Pour commencer, c'était le petit matin, mais quelqu'un sautait sur place en hurlant à tout le monde de se lever.

— DEBOUT, DEBOUT, LE PAPA NOYËL EST PASSÉ, DEBOUT TOUT MONDE !

Ensuite, il y avait un arbre énorme dans un coin de la pièce : il avait déjà essayé de faire pipi dessus, mais s'était pris un gros savon, aussi l'arbre et lui étaient-ils ennemis, en ce qui le concernait.

Enfin, une délicieuse odeur de nourriture flottait dans l'air, lui laissant penser qu'il était l'heure de dîner, sauf que personne ne lui donnait à manger.

Bramble était donc désorienté, même à son échelle de chien.

Il sortit faire sa balade habituelle jusqu'au village. La lumière brillait à certaines fenêtres et, bizarrement, des gens sortaient en titubant du *Harbour's Rest*, semblant désorientés, eux aussi, et ne sentant pas la rose, pour tout dire. En revanche, le marchand de journaux était fermé. Il resta poliment un instant à la porte, mais personne ne lui donnerait de journal aujourd'hui.

Pas plus que les pêcheurs ne s'occuperaient de leurs filets. Pas plus que Milou n'arpenterait l'Infinie en folâtrant.

Bramble attendit, renifla, flemmarda, puis attendit encore, jusqu'à ce que le pâle soleil d'hiver dépasse presque l'horizon, sa lumière rosée se réverbérant sur les collines enneigées. Enfin, Mme Johanssen passa devant lui, promenant Henzil, un nabot hargneux qu'il n'aimait pas, et lui dit de rentrer chez lui, il n'y aurait pas de journaux aujourd'hui. Henzil essaya de le mordre à la patte, mais il resta malgré tout assis là, jusqu'à ce qu'un homme corpulent sorte du *Harbour's Rest*, s'approche de lui et enfouisse ses mains dans sa fourrure, comme s'il avait vraiment besoin de sa présence. Bramble finit malgré tout par se secouer et se rediriger vers la maison.

Où une scène très différente l'attendait.

Un petit déjeuner gargantuesque était disposé sur la table, préparé par Hamish, Innes… et une Eilidh « coincée là à cause de la tempête », les joues roses, l'air extrêmement heureux, qui se blottissait contre Innes sous le regard d'une Agot satisfaite, déguisée en licorne et en ours, ayant décidé de porter tous ses cadeaux de Noël en même temps.

Il y avait du pain perdu, du bacon, du sirop d'érable et du porridge, accompagné de crème épaisse, tout droit sortie de la laiterie, ainsi que des scones et du pain frais de la *Seaside Kitchen*, tout chauds, qui n'attendaient que d'être dégustés, généreusement nappés de miel liquide. Bramble choisit soigneusement sa place pour attraper les restes éventuels.

Le thé, dans l'antique théière, fut versé dans des tasses de faïence tout ébréchées ; la cafetière sophistiquée de Flora ne cessait de fonctionner, elle aussi.

Joel était là, l'air épuisé et incroyablement heureux, enlaçant sa sublime petite amie à la taille, ne la quittant pas des yeux. Il restait derrière elle, adossé à l'évier, et la serrait fort, mais pas trop, comme s'il tenait à la main une énorme coupe d'or fondu et ne pouvait se permettre de perdre une seule goutte du précieux liquide. Eck était assis au coin du feu, où tout le monde le servait. Hamish sautait encore de joie dans la pièce, Colton ayant dit à Fintan de lui offrir ce qu'il désirait le plus au monde : un circuit électrique Scalextric. Il était aux anges. Mark et Marsha étaient arrivés avec des cadeaux pour chacun, choisis avec soin, au prix exorbitant. Quand ils reçurent en retour des sablés et des gants en tartan (personne n'ayant eu la tête à faire les boutiques cette année pour choisir des cadeaux personnalisés), il y eut un petit moment de gêne, mais tous firent comme si des sablés, c'étaient aussi bien que de vrais bijoux et des pulls en cachemire, vraiment, et tout se passa bien.

Ils mangèrent en bavardant, ouvrirent leurs cadeaux, et se préparèrent pour se rendre à l'église. À un moment donné, la porte s'ouvrit doucement. Bramble se retourna le premier, mais tous les autres l'imitèrent bientôt, comme la silhouette pâle et triste de Fintan se faufilait à l'intérieur.

Ils se rassemblèrent tous autour de lui. Ils le firent asseoir, et il se retrouva avec une tasse de thé dans les mains, un chien sur les pieds, une fillette de quatre ans qui lui grimpait dessus et, allez savoir pourquoi, une couronne en guirlandes sur la tête. Avant même qu'il n'ait eu l'occasion d'expliquer à Joel et Flora qu'il ne pourrait jamais retourner chez Colton, dans cette maison terriblement oppressante (à ses yeux), et de les implorer de la louer (s'il vous plaît, s'il vous plaît), il avait une assiette sur les genoux et les bras de ses proches autour de lui. Il eut alors le sentiment que l'enfant égaré dans la neige était rentré à la maison. Flora se tourna à nouveau et vit une autre silhouette rôder dehors, l'air gêné, un peu désespéré : elle quitta l'étreinte protectrice de Joel, se rendit à la porte et, demandant l'autorisation du regard à Fintan, fit entrer Tripp au moment où Agot annonçait une énième fois :

— MOI JOUER DANS KÈCHE VIVANTE, TONTON FINTAN !

Fintan sourit d'un air las, puis répondit :

— Montre-moi alors, ma puce.

Sur ce, elle se leva, prit sa meilleure pose d'ange, puis cria à tue-tête :

— Y AI BONNE NOUVELLE ! POUX SUR TERRE ! POUX SUR TERRE ! BONNE NOUVELLE !

Recettes

SCONES AU LANARK BLEU

Pour les scones, n'oubliez pas :

FOUR CHAUD, BEURRE FROID

*

- 200 g de farine avec levure incorporée
- 75 g de beurre, coupé en dés
- 75 g de bleu (d'Écosse, cela va sans dire), coupé en dés
- 1 cuillerée à café de moutarde
- 1 cuillerée à café de levure
- sel à votre convenance
- une goutte de tonic
- lait, en fonction de la consistance (environ 100 ml)

Préchauffez votre four à 220 °C ; 200 °C si vous avez un four à chaleur tournante.

Mélangez la farine, le sel et la levure, puis ajoutez-y le beurre et le fromage et émiettez la pâte. Ajoutez la moutarde, beaucoup de sel, une goutte de tonic pour porter chance (mon amie Sez ne jure que par ça), puis incorporez lentement le lait jusqu'à obtenir une consistance un peu molle. Étalez la pâte en gardant une belle épaisseur, puis découpez-la à l'aide d'emporte-pièces ou, si, comme moi, vous ne les trouvez jamais au bon moment, un verre ou un pot de confiture fera l'affaire.

Vous pouvez ajouter un peu d'œuf battu sur le dessus à l'aide d'un pinceau pour davantage de brillance, mais, d'après moi, cela convient mieux aux scones sucrés : les salés n'en ont pas besoin.

Si vous êtes d'humeur aventureuse, vous pouvez agrémenter vos scones de chorizo cuit ou de restes de poivrons grillés, c'est savoureux. Sinon, un peu de ciboulette émincée : cela se marie aussi très bien.

Recouvrez une plaque de cuisson de papier sulfurisé et espacez bien vos scones pour qu'ils puissent gonfler, puis enfournez-les dix à quinze minutes ; vous saurez quand ils seront prêts à leur jolie couleur dorée et au nombre impressionnant de copains qui passeront subitement vous voir, par l'odeur alléchés.

PAIN NOIR (OU BLACK BUN)

*

En Écosse, on mange du pain noir à l'occasion du *Hogmanay* (le réveillon du Jour de l'an), histoire d'avoir quelque chose de substantiel et de chaud dans le ventre pour le traditionnel « first footing », quand on rend visite à tous ses voisins après minuit – en espérant boire un petit verre chaque fois. Il faut donc quelque chose pour éponger le whisky. Le pain noir est lourd, mais on en mange qu'un petit bout. Et, si vous êtes moderne, vous pouvez l'accompagner d'un peu de crème A. Il demande deux heures de cuisson, mais vous pouvez le préparer en vitesse la veille : c'est bête comme chou. Évidemment, vous n'êtes pas obligé d'acheter la pâte, mais, moi, je ne m'en prive pas.

- 250 g de farine
- 450 g de groseilles
- 150 g de raisins secs

- 125 g de sucre roux
- 125 g de zestes de fruits confits (c'est ce que la recette recommande traditionnellement pour être équilibrée, mais, personnellement, je ne lésine pas sur les zestes confits !)
- 1 cuillerée à café de bicarbonate de soude
- 50 g de cerises au marasquin
- 1 verre de whisky (ou à votre convenance)
- 1 cuillerée à café : de cannelle, de mélange d'épices et de gingembre
- 1 clou de girofle
- 1 œuf
- Lait, pour humidifier

Mélangez tous les ingrédients – ce sera encore meilleur si vous les laissez mariner toute la nuit (sauf les œufs et le lait !).

Beurrez un moule à pain et enduisez le fond et les parois de pâte. Remplissez-le avec la préparation, bien tassée, puis refermez la pâte et collez-la avec un peu d'œuf. Enfournez à 180 °C pendant deux heures. Laissez-bien refroidir, puis découpez en tranches fines, mais savoureuses.

SABLÉS (OU SHORTBREAD)

*

Les sablés sont un incontournable de la cuisine écossaise, et cette recette est sympa à faire avec des enfants, puisqu'elle est très simple. Si vous n'arrivez pas à vous procurer le beurre doux de Fintan, achetez-en un de la meilleure qualité possible.

- 150 g de *très bon* beurre
- 60 g de sucre semoule
- 200 g de farine

Préchauffez votre four à 180 °C et recouvrez une plaque de cuisson.

Travaillez bien le sucre et le beurre, puis ajoutez la farine pour former une pâte. Étalez-la de façon à ce qu'elle fasse un centimètre d'épaisseur environ, puis découpez-la comme bon vous semble – soyez créative (ou paresseuse, comme moi, et utilisez un simple verre A) !

Saupoudrez la pâte d'un peu de sucre, puis mettez-la au réfrigérateur pendant au moins une demi-heure, sinon les sablés ne cuiront pas bien.

Enfournez vingt minutes, ou jusqu'à ce que les sablés soient d'un beau brun doré… et délicieux.

Carte de fidélité de la *Seaside Kitchen*

Remerciements

Merci à : Maddie West, Jo Unwin, Milly Reilly, Joanna Kramer, Charlie King, David Shelley, Stephie Melrose, Emma Williams et toute l'équipe de Little, Brown ; Deborah Schneider, Dan Mallory, Rachel Kahan, Alexander Cochran et sa prodigieuse équipe chez C+W ; le Faceboard et mes Beatons, grands, petits, et ceux qui deviennent ridiculement grands, plus grands que moi, même si, dans ma tête, ils sont toujours petits.

Laraine, bien sûr, sans laquelle je ne pourrais pas fonctionner ; Sandy Tjolle et Major Kat pour m'avoir suggéré de raconter le livre à travers le regard des chiens. (Je ne l'ai pas fait, à l'évidence, mais j'ai emprunté l'idée pour un chapitre.) Et toutes mes excuses aux amoureux des chats, qui m'écrivent toujours quand il y a des chiens ou des macareux dans mes livres pour me dire : « Les chats sont très gentils, eux aussi. » Vous avez tout à fait raison. Les chats sont très gentils, eux aussi.

Et maintenant, des choses tristes, parce que la vie compte des bonheurs mais aussi des malheurs, et qu'il faut les reconnaître. Je parle du cancer dans ce roman.

Au cours de son écriture, deux personnes que j'aimais profondément ont été emportées par cette horrible maladie. Tout mon amour à mon adorée Tantan, Anne Kilkie (1942-2018), et à Kate Breame (1979-2018), ainsi qu'aux professionnels de santé qui ont si bien pris soin d'elles.

Par ailleurs, cette année, Luke Hoyer, quinze ans, le neveu de ma très chère amie, Susan, a été tué lors de la tuerie de Parkland, en Floride. Mes profonds remerciements et toute mon admiration à ses parents, Tom et Gena, pour m'avoir laissée le faire apparaître, très brièvement, dans ces pages.

Composition et mise en pages
Nord Compo à Villeneuve-d'Ascq

Imprimé en Espagne par
Liberdúplex
à Sant Llorenç d'Hortons (Barcelone)
en août 2021

POCKET - 92, avenue de France - 75013 Paris
S29716/01